CIUDAD MIEDO

CIUDAD MIEDO

JAIME ALFONSO SANDOVAL

Ilustrado por David Espinosa, El Dee

montena

Penguin
Random House
Grupo Editorial

Ciudad miedo

Primera edición: octubre, 2021

D. R. © 2021, Jaime Alfonso Sandoval

D. R. © 2021, derechos de edición mundiales en lengua castellana:
Penguin Random House Grupo Editorial, S. A. de C. V.
Blvd. Miguel de Cervantes Saavedra núm. 301, 1er piso,
colonia Granada, alcaldía Miguel Hidalgo, C. P. 11520,
Ciudad de México

penguinlibros.com

D. R. © 2021, David Espinosa, por las ilustraciones
D. R. © 2021, Scarlet Perea, por el diseño de interiores

Este libro se realizó con el apoyo del Sistema Nacional de Creadores
de Arte de la Secretaría de Cultura

ISBN: 978-607-380-458-5

Impreso en México – *Printed in Mexico*

CAPÍTULO 1
Leyendas siniestras

Cada escuela tiene sus leyendas siniestras. Algunas son espeluznantes, como un fantasma de algún salón, ciertas sombras de las canchas, o los mangos enchilados de la cooperativa que sacan ronchas verdes... Además, en cada colegio del mundo, hay un baño de niñas que se supone que está embrujado y "algo aparece"... ¿Por qué no pasa en los baños de los niños o en el de los maestros? Es uno de los misterios más misteriosos del universo. Es así y punto.

La escuela primaria número 3 del poblado de Las Yermas también tenía sus leyendas. Decían que en la biblioteca aparecía una mano espectral, y que a los niños que se quedaban dormidos despertaban de golpe con una fuerte bofetada. También en algunos pasillos a veces aparecía *la bestia peluda*: un perro rabioso que perseguía niños y parecía hambriento. Pero la leyenda más horripilante de la escuela primaria número 3 era la de la maestra Lichita, la prefecta poseída.

El rumor comenzó en el patio principal, que, como todos los patios escolares, era un hervidero de chismes. Ahí se contaban muchas cosas: quién era novio de quién, qué parejita había roto, las respuestas del examen de matemáticas, y claro, las leyendas escolares. Pronto empezaron los testimonios de que algo extraño sucedía con la maestra Lichita. En apariencia era inofensiva, algo rechoncha, siempre con lentes oscuros, sonrisita bobalicona, y dando órdenes con su vocecita melosa: "Guarden su distancia, amiguitos". "No griten tanto, amiguitas." "Rápido, a su salón, niñitos, no lleguemos tarde." Pero el chisme comenzó cuando un niño de cuarto descubrió a la maestra Lichita en la sala de maestros sin las gafas oscuras y se dio cuenta de que tenía unos ojos rojos, extraños. Otra niña de quinto confesó que en una ocasión notó que a la prefecta le cambió la voz. "Era grave, metálica, como si fuera otra persona." Y el colmo fue cuando un niño de sexto hizo un experimento: trajo de su casa un botecito de agua bendita y *sin querer* se la arrojó encima a la prefecta. "Gritó horrible, como si el agua la hubiera quemado", aseguró el niño ya convertido en caza–demonios.

–¿Crees que sea cierto? –le preguntó Luisa a su mejor amiga, en el patio escolar, justo antes de la formación.

–¿Qué cosa?

–Lo de la maestra Lichita... –Luisa bajó la voz, con cierto miedo–. Que tiene un demonio dentro.

–¿Y para qué quiere un demonio meterse en el cuerpo de una prefecta? –observó su mejor amiga.

–Pues es lo que hacen los demonios –recordó Luisa, sorbió del envase de jugo–. Se ocultan en la gente que parece más inofensiva. Si entran en el cuerpo de un maloso, ni tiene chiste, ¿no crees?

Su mejor amiga asintió algo distraída. Estaba muy concentrada en dar los toques finales a su tarea: la maqueta del sistema solar. Como no consiguió bolitas de unicel hizo los planetas con puré de papa, migajón de pan, una naranja pintada, queso y otras cosas que sacó del refri. Y no es por nada, pero la tarea se veía espectacular (y olía delicioso).

–Yo creo que voy a sacar diez con este trabajo –observó con orgullo.

–¿Y eso qué tiene que ver con la prefecta poseída? –resopló Luisa–. Ay, Mónica, no te distraigas.

–Yolimar –corrigió su mejor amiga–. Prefiero que me digan por mi nombre artístico.

–¿Sigues con ese chisme? –suspiró Luisa.

–*Ese chisme* es mi carrera. Tú no lo entiendes.

En efecto, el nombre real de la amiga era Mónica Yolanda Martínez, pero unas semanas atrás había ganado el festival artístico de la escuela cantando: "Un millón de amigos", recibió muchos aplausos y fue muy famosa (por tres días). Pero lo importante fue que Mónica descubrió su vocación: de grande sería estrella del pop, haría algunas películas, tendría dos divorcios y adoptaría niñitos de todas las razas, además de salvar ballenas bebés. En fin, ya tenía casi todo planeado, y había empezado buscando un nombre más artístico.

–Como sea, no me voy a acercar a la maestra Lichita –Luisa retomó la conversación–. Hasta estar segura de que no tiene el demonio dentro. ¿Me estás oyendo... Yorismar?

–Yolimar. *Yoli* de Yolanda y *Mar* de Martínez –explicó su mejor amiga y abrió su cuaderno–. Mira, ya hasta ensayé mi autógrafo, ¿quieres uno?

–¿Para qué?

–Cuando sea súper famosa va a valer muchísimo.

–Bueno, entonces dame dos... –suspiró Luisa, sabía que era mejor no discutir con su amiga, era un poco necia cuando algo se le metía en la cabeza.

–Claro, querida mía. ¿Cómo te llamas?

–¡Llevamos estudiando juntas seis años de primaria! Ya sabes que soy Luisa Chávez.

–Sí, sí. Sólo estoy ensayando para mis fans –Yolimar firmó los dos autógrafos, arrancó las hojas y se las pasó–. Me debes un mango enchilado.

–¿Qué?

–El primer autógrafo es gratis, pero como pediste dos, ese cuesta aparte. No hay devoluciones... Fue un gusto, querida mía.

Luisa puso una cara muy rara. Abrió muchísimo los ojos, la boca, le tembló el labio. Yolimar supuso que estaba furiosa. Pero era algo exagerado, ¿por un simple mango enchilado?

–Bueno, si quieres sólo dame de tu jugo –negoció la aspirante a artista, señalando el envase.

Luisa intentó hablar, pero no podía, como que las palabras no se atrevían a asomarse fuera de la boca. Hasta que levantó la mano y con dedo tembloroso señaló a un lado de la banca. Entonces Yolimar lo vio.

Una de las terroríficas leyendas de la escuela era cierta: *la bestia peluda*. Quién sabe si de verdad era perro, parecía coyote o un chivo deforme con poco pelo; se le había caído por roña o alguna enfermedad de la piel, que la tenía cubierta de feas costras rojizas y como con trocitos de pellejo descarapelado. Era muy feo: costillas salidas, cabeza grande y algo chueca, y el hocico enorme, lleno de colmillos. Gruñía.

–¡La bestia peluda! –Luisa consiguió hablar–. Si nos muerde, moriremos de rabia.

–No, no puedo morirme ahora –replicó Yolimar, con aplomo–, tengo una carrera pendiente y diez discos de platino que grabar.

La criatura comenzó a aproximarse a las niñas. Luisa lanzó un grito, Yolimar levantó los brazos, los agitó y empezó a dar alaridos (en algún sitio había oído que eso espantaba perros, ¿o era a los osos?). Pero nada sirvió, *la bestia peluda* se lanzó a la banca. Los demás niños del patio vieron algo de reojo. Muchos corrieron y alguien activó la alarma de emergencia.

–Llamen al director, a la policía, a los bomberos –gritaba Yolimar–. Soy la celebridad del colegio, no pueden perderme, ni a mi amiga Luisa.

Al parecer tanto caos, gritos y la alerta terminó por asustar a *la bestia peluda*, que salió huyendo por uno de los huecos de la alambrada de las canchas, por donde entró. Algunos compañeros se aproximaron a la banca donde estaban las niñas. Luisa no dejaba de llorar. "¿Están bien?" Preguntaron los curiosos. "¿Las mordió?" Inquirió otro. "¿Cómo se siente tener rabia?" fue la pregunta de una estudiante curiosa.

–Me estoy muriendo –aseguró Luisa–. Siento el uniforme empapado, ¡me desangro!

–Pues hueles a naranja –aseguró un niño.

–Ah, cierto, es mi jugo –confirmó Luisa. No se había dado cuenta y durante el ataque apretó con todas sus fuerzas el empaque–. Entonces estoy bien. ¿Y tú, amiga?

Yolimar no estaba tan bien, no del todo, acababa de descubrir algo espantoso.

–Bien, niños, ahora saquen sus trabajos y tráiganlos al frente –dijo el maestro, un rato después, en el salón–. Y entre todos votaremos por quién hizo el más bonito sistema solar.

Los alumnos obedecieron y colocaron sus maquetas en la mesa al lado del pizarrón. Algunas parecían tumores mutantes, otras lucían un poco polvorientas (debían ser recicladas pues todos los años hacían lo mismo). El profesor se dio cuenta de que una niña no se había levantado de su banca.

–Alumna Mónica –la llamó–. ¿No me oíste? Trae tu tarea al frente.

–Disculpe, maestro, es que no la tengo.

–¿No hiciste la maqueta? –el profesor la miró con disgusto.

–Sí la hice, pero el perro se comió mi tarea –confesó.

Los niños estallaron en risas.

–¿Te estás burlando de mí? –el maestro se acercó.

–¡No, profe! Es verdad –aseguró Yolimar–. Pasó hace rato, en el patio. *La bestia peluda,* que por cierto no tiene pelo, pobre, y tampoco sé si sea perro, como sea, una criatura maligna entró y me atacó para llevarse mi tarea.

–¿Y por qué se la llevaría? –resopló el maestro.

–Porque era deliciosa –reconoció la niña.

Eso ocasionó más risas. Pero Yolimar había dicho la verdad. Tal vez no debió usar tanto queso para hacer las lunas, pensó, ni tanto pan y puré para los planetas. Aunque al menos, la criatura había disfrutado de un nutritivo desayuno.

–¡Silencio! ¡Guarden silencio! –exigió el profesor a los demás niños y luego miró a Yolimar–. Alumna Mónica, lo que dices es ilógico. Voy a hacerte un reporte. No traes la tarea y además dices mentiras.

–Profe, es la verdad –insistió la niña–, y, por cierto, llámeme por mi nombre artístico: Yolimar.

–¡Véndele un autógrafo! –gritó un compañero al fondo.

–¿Quiere uno? –la niña ofreció, lista para practicar su firma.

Estallaron más risas y eso, para el maestro, fue el colmo de falta de disciplina y lógica. ¿Ataque de una *bestia peluda* sin pelo que se llevó la tarea? ¡Y una niña que quería venderle un autógrafo!

–Mónica, te vas a quedar dos horas después de clases –anunció el profesor–. Llama a tus papás para decirles que vas a llegar tarde hoy, harás servicio escolar como castigo.

Se escuchó el clásico sonidito de "Tssssss" que resuena cuando alguien está en problemas. Yolimar se sintió fatal, ¿por qué siempre le pasaban las peores cosas a ella?

Yolimar no llamó a sus papás, no tenía caso. Primero porque no quería que supieran que la castigaron (además tendría que explicar que vació el refri para hacer la tarea). Y segundo, ni se iban a enterar si llegaba tarde. Lorna e Isaías, sus padres, estaban todo el día trabajando en la fábrica de clavos del pueblo. Eran muy discretos y silenciosos. Apenas los veía un rato en la hora de la cena, aunque según ellos ya habían comido en la fábrica. Tampoco eran muy habladores, su papá, por ejemplo, le dirigía unas ocho palabras al día: "¿Todo bien? ¿Hiciste tus cosas?" Y sin importar la respuesta de su hija, casi siempre respondía: "Bien, querida, sigue así".

Yolimar se atrevió a romper esa dinámica cuando ganó el concurso artístico de la escuela. Se emocionó tanto que cuando él hizo la pregunta de todas las noches:

–¿Todo bien? ¿Hiciste tus cosas?

Rápidamente la niña anunció:

–Gané el concurso de canto escolar.

–Bien querida, sigue así –respondió su padre, y siguió mirando la televisión.

–¿Oyeron lo que dije? –saltó Yolimar–. ¡Acabo de descubrir mi vocación! Me urge que me descubra un productor para hacer mi primera telenovela juvenil. ¿Y si me llevan a la Capital, a un programa de talentos de la tele?

El señor Isaías miró al fondo, donde la señora Lorna lavaba platos con un polvo limpiador (había poca agua en Las Yermas y debían arreglárselas como fuera). La mamá parecía desconcertada. Finalmente encontró algo que decir:

–La rutina es seguridad y la seguridad es importante –mencionó.

–¿Por qué siempre dices eso? –exclamó Yolimar–. Quiero ir a la Capital a mostrar mi talento. ¡Seguro me ofrecen mi primera película!

Los padres se miraron de nuevo,

–Tal vez podamos llevarte para tu cumpleaños –propuso el papá.

–Sí, eso, podría ser –confirmó la mamá.

Para Yolimar fue un triunfo. Sus papás nunca habían hablado tanto, ¡y le hicieron una (casi) promesa! Y sólo faltaban tres meses para su cumpleaños. Por eso, era importantísimo que no supieran nada del castigo de la escuela o podrían cancelar el (casi) viaje.

Al término de las clases, Yolimar fue al salón de los castigos, era una vieja bodega llena de cosas viejas donde siempre había algo que hacer. Decidida, Yolimar empujó la pesada puerta chirriante; dentro se sentía un calor sofocante.

–Pasa, pasa, niñita –escuchó una voz.

Yolimar no pudo evitar ahogar un gritito de sorpresa. Sentada ante una mesa sucia estaba la robusta maestra Lichita.

–Ven, ven. Te estaba esperando –la prefecta poseída hizo una mueca de sonrisa y mostró unos dientecitos amarillentos.

CAPÍTULO 2
Mala suerte

"La maestra Lichita no tiene un demonio dentro", se repitió Yolimar mientras avanzaba a donde estaba la prefecta. No podía comprobar si tenía los ojos rojos porque la profesora llevaba sus enormes gafas oscuras.

—Según el reporte, le dijiste mentiras a tu maestro... —la prefecta sacó un expediente—. Algo de un monstruo peludo sin pelo que se llevó la tarea...

—Pero es verdad —aseguró la niña—. Estaba en el patio. Nos atacó una bestia deforme, quemada, con jorobas...

—No, alumnita, eso no existe —interrumpió la maestra Lichita—. Además, ningún animal salvaje puede entrar aquí. La escuela es totalmente segura.

—Pues otros niños vieron esa cosa, y mi amiga Luisa —recordó Yolimar.

—Y también tienen un reporte por mentirosos —sonrió la prefecta mostrando sus dientecitos amarillos—. Pero ¿sabes qué creo? Que se dejaron llevar por la imaginación. A veces un malentendido lleva a un rumor, luego se convierte en un chisme, y al final todos creen la mentira, por más ridícula que sea... esas cosas pasan.

¿Hablaba de ella misma? ¿De su supuesta posesión? Yolimar dudó.

–Dime, alumnita, ¿vas a seguir insistiendo en el monstruo peludo sin pelo? –Lichita le clavó la mirada con los ojos (¿serían rojos?) escondidos detrás de las gafas.

La niña negó con la cabeza, ya no quería más problemas, aunque tenía una duda.

–¿Y por qué sólo me castigaron a mí?

–No entregaste la tarea –recordó la maestra, como si fuera evidente–. Pero tranquila, alumnita, tampoco lo tomes como castigo, sino como una labor en beneficio del colegio. Ven conmigo.

Yolimar la siguió al fondo de la bodega. Notó que la maestra tenía un olor raro, a algo metálico. ¿A qué olía la gente poseída? ¡Debía dejar de pensar en eso! La maestra Lichita era normal, un poco apestosa nada más.

–Como ves, aquí hay mucho por hacer –señaló la prefecta.

Yolimar asintió con agobio. Había un montón de cajas polvorientas con pilas de exámenes viejos, un telón roto de una obra de teatro y muebles antiguos, llenos de mugre y telarañas.

–Saca los pupitres que están al fondo –pidió la maestra–. Tienes que limpiarlos y lijarlos hasta quitarles la pintura vieja. Vas a necesitar esto.

Le tendió un trapo percudido y unas hojas para lijar, muy ásperas.

–¿También los pinto? –ofreció la niña–. Soy muy artística.

–No te preocupes, alumnita. Con lijarlos tendrás suficiente, créeme.

La prefecta tenía razón. Limpiar era difícil, pero lijar era horrible. Primero había que cortar pedacitos de ese cartón arenoso, tallar sobre la madera, el papel se calentaba con la fricción. Además, era fácil rasparse y se metían trocitos de pintura descarapelada bajo las uñas. Aunque para Yolimar, lo peor fue el agobio y la falta de aire. Comenzaron a escurrirle ríos de sudor por la frente y cuello, iba a manchar el uniforme.

–Maestra, disculpe, ¿puedo abrir alguna ventana? –señaló una–. Es que aquí hace mucho calor.

–Oh, alumnita, claro que no –respondió la maestra Lichita desde la mesa, al otro lado de la bodega–. Hoy hay mucho viento y entraría tierra.

La prefecta volvió a poner esa sonrisa falsa, tan extraña. Yolimar se dio cuenta de que la maestra no tenía una sola gota de sudor en la frente. Claro, si estaba sentada muy tranquila, revisando reportes escolares.

La niña miró su reloj, ¡todavía faltaba hora y media de castigo! Se dio prisa en seguir lijando, cada vez más acalorada. Se enterró una astilla en un dedo, dolía mucho. "Siempre me pasa lo peor", suspiró. Para colmo tenía sed, en la mochila le quedaba media cantimplora con agua, pero prefirió guardarla hasta terminar con la tortura... entonces lo vio.

Al fondo, entre otros trastos viejos, había un viejo ventilador. Debía llevar años ahí, cubriéndose de polvo. Yolimar lo sacudió para revisarlo detenidamente. El cordel estaba un poco descarapelado pero aún tenía la clavija... ¿Y si lo probaba? Miró de reojo a la prefecta, que seguía concentrada en sus papeles. La niña encontró un contacto eléctrico atrás de unas cajas con exámenes viejos, enchufó el ventilador y las aspas comenzaron a dar vueltas, ¡servía!

¡Qué diferencia! El aire la refrescó, Yolimar pudo respirar un poco mejor.

–¿Qué es ese ruido? –la prefecta levantó la mirada.

–Un ventilador que encontré –señaló la niña–. Funciona muy bien...

Yolimar no acababa de decir esto cuando escuchó un chasquido acompañado por varios fogonazos.

–¡Desconecta eso! –ordenó la prefecta.

La clavija y el cable lanzaban violentas chispas y un apestoso olor a plástico quemado empezó a inundar el lugar. La niña retrocedió asustada.

–¿Qué no oyes? Desconéctalo –exigió la maestra. Había algo raro en su voz, se había vuelto grave.

Con pasos retumbantes la prefecta avanzó al fondo, ágil, a pesar de su gran tamaño, hizo a un lado a Yolimar y tironeó del cable del ventilador, hasta que consiguió desconectarlo.

–¿Eres tonta o qué? –gruñó la prefecta–. ¡Pudo pasar un accidente!

Y había ocurrido. Yolimar señaló el humo que salía de una de las cajas; algunas chispas habían saltado a los papeles, que prendieron de inmediato.

–Ayúdame, ¡rápido! –ordenó la prefecta pisoteando flamas–. Busca algo con que cubrir esto y apagar el fuego... ¡Te estoy hablando!

Yolimar miró alrededor, se dio cuenta de que el viejo telón de teatro era muy grueso, tal vez serviría. Fue por él y lo arrastró a donde estaba el incendio. Pero al llegar, lanzó un grito.

—Maestra, ¡su falda!

El incendio se había expandido y la parte baja del uniforme de la prefecta estaba llena de fuego. Lo raro era que ella no lo había notado.

La niña no lo dudó. Fue por su mochila y sacó la cantimplora. Le arrojó el agua a la maestra, con tan mala suerte, que la mitad le cayó directo en la cara.

—¡No! ¡Agua no! —chilló la prefecta, otra vez con voz rara.

Y la maestra Lichita hizo algo muy, pero muy extraño: saltó hacia la pared más cercana y quedó sostenida a ella, como lo haría algún tipo de animal... o alguien poseído. Además, se le cayeron las gafas oscuras y Yolimar descubrió que sus ojos sí eran raros, grises, pero parecían como de vidrio; tenían una extraña fijeza.

Aterrada, la niña corrió a la salida. En un solo día estaba comprobando dos terroríficas leyendas escolares: *¡la bestia peluda* y la prefecta poseída!

—Espera, ¿a dónde vas? —chilló la maestra—. Ayúdame a apagar el incendio, y además, no has terminado con tu castigo. ¡Debes cumplirlo!

La prefecta se despegó de la pared y se puso las gafas para, de inmediato, lanzarse tras la alumna.

—Tienes que obedecer —repitió, molesta—. Los niños obedecen a los adultos, ¡son las reglas! Así funciona.

Pero en ese momento, Yolimar salía de la bodega. De reojo vio que la prefecta extendió el brazo, lista para pescarla y obligarla a volver, pero sucedió algo horrible, lo más terrorífico de todo ese día (hasta el momento).

Primero fue el sonido, un golpe seco y Yolimar se giró asustada. La pesada puerta se había cerrado sobre la mano de la maestra Lichita. El golpe se la cortó a la altura de la muñeca y la extremidad saltó hasta caer a los

pies de la niña... Lo raro es que no se veía sangre, sino una especie de baba verdosa... ¡Y la mano comenzó a moverse, buscando el resto del cuerpo! Yolimar no lo podía creer. Su grito se oyó en toda la escuela, en el pueblo de Las Yermas y lo más seguro es que también en Corea.

Se abrió la puerta. La prefecta salió al pasillo, a pesar de la mano cortada y de las llamas de la falda, no parecía sufrir dolor, se veía más bien furiosa.

–Mala alumnita, muy mala –señaló con el brazo cortado que seguía escurriendo esa cosa verde–. Te ganaste otro reporte de mala conducta.

Yolimar no supo qué pasó después, porque todo se volvió oscuro, su cerebro prefirió desconectarse y la mandó a un fulminante desmayo. ¿Por qué siempre le pasaba lo peor?

–Siento mucho haberlos llamado y que salieran de sus trabajos –carraspeó el director Laureano Águila–. Pero temo que esto es urgente. Ha ocurrido algo muy penoso con su hija.

–Yo no le hice nada a la maestra Lichita –gimió Yolimar, aún temblaba–. Fue un accidente. Además, está poseída por un demonio. Por eso no le dolió cuando la puerta le cortó la mano.

Sus padres, Lorna e Isaías, la miraron preocupados. Todos estaban en la oficina de la dirección de la escuela primaria 3 de Las Yermas. Y ahí, la tensión en el aire, como dicen, se podía cortar en rebanadas.

–¿Ven lo que les digo? –el director suspiró–. Su hija no deja de decir mentiras...

–¡Pero yo misma lo vi! –insistió Yolimar, todavía aterrada–. Y además tiene ojos diabólicos, saca baba verde...

–Por favor, hija –murmuró su madre–. Ya está bien de bromas. No es de buen gusto hablar así del profesorado.

–Desde la mañana estuvo asustando a sus compañeros –aseguró el director–. Dijo que había entrado a la escuela un toro zombi...

–¡Perro! –corrigió la niña–. *La bestia peluda* sin pelo, ¡se llevó mi tarea!

–Inventó eso para no entregar la maqueta del sistema solar –el director pasó a los padres un reporte de varias hojas–. Todo está aquí. Y luego quemó el salón de castigos.

–¡También fue un accidente! –se defendió la niña–. Saltó una chispa del ventilador, tenía calor y la prefecta no me dejaba abrir la ventana –tragó saliva–. ¿Y qué pasó con el incendio? ¿Se carbonizó la maestra poseída?

Yolimar aún desconocía los detalles. Después del desmayo despertó en la enfermería escolar y se enteró de que sus padres iban en camino para verse con el director. ¡Pero nada de lo que pasó fue su culpa!

–¿Me van a llevar a la cárcel? ¿Estoy acusada de homicidio? ¡Soy inocente! –Yolimar lanzó un grito y la verdad es que le salió muy bien, porque había ensayado por si algún día la contrataban para una telenovela.

–Por favor, hija, contrólate –suplicó su padre–. El incendio no pasó a mayores y aquí lo que importa es tu mala actitud...

–Desde que ganaste ese concurso te has portado muy mal –anotó la mamá–. ¿Quién te crees? No dejas de decir que serás actriz, cantante y no sé qué más...

–La imaginación en los niños no está mal –intervino el director–. Sólo hay que encauzarla antes de que se vuelva una enfermedad. Por suerte, contamos con algo que puede ayudar –oprimió el botón de un comunicador–. Maestra, ¿puede entrar con nuestro invitado? Gracias.

Casi al instante se abrió la puerta y entró un señor vestido como militar, muy alto y fornido, con gafas oscuras y casco, y detrás, ¡la maestra Lichita! Yolimar parpadeó como diez, veinte, cien veces, ¡no era posible! Y tenía las dos manos, como si nada. Eso era imposible.

–Buenas tardes, señora y señor Martínez –saludó con su sonrisita de dientes amarillentos–. Éste es Peter Petrus. Viene de...

–...la compañía Ryu, yo mismo me presento, gracias –interrumpió el militar, tenía la voz muy grave–. Nuestra empresa se especializa en reformar niños traviesos, chapuceros, abusones y mentirosos compulsivos, bueno, como su hija. Trabajamos en más de veinte países, y contamos con un sistema de campamentos donde reeducamos a las pequeñas bestias, hasta que terminan dóciles como un conejo gordo.

–Suena bien... creo –reconoció el señor Isaías.

–Pero el tratamiento debe ser carísimo –suspiró Lorna.

–Para nada, de momento los servicios son gratuitos –aseguró el director, con amable sonrisa–. Por promoción no hay cobro por enviar a los niños a los campamentos del AMORS.

–Área Militarizada Obligatoria para Rijosos y Sabandijas –puntualizó el soldado Petrus, con su vozarrón–. Queremos demostrar nuestra eficacia. En los campamentos manejamos un gran sistema competitivo de puntos, y además se estimulan el talento y las artes.

–¿Oíste, hija? –el señor Isaías se dirigió a la niña–. Esas cosas te gustan.

Pero Yolimar no decía nada. Seguía totalmente sorprendida por la visión de la maestra Lichita. Traía otro uniforme pero no se veía ni siquiera cicatriz o marca en la muñeca. ¿Qué había pasado? ¿Lo imaginó todo? No, no era posible. Además, la vio saltar y quedar sostenida a la pared como una araña. Tampoco le dolía quemarse, ni perder una mano y luego esos...

–Los lentes oscuros... –dijo Yolimar en voz alta.

Todos miraron a la niña, señalaba a la prefecta.

–Sus ojos son falsos, son ojos endemoniados –insistió–. Quítenle los lentes.

–¿De qué hablas, alumnita? –la maestra Lichita emitió una risita rasposa.

–Algo oculta. ¡Enseñe los ojos! –Yolimar casi gritó.

Como la prefecta seguía sonriendo, la niña, desesperada, se le fue encima para quitarle las gafas. Hubo algo de forcejeo. Los padres gritaron, y rápido como rayo, el soldado Petrus apartó a Yolimar y la arrinconó contra la pared para inmovilizarla. Le puso una cinta plástica en las muñecas, como si fuera delincuente. Lo único bueno de esa bochornosa escena fue que se le cayeron los lentes oscuros a la prefecta.

–¿Qué le pasa a esta criatura? –se quejó la maestra Lichita–. Soy totalmente normal. Esta alumnita está muy mal, es un peligro para la sociedad.

La prefecta tenía unos ojos cafés, como los de cualquier señora. Se puso los lentes de nuevo. Todos miraron con desaprobación a la niña, ¡atacar físicamente a una maestra! Eso era el colmo.

De inmediato, Lorna e Isaías firmaron los permisos y el señor Petrus se llevó al campamento de reeducación a la alumna Mónica Yolanda Martínez, mejor conocida (de momento sólo por ella) como Yolimar.

–Hija, espero que puedan quitarte esos instintos asesinos –alcanzó a despedirse su madre, en el pasillo–. Intenta portarte bien.

El padre no dijo nada, pero Yolimar sospechó, por su mirada molesta, que ya no la llevarían a la Capital para su cumpleaños.

El señor Petrus subió a la niña a una gran camioneta negra que esperaba afuera del colegio, tenía el símbolo de un ojo dentro de un triángulo y la leyenda "Ryu, vigilando ahora, vigilando siempre". Dentro, la inmovilizó con un cinturón de seguridad. Al menos era tarde, ya se habían ido sus demás compañeros, así que no vieron la humillante escena. Yolimar se sentía fatal. Había sido el peor día de su vida y seguía sin entender qué ocurrió exactamente. Era como si ninguna pieza encajara: bestias peludas sin pelo, manos arrancadas que se movían solas, maestras que saltaban como arañas a la pared, baba verde… ¿Se estaría volviendo loca? El vehículo comenzó a moverse.

–¿Cuáles son tus delitos? –escuchó una voz infantil dentro de la camioneta.

Yolimar vio al fondo de la camioneta a un niño y a una niña. Igual que ella, tenían las manos atadas y estaban aprisionados con cinturones de seguridad. Llevaban uniforme de otra escuela. El niño parecía lloroso.

–Si estás aquí es porque te portaste mal, ¿qué hiciste? –insistió la niña.

–Nada… en serio no hice nada. Aunque me acusan de… –Yolimar lo pensó mejor, ¿cómo decirlo para que no se oyera tan feo?–. *Imaginativa*… Eso dicen…

–Mentirosa, ¿eh? –tradujo la niña–. Como sea, te va a ir mal, a todos nosotros.

–Escuché que vamos a un campamento –repuso Yolimar, intentando ser optimista–. Esos lugares son divertidos.

–No es un campamento de verdad –opinó el niño lloroso–. Es otra cosa, un sitio donde hacen experimentos, o te cortan la lengua y te ponen a pedir limosna. Y nunca, jamás, regresas a tu casa.

–Me quieren asustar, ¿no? –Yolimar intentó sonreír.

–Decimos lo que sabemos –aseguró la niña, seria–. En nuestra escuela de Llano Seco hace casi un año el director Pestecabeza contrató a la compañía Ryu para que ayudara con la disciplina. Al primero que se llevaron al campamento de reeducación fue al bromista de la escuela.

–Gonzo... así se llamaba –recordó el niño lloroso–. Y luego se llevaron a la alumna nueva, la que venía del extranjero, Rina, y a ese niño callado, ¿Danilo?...

–Creo que era Damiano... como sea –suspiró la niña–. Nunca volvimos a ver a ninguno de ellos. Desaparecieron y también sus papás. Ahora sus casas están vacías, como si esas familias nunca hubieran existido.

–Tal vez sólo se cambiaron de ciudad... –opinó Yolimar.

–O hicieron carnitas a los niños y los vendieron en el súper –aseguró la niña.

El niño lloroso se puso todavía más lloroso.

Yolimar suspiró, preocupada. Al menos todo ese sufrimiento le serviría para ser mejor actriz y su biografía sería muy interesante. ¿Por dónde iban? Era imposible saberlo. La camioneta no tenía ventanas y al frente había sólo una rejilla cerrada.

–Ni intentes hablar con el chofer, nadie responde –explicó la niña–. Llevamos viajando dos horas y quién sabe cuánto falta. No dicen nada.

–Quiero a mi mamá –murmuró el niño lloroso.

Estuvieron un rato así, en tenso silencio, sólo se oía al niño sollozar. Yolimar repasaba las cosas extrañas que le ocurrieron ese día. No entendía nada. Entonces recordó algo.

–Los ojos –exclamó.

La niña y el niño lloroso la miraron, confundidos.

–Los ojos de la prefecta –explicó Yolimar–. En la dirección eran cafés, pero antes, cuando se subió a la pared eran raros y grises. ¡No era la misma maestra!, ¡era otra! Por eso la segunda tenía las dos manos pegadas, como si nada.

–Ya se volvió loca –murmuró la otra niña, al lloroso.

Yolimar iba a explicar mejor su descubrimiento pero no alcanzó a responder. Ocurrió algo horrible: la camioneta dio un giro muy brusco, derrapó sobre el camino, se escuchó cómo chirriaban las llantas, y luego perdió el control hasta volcarse entre tronidos metálicos y ruido de vidrios rotos. Los niños quedaron de cabeza; por suerte el cinturón de seguridad los mantuvo a todos en su sitio, el lloroso gritaba. Unos minutos después, comenzaron a saltar chispas azules del techo de metal.

Todavía le faltaba algo más extremo a ese día.

Se abrió la lámina y Yolimar vio cómo se asomó un par de criaturas con cascos de espejo, parecían insectos gigantes.

–Venimos por ustedes –dijo una de las temibles criaturas.

CAPÍTULO 3
Algo peor

Yolimar seguía aturdida por el accidente. ¿Los estaban rescatando? Tal vez los extraños personajes eran socorristas. Pero... ¿por qué llevaban un casco de espejo? Se veían tan raros. Con gran rapidez, uno de ellos cortó los cinturones y las cintas que aprisionaban a los niños.

–Tranquilos, todo va a estar bien –dijo. Se oía como mujer.

–¿Quiénes son? –preguntó el niño lloroso.

–Sus salvadores –aseguró otro, sonaba como un muchacho.

Los sacaron de la camioneta. Yolimar no podía enfocar, el contraste con la luz del sol la deslumbró. Aunque percibió gente con armas, había agua por todas partes. Esperaba ver una ambulancia pero se quedó atónita al descubrir una especie de nave brillosa, como las que salen en las películas de marcianos, tenía una compuerta abierta. ¡Los llevaban ahí!

—¡Nos secuestran los extraterrestres! —gritó la otra niña—. ¡Ayuda!

¿Era eso? Yolimar no podía creerlo. ¡Era el día más extraño de su vida! En la mañana sólo pensaba en sacar diez con su maqueta y luego todo se complicó con bestias peludas, maestras poseídas, ¿extraterrestres? Escuchó disparos. Volteó y vio cómo de la camioneta volcada, de la cabina del conductor salían el enorme señor Petrus y otro soldado, ambos empuñando armas.

—¡Atención! ¡Defensa! —gritó la criatura que sonaba como mujer—. Dos objetivos localizados. De prisa.

Otra criatura con casco de espejo salió de la nave con un arma conectada a una manguera. Soltó un chorro de algo a presión. El señor Petrus se escondió detrás de la camioneta destruida, el soldado no alcanzó a escapar y al contacto con el líquido gritó horrible. ¿Qué era eso? ¿Ácido? Se preguntó Yolimar.

Metieron a los tres niños en la nave, y al entrar los rociaron con algo.

—Tranquilos, es sólo agua —aseguró la que se oía como mujer—. Hacemos esto para comprobar que son humanos.

—¿Y ustedes qué son? —preguntó el niño lloroso—. ¿De qué planeta vienen?

Se escucharon risas. Yolimar vio que dentro de la nave había otros seres con los mismos cascos, en total eran cinco.

—De aquí mismo, somos humanos —aseguró la mujer y se dirigió a un soldado que estaba sentado frente a una consola de mando—. Ari, sella los accesos y dirígete al destino. Los *robs* no tardan en pedir refuerzos.

—A la orden, Capi —asintió el soldado.

Uno de los soldados comenzó a revisar a los niños para ver si tenían heridas. Alrededor no había sillas, sino cajas como con municiones y tanques de agua, colgaban algunos soportes en las paredes. Al fondo se veía una puerta que decía: "Precaución – Salida de emergencia" y al lado una palanca y un chaleco naranja. El vehículo comenzó a vibrar un poco.

Entonces a la que decían Capi, se quitó el casco. Resultó que era una mujer joven (¡y humana!), sonreía. Tenía el pelo muy cortito de un lado y del otro un largo mechón azul. En el cuello le brillaban unos bonitos tatuajes.

–Perdón si se asustaron con todo esto, pero teníamos que sacarlos de ahí –se excusó–. ¿Cómo se llaman?

–Soy Yolimar –dio un tímido paso al frente–. Vengo del pueblo Las Yermas

–Y yo me llamo Esther y éste es Memito –la otra niña señaló al lloroso–. Somos de Llano Seco.

–Mucho gusto a los tres –sonrió Vale–. Yo me llamo Valentina Valdez, pero pueden decirme Vale o Capi. Soy la capitana de esta unidad de salvadores.

–Esta ambulancia es rara –Yolimar miró alrededor–. Todo es raro, ¿por qué se disparaban? Ni que fuera una guerra.

Algunos soldados del fondo rieron.

–A ver, vamos por partes –Vale se sentó en una caja–. Esto no es una ambulancia, es una nave hídrica. Nos dedicamos a rescatar niños que llevan al campamento del AMORS. No sé si sepan, pero ese sitio es terrorífico y peligroso.

Esther y el lloroso Memito se voltearon a ver. ¡Los rumores eran verdad!

–Nosotros estuvimos en un campamento –dijo una chica, comenzó a quitarse el casco–. Y conocemos su secreto, *¡mon dieu!* Es espantoso.

–¡Yo te conozco! –exclamó Esther–. Eres la que llegó a la escuela el año pasado y ponía bombitas de humo...

–¡Las mejores de la escuela! –presumió Rina y se puso una boina.

–Te castigaron junto con otro niño –agregó el lloroso Memito–. ¿Dulio?

–...Dino, soy yo –corrigió otro soldado y se quitó el casco, era un chico con lentes, moreno y parecía amigable.

–¿Qué hacen aquí? ¿Por qué no volvieron a Llano Seco? –preguntó Esther.

–No pudimos –reconoció Dino–. No después de lo que descubrimos en el campamento.

–¿Entonces son ciertas las cosas horribles que dicen? –confirmó Memito.

–Adelante, cuenten todo –Vale animó a Rina y a Dino.

–Bueno... el campamento fue peor de lo que imaginamos –comenzó Rina–. Había castigos horribles, collares con descargas eléctricas, un niño muerto...

–¿Muerto-muerto? –gimió Yolimar.

–Sí, aunque nunca supimos si fue accidente –aseguró Dino–, lo ocultaron las malvadas directoras: Vera y Doris. Además, no nos dejaban hablar con nuestros papás y estábamos vigilados por soldados y una muralla nos impedía escapar. Pero eso no fue lo peor.

–¿Y qué fue, entonces? –preguntó Yolimar, con voz temblorosa.

–Que el campamento era falso –aseguró el otro soldado y se quitó el casco. Era un adolescente muy alto.

–Ah, éste es Aldo, también estuvo con nosotros –explicó Dino.

–¿Qué quieren decir con que el campamento era falso? –insistió Memito.

–Pues eso, que era de mentira –retomó Rina–. Había hasta árboles y cabañas como de decorado. Las verdaderas instalaciones estaban abajo, ocultas en sótanos, con laboratorios modernos, computadoras impresionantes y monitores para vigilarnos. Fue como viajar al futuro... de alguna manera lo es...

–Y ahí descubrimos algo todavía peor –develó Dino.

–¿Como qué? –dijo Yolimar con tiento.

–Que la compañía Ryu tiene campamentos del AMORS en todo el mundo –aseguró Dino–. Se supone que reeducan niños y niñas, pero su verdadero plan es adueñarse primero de las mentes y luego de los cuerpos de los campistas.

Se escuchó una risita, era Esther.

–Perdón... pero ¡ya es demasiado! ¿En serio quieren que creamos eso? –dijo la niña–. Además, ¿cómo escaparon si el lugar tenía tantos soldados y murallas?

–Gracias a unas pistas *ultraboom* que dejó Valentina cuando estuvo allí –Rina miró con admiración a la Capi–. Nos fugamos 55 niños por una salida oculta y llegamos al pueblo abandonado de Santa Elena de los Eucaliptos...

–Aunque nos siguieron los guardias del campamento –recordó Dino

–Es verdad –continuó la chica–, por suerte Valentina y sus soldados nos rescataron, como lo hicimos con ustedes hace rato. Así que alégrense, *mon cher*, ¡son libres!

–Bueno, gracias –repuso Esther todavía desconfiada–. Supongo que le contaron a la policía, ¿no?

–Sí, ¿y qué dijeron sus papás luego de esto? –quiso saber Yolimar.

Los soldados dentro de la nave guardaron un extraño silencio.

–La verdad es que... no hemos vuelto a ver a nuestros padres –carraspeó Dino–. Porque luego descubrimos algo... peor.

–¿Más? –exclamó Yolimar.

Dino tomó aire antes de revelar:

–Nos enteramos de que nuestros padres también son parte de la empresa Ryu.

–¿Vendieron a sus propios hijos al campamento o cómo? –chilló Memito.

–No... es algo peor –reconoció Dino.

–¡Por qué siempre dices lo mismo! –exclamó Yolimar desesperada.

–Capi, Dino, Rina, ¿y si cuentan esa parte después? –sugirió el piloto, llamado Ari–. Los últimos rescatados reaccionaron mal. Mejor esperemos hasta llegar al destino y que vean todo ellos mismos, ¿no? Es muy fuerte.

–¿Qué es fuerte? –quiso saber Memito–. ¿Qué vamos a ver? Por cierto, ¿a dónde vamos?

–Mejor confiesen que son de uno de esos programas de bromas de la tele –dijo Esther.

–¿Estamos en la tele? –repitió Yolimar ilusionada–. Yo soy actriz y cantante. ¿Dónde está el productor? Tengo que hablar con él...

Todos hablaban al mismo tiempo, había un cierto caos. El único silencioso era el alto soldado Aldo.

–Momento, tranquilos. Vamos a hacer una cosa –propuso la capitana Vale y sus tatuajes destellaron en tonos verdes–. Todavía falta para llegar a nuestro destino. Puedo contar algo de mi infancia.

–¿Y eso qué tiene que ver? –exclamó Esther.

–Bueno, si prestan atención, se van a dar cuenta –sonrió la Capi–. Escuchen, cuando era niña vivía en Villa Sal, que es un pueblo muy, pero muy seco. Nunca llovía y para bañarnos usábamos trapos húmedos; para limpiar ropa y trastes teníamos un polvo desinfectante...

Yolimar pensó en Las Yermas, su pueblo, era bastante parecido.

–Era hija única y mis papás eran raros –siguió la Capi–. Casi todo el día estaban trabajando en la fábrica del pueblo. Siempre callados. No eran malos, pero sí muy serios. Me prometían que si sacaba buenas calificaciones un día me llevarían a la Capital.

Yolimar sintió un raro escalofrío. ¿Por qué todo le sonaba tan familiar?

–El problema es que en la escuela me iba fatal –siguió Vale–. Era lista, pero me ponían cero en conducta porque me la pasaba preguntando cosas. ¿Por qué todos éramos hijos únicos? ¿Por qué nadie tenía hermanos, tíos o primos? ¿Por qué el mundo de la tele no se parecía al nuestro? ¿Qué había más allá del pueblo? ¡No conocía a ningún niño que hubiera salido de Villa Sal!

–¿Y qué decían tus papás o los maestros? –se atrevió a preguntar Memito.

–Que ya crecería y conocería el mundo –recordó Vale–. ¡Y que dejara de preguntar! Pero entonces empecé a fijarme en los adultos, tanto en mis papás como en los de la escuela, en el director y en una prefecta tan rara, Luchita, que tenía dientes amarillos y era algo gordita... supuse que comía mucho.

Yolimar comenzó a sudar. Ahora estaba describiendo a la prefecta de su escuela, *Lichita*. Eran muchas coincidencias.

–Y me di cuenta de una cosa –siguió Vale–: nunca había visto comer a Luchita, pero tampoco a mis papás, ni a los maestros, ni a ningún adulto. ¡Ni siquiera tomar agua! Y entonces tuve una sospecha, se las dije a mis mejores amigos. La prefecta y el director se enteraron. Me acusaron de mentirosa y me mandaron al campamento del AMORS para que me reformara. Era el mismo que tiempo después le tocó a Rina, Dino y Aldo. En fin, ahí confirmé mi sospecha, y escapé antes de que fuera demasiado tarde... ¡Eso pasó hace veintiún años!

–Sí, pero ¿qué sospecha? –preguntó Esther, le tembló un poquito la voz.

Ari le lanzó otra mirada a la capitana Vale.

–Conste que te lo advertí... –murmuró el piloto.

–¡No nos puedes dejar así! –Esther casi gritó.

–Está bien, la diré, pero creo que saben de qué hablo –señaló Vale–. Los adultos que había conocido en mi vida; es decir, mis padres, los maestros, el director, el personal del campamento, los guardias, los monitores, en fin, todos... ninguno era humano. Por eso no podía volver con mi familia ni a mi pueblo.

Se hizo un hondo silencio dentro de la nave transportadora. Yolimar sintió que le faltaba el aire.

–¿Entonces qué eran? –se atrevió a preguntar Memito, con un gemido.

–Máquinas –reveló finalmente Vale–. Había crecido rodeada de unas cosas llamadas *robs*.

–¿Hablas de robots? –rio Esther–. Perdón, pero algo así se notaría. ¿No?

–Oh, no. Los *robs* son especiales; se fabricaron para imitar a los humanos –aseguró la Capi–. Por eso es difícil identificarlos. Están cubiertos por un tejido muy parecido a nuestra piel y hasta tienen cabello natural en la cabeza...

–Pero sin su disfraz son muy distintos a nosotros –agregó Dino–. Tienen ventilas, bisagras.

–Y por dentro son un esqueleto metálico con cables, un horror, *¡mon dieu!* –exclamó Rina–. Se alimentan de electricidad y usan un aceite verdoso que llamamos *bioplasma*.

Yolimar se estremeció al recordar a la maestra Lichita, en el incendio de la bodega. La voz rara como metálica, los ojos de vidrio, cómo saltó a la pared. No parecía sentir dolor con las llamas ni cuando perdió la mano... y ese aceite verde. ¿Era una de esas cosas? Comenzó a dolerle la cabeza.

Esther y Memito seguro también estaban recordando algunas cosas raras de su vida, porque estaban pálidos como la sábana de un fantasma.

–En fin, el asunto es que escapé y encontré a otros humanos –continuó la capitana Vale–. Ellos me rescataron y me explicaron que no sólo el campamento era falso, también la escuela, mi familia. Sólo los otros niños que conocí eran de verdad, pero viven engañados. Las máquinas los cuidan como granjeros. Imaginen a alguien que cría animales. Los animales no sospechan que están encerrados en una granja. Creen que la vida es así, nacieron ahí. El granjero les da de comer, de beber, un sitio donde dormir, los ve crecer, aísla a los que dan problemas... aunque tiene un plan para todos ellos.

–Pero ¿de dónde salieron estas máquinas? –exclamó Memito–. ¿Por qué quieren niños? ¿Dónde están los papás de verdad? ¡No entiendo nada!

–Primero tendrían que saber en qué siglo estamos –comentó Rina–. Con eso se entienden muchas cosas.

–¿Siglo? ¿Cómo que siglo? –exclamó Esther, ya muy seria–. ¿No es el XXI?

–Temo que no... –suspiró Dino–. No les hemos dicho lo peor...

–¿Otra vez con eso? –estalló Yolimar desesperada–. No, ni respondas, no creo nada. ¡No soy un conejo en una granja! Mis papás son reales, gané el concurso de talento en la escuela y me van a llevar en mi cumpleaños a la Capital, donde voy a participar en la tele... ¡Seré cantante y actriz! Tengo mucho talento... ya hasta ensayé mi autógrafo –su voz era cada vez más agitada–. Necesito un teléfono para hablar a mi casa, debo tomar aire...

–Les advertí que no iban a entender –señaló Ari.

–Pon una proyección –propuso Rina al piloto–. Para que vean la tecnología del siglo XXIV.

Pero entonces, Yolimar hizo algo que nadie imaginó. Desesperada corrió al fondo, donde estaba la puerta de emergencia y accionó la palanca.

–¡Cierra eso! ¡No traes arnés! –le gritó Valentina.

Con un fuerte ruido se abrió la puerta y Yolimar gritó al descubrir que estaban en el aire. La nave flotaba sobre un enorme bosque calcinado. Al fondo se veían las ruinas de un poblado.

Nadie supo si fue un desmayo o un paso en falso, pero Yolimar perdió el equilibrio y cayó al vacío.

CAPÍTULO 4
Algo mucho (pero mucho) peor

Dino reaccionó. Con increíble rapidez se puso el chaleco naranja colgado al lado de la puerta y se lanzó tras Yolimar. De inmediato se encendió una alarma roja dentro de la nave, las paredes y el suelo se estremecieron con violencia.

–¡Cinturones de seguridad! –gritó Ari–. Voy a aterrizar de emergencia.

La capitana Vale sujetó a Esther y a Memito justo a tiempo, unos segundos después, tuvieron un brusco descenso y la nave derrapó entre los árboles, hasta detenerse entre chirridos. Al final, lo único que se movía eran unos dados de peluche sobre el tablero de mando.

–¿Todos bien? –preguntó la capitana.

–Creo que sí, menos la niña que saltó –murmuró Esther–. Seguro se hizo pomada.

–*¡Mon dieu!* No digas eso. Dino la salvó... creo –Rina se asomó por la puerta de emergencia abierta.

–Pues saltó con un simple chaleco –recordó Esther.

–Es un chaleco de salvamento, ya lo verán –aseguró Vale–. Debemos buscarlos.

Todos salieron. Esther y Memito comprobaron que habían estado volando en una nave; ¡realmente estaban en el futuro! Todo era tan raro. De un lado del vehículo salían chorros de un líquido muy claro.

–Tranquilos, no va a explotar –aseguró Ari–. Es agua de los depósitos, la usamos para combatir a los *robs*. Pero lo que me preocupa es esto –señaló la puerta de emergencia doblada–. La nave hídrica no va a volar si llevamos esta parte abierta. Hay que repararla.

–Entonces date prisa –recomendó Vale–. Ésta es una zona peligrosa, casi siempre hay *robs* patrulladores en el Bosque Cenizo.

El nombre le quedaba perfecto. Era un bosque quemado, apenas quedaban enormes troncos y ramas negras que se extendían por varios kilómetros. El incendio debió ocurrir mucho tiempo atrás porque se habían formado telarañas enormes sobre algunos árboles, parecían follaje blanco.

–Hay que dividirnos para buscarlos –propuso la capitana Vale–. Aldo, tú rastrea al norte y oeste, yo buscaré con Rina al sur y al este. Entre más rápido salgamos de este sitio será mejor.

Le pasó al muchacho enorme un radio para mantenerse en comunicación. Valentina y Rina rápidamente se perdieron entre el bosque chamuscado. Ari sacó una gran caja de herramientas y se dedicó a reparar la puerta.

Aldo llevaba caminando unos pocos minutos entre los árboles carbonizados, cuando escuchó unos pasitos detrás de él. Estaba a punto de sacar su arma pero vio

que se trataba de los niños rescatados: la niña respondona y el lloroso.

–¿Por qué me siguen? –exclamó con alarma.

–Nadie nos dijo nada y queremos ver un poco este lugar –confesó Esther y echó una ojeada al paraje calcinado–. Perdón, pero para ser el futuro se ve muy... feo.

–Es que estamos en el futuro después del futuro –explicó el soldado–. La guerra destrozó todo.

–¿La tercera guerra mundial? ¿Sí existió? –se atrevió a preguntar Memito.

–Y también una cuarta, una quinta y una guerra final –reveló Aldo–. Como sea, eso fue hace mucho tiempo.

–¿En qué año se supone que estamos? –preguntó Esther.

–Veamos –Aldo miró su reloj con calendario–. Hoy es 15 de marzo del año 2377.

Los niños tardaron un momento en reaccionar.

–¿Qué? ¡Tanto! –finalmente saltó la niña–. Pero ¿viajamos al futuro por un portal o algo así?

–No, ¡qué ocurrencias! –Aldo sonrió–. Nacimos en esta época. Lo que pasa es que los *robs* nos engañan y construyen pueblos, campamentos y escuelas que parecen del siglo xx o xxi. Pero el mundo real es más o menos como lo ven ahora...

–Con razón no podemos viajar casi a ningún lado –observó Memito, pensativo–. No quieren que nos demos cuenta.

–Exacto, y ¡no toquen nada –gritó Aldo–. ¡O algún patrullador puede detectarnos!

La advertencia era para Esther, que había intentado arrancar una de las ramas secas, pero se le deshizo en la mano y segundos después, casi todo el árbol se convirtió en ceniza. A toda prisa, Aldo sacó su arma y disparó un potente chorro de agua y evitó que se elevara una nube de ceniza.

–Hay que movernos de este sitio –sugirió el soldado.

–Oye, ¿y nuestras familias...? –Esther retomó la conversación–. Digo, de algún lugar tuvimos que salir.

–No tenemos familias –suspiró Aldo–. Yo también me impresioné cuando lo supe. Los *robs* nos encontraron en Las Arcas. Pero ya se los explicarán luego. Perdón, pero no soy bueno para hablar...

–¡Claro que sí! Anda, cuenta, ¡dinos lo que sepas! –suplicó Esther.

–...Sé algunas cosas –aceptó el soldado luego de ordenar sus pensamientos–. Primero estallaron las guerras, y el mundo quedó contaminado con radiación. Y los últimos humanos construyeron a toda prisa arcas subterráneas; hicieron varias, tenían laboratorios con embriones congelados, como semillitas. El plan era repoblar el mundo cuando pasara la radiación. Pero nadie sobrevivió y muchísimos años después, los *robs* que dominaban el mundo encontraron estas arcas y nos trajeron de regreso. Nos metieron a esos pueblos falsos con familias de mentira. Les dicen *núcleos de sembrado*.

Los niños estaban tan impresionados que por un momento no supieron qué decir.

–Pero... para empezar, ¿quién hizo a los *robs*? –preguntó finalmente Memito.

–Los humanos del siglo XXI –develó Aldo–. Fue un invento que se salió de control... pero ya les explicarán mejor esos detalles en el refugio...

–¿Es otro pueblo? ¿Hay más niños? –quiso saber Esther–. ¿Vives ahí? ¿Desde cuándo? ¿Quién lo hizo?

–¡Son muchas preguntas! –se quejó Aldo.

Y no alcanzó a contestar ninguna de ellas, porque Memito tropezó. Había metido el pie en un agujero.

–¡Espera! No hagas un movimiento brusco –recomendó Aldo en voz baja–. Es una madriguera. En esta zona debe haber *rads*.

–¿Ratas? –gimió Memito.

–No. *Rads... radiados* –murmuró el soldado y señaló algunos agujeros que había alrededor–. Son mutaciones de algunos animales que sobrevivieron. Créanme, en este mundo sí existen los monstruos y son terroríficos.

El niño se soltó a llorar, a punto del desmayo.

En otro lado del Bosque Cenizo, Rina y la capitana Vale habían recorrido un buen tramo entre los árboles calcinados; se detuvieron al ver los restos de una casa en ruinas, con paredes rotas y requemadas. De pronto, escucharon voces. Vale hizo una seña a Rina para que se acercaran con sigilo.

–¡Son ellos! ¡Están ahí! –exclamó Rina, aliviada.

Al revisar la casa descubrieron que no había puerta, y dentro, bajo el techo con tejas rotas estaba Yolimar, sentada en un rincón, con aspecto aturdido, y a su lado, Dino, que limpiaba una gruesa tela elástica anaranjada.

Rina entró a la casa en ruinas para abrazar al chico.

–¿Están bien? –confirmó.

–Sí, pero no aprietes tanto que me vas a romper una costilla –se quejó Dino.

–Tuvieron suerte de aterrizar aquí –la capitana Vale miró el agujero del techo con tejas podridas–. Eso frenó el impacto.

–Gracias, pero no sé si ella está bien –Dino señaló a Yolimar–. Parece rara.

Rina se acercó a la niña para ayudarla a ponerse de pie.

–¿Cómo te sientes? ¿Te duele algo?

–No sé... caí a un abismo –murmuró la niña, desorientada–. ¿Ya me morí?

–No, *ma chère*, ni digas eso. Dino te salvó, usó un chaleco antiimpacto –Rina señaló el curioso cobertor anaranjado que comenzaba a reducirse–. Al tocar el suelo los envolvió para absorber el golpe. *Ultraboom, ¿no?*

–Pero ¿por qué volábamos? ¡Y en esa cosa sin alas! –Yolimar se frotó la cara–. Siempre he tenido mala suerte, pero hoy ha sido el peor día de mi vida. Sólo quisiera dormir y que mañana fuera un día normal...

–Tranquila... Yolimar, ¿verdad? –la capitana Vale se puso a su lado, amigable–. Sufres un ataque de pánico, y en parte es mi culpa. Ari lo advirtió. Es demasiada información para algunos rescatados, debí esperarme al refugio. ¿Me disculpas?

La niña no respondió, parecía a punto de llorar.

–Escucha, respira hondo –propuso la Capi–. Anda, hazlo conmigo.

–Todos tuvimos que pasar por esto, por la revelación –comentó Rina–. Le decimos el Gran Secreto.

–Yo estaba asustadísimo cuando me enteré –reconoció Dino–. Y también me puse muy triste, fue como perder todo en un minuto: a mis papás, mi pueblo, el mundo en el que creía que estaba viviendo.

–¿Sentiste todo eso? –confirmó Yolimar.

–Sí, pero también me tranquilizó porque entendí al fin muchas cosas raras de mi vida –aseguró el chico–. Y terminé por aceptarlo. Vas a estar bien, somos tu nueva familia, te vamos a proteger.

La niña abrazó a Dino.

–¿Y eso? –preguntó sorprendido.

–Me salvaste la vida, nunca lo olvidaré –Yolimar rompió a llorar.

Estuvo un rato así, hasta que se calmó.

–Ese abrazo ya duró mucho, ¿no? –carraspeó Rina.

Un tronido de estática asustó a todos, se dieron cuenta de que era el radio que llevaba la capitana Vale al cinto.

–Capi... ¿me copias? –resonó una voz por el aparato–. Aquí Aldo, estoy por la zona del cráter. Tengo información importante. Cambio.

–Aquí Vale. ¿Qué pasó, Aldo? Cambio –respondió la Capi.

–Dos noticias buenas –se escuchó la voz entre interferencias–. Uno de los nuevos refugiados metió un pie en una madriguera de *rads*...

Rina y Dino se miraron con alarma.

–¿Ésa qué tiene de buena? Cambio –Vale se acercó el radio al oído, había demasiada estática–. ¿Aldo? No te oigo bien... Cambio.

–...Ah, que no le pasó nada –se oyó finalmente la voz–. Por suerte hay sol y el bicho no se atrevió a salir. Y la otra buena noticia es que ya encontramos a uno...

–¿Uno quién? –interrumpió Vale–. ¿A quién? Aldo, contesta. Cambio.

–...A uno de los que cayeron de la nave –respondió la voz entrecortada, ante la alarma de todos–. Creo que es Dino, nos vamos a acercar...

–Es imposible. ¡Dino está con nosotros! –gritó Vale–. ¿Aldo? ¿Me copias? No te acerques, ¡no es de los nuestros! Debe ser un *rob* patrullador. ¡Aldo! ¿Me oyes?

Sólo sonaba estática y como chirridos.

—Dijo que estaba por el cráter —anotó Rina. Eso es cerca de la nave.

—¿Y qué estamos esperando? Vamos —exclamó la Capi con urgencia—. ¡Aldo cayó en una trampa!

CAPÍTULO 5
Un viejo enemigo

El grupo corrió por el bosque calcinado. Yolimar no se despegaba de Dino. Cuando llegaron a la zona del cráter se toparon con una imagen muy rara. Dentro de un amplio agujero atiborrado de ceniza, había un soldado con la cara y cabeza ocultas por un pasamontaña negro y gafas. Tenía las dos manos levantadas y parecía empapado, a sus pies se formaba un charco de lodo. A unos metros, Aldo, empuñaba el disparador de agua y más atrás, escondidos tras arbustos, Esther y Memito.

–Cuidado. No es de los nuestros... –advirtió Vale a Aldo.

–Sí, ya me di cuenta –murmuró el chico, tenso–. Pero tampoco es un *rob*. No huye al agua.

–Soy humano, ¡como ustedes! –exclamó el personaje misterioso y todos se pusieron en alerta–. ¡Por favor ayúdenme!

–¿Quién eres? ¿De dónde vienes? –se acercó Vale empuñando su arma.

–¡Ayúdenme! ¡Por lo que más quieran! –insistió el desconocido, se oía joven.

–Quítate el pasamontañas –ordenó Vale–. Con cuidado, y no hagas movimientos bruscos, ¿entendido?

Y el extraño obedeció. Se retiró las gafas y luego el pasamontaña. Cuando develó su rostro, Rina y Dino lanzaron una exclamación, pero también Esther y Memito. ¡Los cuatro lo habían reconocido! Era un adolescente corpulento, de cabello cortado casi al ras, la cara salpicada de granos y cicatrices.

–¿Gonzo? ¿De verdad eres tú? –Dino dio un paso al frente para verlo mejor.

–Soy yo, el original. Nada de copia... –Gonzo intentó acercarse, cojeaba un poco–. ¡Al fin los encuentro! ¡Llevo mucho tiempo buscándolos!

–Espera, ¡no te muevas de ahí! ¡No hagas nada! –advirtió Vale e hizo una seña a Rina y a Dino para que se mantuvieran en guardia.

–¿Por qué no lo ayudan? –Yolimar preguntó, desconcertada

–Gonzo era nuestro enemigo en el campamento –murmuró Dino–. Nos hizo cosas horribles y además es un *lav*.

–¿*Lav*? –repitió Yolimar.

–¡No! ¡No soy eso! –gritó Gonzo, había escuchado la palabra–. ¡Y ya cambié! Sólo estaba confundido... Cuando descubrí la verdad, escapé de las instalaciones de Ryu. ¡Llevo semanas corriendo! Estaba buscando un escondite. Además, estoy herido... me mordió uno de esos bichos que salen de noche...

–¿Se va a morir? –preguntó Memito desde su escondite.

–No creo, a menos que se infecte –dedujo Dino.

Gonzo estaba lloriqueando, según él le dolía mucho un pie.

–Yo digo que lo dejemos... –propuso Rina–. Gonzo siempre ha sido muy malo y los *lavs* nunca dejan de ser *lavs*.

–¿Pero ¿qué es un *lav*? –insistió Yolimar.

–¿...Y si ya entró en razón? –meditó la capitana Vale–. Tal vez dice la verdad. Al menos dejen que lo revise.

Aldo, Rina y Dino parecían muy tensos.

–Gonzo, voy a revisar tu herida –anunció la Capi–. Y si es verdad lo que dices, te ayudaremos.

–¡Gracias! En serio, ¡muchas gracias! –Gonzo hizo el gesto de limpiarse las lágrimas.

–Esto es un error... –dijo Rina, entre dientes.

Pero Vale ya estaba al lado del enorme adolescente.

–Es aquí, aquí me mordió el bicho –Gonzo se subió el pantalón.

Todo fue muy rápido. Gonzo guardaba en el tobillo un pequeño aturdidor eléctrico, se lo puso a Vale en el cuello. Se escuchó un tronido y luego de unas rápidas convulsiones, la capitana perdió el sentido. El grupo de rescatadores y rescatados gritó.

Por inercia Aldo disparó su arma, pero sólo era agua, no hacía daño a humanos.

Gonzo sonrió y activó un comunicador oculto que llevaba bajo la solapa.

–Capturé a una jefa –anunció, feliz–. Hay que acercar el transporte y avisar a la oficina central. La zona está llena de desertores.

Se oyeron disparos de arma de fuego y todos se echaron al suelo, alarmados. El que disparaba era Ari, que se acercaba a toda prisa.

–¡Basta! ¡Detente! –gritó Gonzo y empuñó el aturdidor eléctrico–. Si te acercas o vuelves a disparar, le daré otra descarga a su jefa, y no sé si la aguante.

Puso el aparato en la sien de Vale, que seguía inconsciente.

–¡Les dije! Gonzo nunca va a cambiar –gruñó Rina, desesperada.

–Eso es un *lav* –señaló Dino a Yolimar–. Humanos con el cerebro *lavado*. Son sirvientes y soldados de los *robs*. Creen que esas cosas son superiores a nosotros.

–¡Lo son! Y las reglas tienen que cumplirse –exclamó Gonzo, con orgullo–. Ryu me dará la medalla de la lealtad dorada. ¡Obedezco ahora, obedezco siempre!

En ese instante entró por un extremo del cráter una camioneta negra, sin ventanas, se abrió la puerta y Gonzo arrastró al interior a Vale, que comenzaba a reaccionar. En cuanto cerró el vehículo, arrancó.

Ari, desesperado, volvió a disparar, pero la camioneta estaba blindada y las balas apenas arañaron la superficie.

–Disparen a las llantas, ¡rápido! –exclamó Rina.

–También están reforzadas –señaló Ari.

–¡Con las otras armas! –Rina cargó un cartucho de agua en su disparador y lanzó un chorro a la parte inferior de la camioneta negra–. Todos, vacíen los tanques, no pierdan tiempo.

Ari, Dino y Aldo obedecieron. Pronto descubrieron la estrategia. La pesada camioneta comenzó a atascarse en el fango formado con la ceniza húmeda. Las llantas patinaban de un lado a otro.

–¡Bien pensado! –Dino felicitó a Rina.

–Gracias, *mon chéri* –sonrió la joven.

Ari se acercó al frente del vehículo y dio varias patadas a unos cañones metálicos bajo los faros, hasta doblarlos, para inutilizarlos.

–¡Suelta a la capitana! –gritó el piloto, pero el cristal negro no dejaba ver el interior.

Nadie respondió. La camioneta volvió a intentar salir del atasco entre chirridos y humo. Olía a caucho quemado.

–En la nave traigo los sopletes –recordó Ari–. Le haré un agujero.

–Ya no hay tiempo –Aldo señaló a lo lejos.

A pocos kilómetros comenzaron a formarse nubes de polvo. Se aproximaban más camionetas llenas de *robs*.

–Si nos quedamos, nos van a capturar a todos –reconoció Rina.

–¿Entonces qué? ¡No podemos dejar a Vale aquí! –Ari parecía a punto de llorar de la desesperación.

Todos estaban angustiados. Se oían los gemidos de Memito.

–Ésta es la misión de salvamento más desastrosa en la que he participado –reconoció Aldo.

–Es mi culpa –gimió Yolimar–. Si no hubiera abierto la puerta de emergencia...

–¡Al menos lo reconoces! Claro que lo provocaste tú –señaló Esther.

–*¡Mon dieu!* No hay tiempo de echar culpas –urgió Rina, concentrada–. Busquemos una solución.

–Oigan. ¿Y si la llevamos? –dijo Dino, de pronto.

Todos lo miraron, intrigados.

–Ari, ¿traes sujetadores en la nave? –el chico se ajustó los lentes–. ¿Crees que aguanten el peso?

–Sí, pero... ¿quieres llevarte la camioneta? –Ari parpadeó, sorprendido–. ¿Al refugio?

–¡Exacto! Allá podremos abrirla sin problema –explicó Dino.

–Pero es meter a un enemigo a nuestro territorio, ¿no? –señaló Aldo, preocupado.

–Avisaremos para que todos estén preparados –sugirió Rina–. ¡La idea de Dino es *ultraboom*! ¿O a alguien se le ocurre otra cosa? ¡Ya no hay tiempo!

Y eso hicieron. Con la puerta de emergencia ya reparada por Ari, la nave pudo elevarse sin problema, pero ahora llevaba atada, con gruesos cables de acero, la camioneta negra. Colgaba como un gran péndulo.

–Sólo espero que Vale esté bien, ahí dentro... –Rina miró por una ventanilla.

–Si ya despertó, seguro todo está bajo control –aseguró Ari–. La Capi sabe muy bien cómo defenderse.

–¿Y el escondite ese que dicen es seguro? –preguntó Esther–. Nos pueden seguir esos *robis*.

–*Robs* –corrigió Dino–. Su sistema mecánico funciona con un aceite; si sumerges a esas cosas en agua se estropean por el cambio de presión. Por eso escogen zonas secas para sus granjas y modifican hasta los ciclos de lluvia con químicos...

–Y por eso nuestro escondite es un buen escondite –aseguró Ari.

Al cabo de unos minutos, los niños rescatados vieron por una ventanilla que flotaban sobre una gran masa de agua brillante.

–Hace mucho tiempo, aquí estaba la capital de un país llamado México –explicó Rina–. Los pobladores más antiguos fundaron una ciudad en medio de los lagos, servía para protegerse de sus enemigos. La ciudad cambió mucho con los siglos, pero luego de la Guerra

Final, quedó abandonada y poco a poco se inundó hasta quedar como al principio.

–¿Y qué es eso? –Memito señaló unas cosas enormes con musgo que salían del agua, aquí y allá. Algunos extraños pájaros se posaban encima.

–Son rascacielos, pero sólo se ven los pisos de arriba –reconoció Ari–. Noventa por ciento de la ciudad está bajo el agua. Aunque hay una parte seca donde vivimos los *hums*.

–Los humanos que escapamos de las granjas y campamentos –completó Rina.

Lentamente se acercaron a las zonas secas, aparecieron algunas construcciones, edificios torcidos, recostados unos sobre otros, muchas calles se habían vuelto canales de agua. Pero conforme iban llegando al centro, las construcciones lucían mejor conservadas, había árboles, plantas con flores. Niños corriendo en las azoteas que saludaban a la nave.

–Bienvenidos a Neotitlán –anunció Dino–. Éste será su nuevo hogar. Es un escondite increíble, ya lo verán.

Yolimar no lo podía creer, al fin conocería la Capital, aunque no como lo tenía planeado; digamos que llegaba más de tres siglos después.

CAPÍTULO 6
Neotitlán

La nave aterrizó en una enorme plaza, había alrededor otra media docena de naves de distintos tamaños. Como Ari había avisado de la situación, los esperaba un contingente de soldados, con armas y sopletes listos para abrir la camioneta.

–¿Están todos bien? ¿Alguna baja? –entró una chica enorme a la nave.

–Salvamento accidentado, pero parece que todos bien –explicó Ari–. Esperemos que Vale también. Traemos a tres rescatados y no te preocupes, tu Aldo está bien.

El alto soldado avanzó y la enorme muchacha le dio un abrazo.

–¿Son novios? –preguntó Esther.

–Pues sí, Bety *la Bestia* y Aldo salen –asintió Rina–. Es *ultraboom*, ¿no?

–A ver, péinense un poco –recomendó Dino–. Van a conocer a Landa, siempre recibe a los nuevos.

—Es el jefe de la ciudad —explicó Rina—. Fundó este refugio hace años. Vamos, rápido, hay que salir.

En cuanto Esther, Memito y Yolimar pusieron un pie fuera, los rodeó una comitiva de niños con ropa remendada, llena de parches de colores. Les colocaron collares hechos con flores de papel. Todos hablaban al mismo tiempo, saltando alrededor: "¡Bienvenidos a Neotitlán!" "¡Felicidades, ya son libres, escaparon de los *robs*!" "¿Tienen hambre? Hay comida deshidratada, ¡les va a encantar!".

—Déjenlos respirar —rio una voz adulta.

Era un hombre que vestía un uniforme curioso, hecho también con retazos de muchos colores, su cabello parecía un nido y traía un sombrero de paja.

—Bienvenidos, hermanitos —el colorido personaje saludó de mano a Esther, Memito y Yolimar—. Soy el jefe Landa. Me da mucho gusto que estén con nosotros. No se preocupen, en Neotitlán están a salvo, aquí tendrán una familia, una de verdad —carraspeó—. ¿Les hablaron del *gran secreto*?

—...Hace mucho se acabó el mundo y los robots nos sacaron de un congelador de semillas —resumió Memito—. Ah, y los robots son muy malos...

—Sí, algo así... —el jefe Landa estalló en una risa contagiosa—. Luego sabrán más detalles. Por ahora vayan con los hermanitos del comité de bienvenida —señaló al grupo de niños ruidosos—. Les dirán dónde limpiarse y comer.

La única que no se movía de su sitio era Yolimar, parecía tensa y a punto de llorar. Miraba alrededor, las naves que soltaban chorros de vapor caliente, los viejos edificios, los chicos corriendo de un lado a otro, los soldados.

Había mucho ruido. Dino vio que la niña estaba a punto de sufrir otro ataque de pánico.

–Yo llevo a Yolimar a la Gran Casa –se ofreció–. Y le muestro un poco la ciudad.

A toda prisa, la niña le dio la mano.

–Pero ¡vamos a abrir la camioneta para sacar a Vale! –Rina señaló al vehículo, ya estaba rodeado por soldados con sopletes–. Te apuesto que también hay un Petrus dentro. ¿No quieres verlo?

–No tardo casi nada –prometió el chico y se dirigió a Yolimar–. Ven, sígueme.

Y subió por una escalera armada con muchas placas de metal.

–No tengas miedo –dijo, amistoso–. Por aquí se ve mejor Neotitlán, y el puente elevado conecta los edificios principales, son muy bonitos, te van a gustar.

Yolimar se animó a subir. Las escaleras conducían a un sistema de pasarelas elevadas alrededor de la plaza. A los costados había enormes edificios, uno de ellos tenía un montón de ventanas enrejadas y una gran puerta de metal, afuera había muchos soldados, chicos y chicas.

–Ese sitio era el tribunal de la ciudad, le decimos La Suprema –explicó Dino–. Ahí se guardan todas las armas de la ciudad. Pero no sólo hay edificios, mira, ven.

Casi en contraesquina había un pequeño cerro lleno de vegetación y árboles. Algunos niños jugaban en él.

–Esa colina se llama Montepié –Dino señaló–. Hace siglos era un edificio llamado Monte de Piedad, pero se derrumbó y le crecieron árboles. El jefe Landa propuso que lo dejemos así, dice que es bueno tener algo verde en la ciudad y un sitio para hacer deportes. ¿No es genial?

Yolimar parecía desconcertada; era evidente que nunca había visto tantos árboles juntos. En Las Yermas sólo había yerbajos y troncos amarillentos.

–Además, dicen que si escarbas en Montepié puedes encontrar anillos o relojes de oro que la gente antigua empeñaba –continuó Dino–. Aunque ahora no sirven de nada.

–¿Y se puede nadar? –Yolimar observó un canal que pasaba al lado de la colina de Montepié. Había algunas lanchas.

–En la Gran Casa hay una poza para nadar. Estos canales no están limpios. Y nunca, pero nunca, nades en la laguna que rodea la ciudad. Hay *rads*, esos bichos *radiados*, son feos y fieros.

Yolimar se puso pálida.

–Tranquila, no entran a los canales de Neotitlán –aseguró Dino–. Hay una barrera *antirad* bajo el agua. La mandó poner el jefe Landa, y también tenemos radares –ante la cara de susto de la niña, Dino prefirió cambiar de tema–. Oye, estamos cerca de la Gran Escuela. Ven, vamos rápido, es increíble.

Se dirigieron a lo que parecía una viejísima iglesia de piedra, una de las torres estaba a la mitad, pero otra se alzaba imponente. Bajaron por una rampa hasta un atrio donde había una veintena de niños y niñas saltando la cuerda, otros pintando con gises de colores en el suelo, y algunos se lanzaban una pelota triangular que permanecía flotando en el aire un rato antes de caer.

–Es la hora del recreo de los primeros grados –Dino se abrió paso–. Tenemos tiempo para echar un ojo, sígueme.

–¿Y todos estos niños son... rescatados? –Yolimar los miró sorprendida. Vestían con ropa parchada de colores, se veían contentos ¡y no había prefecta vigilando!

–Así es. Como nosotros. Muchos vivían en algún pueblo falso o escaparon de un campamento del AMORS. Aunque otros nacieron aquí.

–¿Aquí? –repitió Yolimar, atónita–. Entonces ¿no conocen a los *robs*?

–Exacto. Qué suerte, ¿no? Sus papás llegaron hace años con el jefe Landa… El más más viejo de la ciudad es un señor de 37 años, es científico, le dicen el abuelo o Abue. Trabaja en el edificio Sanil.

–Entonces, los grandes… ¿Son como los papás y mamás?

–Más bien como hermanos mayores –explicó Dino–. En total, en Neotitlán somos 1093 habitantes.

–Son muchos.

–No tanto, dicen que esta ciudad tuvo más de ¡veinte millones! ¿Te imaginas? Mira… quería que vieras esto.

Estaban dentro de la vieja construcción, había varias secciones, unas para estudio, otras eran una biblioteca, incluso había bodegas de comida. El techo era altísimo y todo un poco oscuro, pero había unas como burbujas de luz que flotaban por aquí y allá, acercándose a donde había más estudiantes.

–Ésta era la iglesia principal de la ciudad –recordó Dino–. Ahora sirve de almacén y como la Gran Escuela de Neotitlán, a donde venimos a aprender cosas que nos sirvan, como hacer un huerto, coser ropa, filtrar agua. Hay mucho que ver, mira ven, creo que esto te va a gustar.

Dino llevó a la niña hasta una sección muy luminosa, y en una pared donde estaba ¡un temible señor Petrus! Con sus gafas de espejo y un arma al cinto.

–Tranquila, ¡es un holograma! –Dino traspasó al soldado con la mano–. Les decimos *holos*. Parecen reales, pero es una proyección de luz. Hay más.

Dino llevó a Yolimar a la antigua capilla que estaba llena de hologramas: de unos pequeños proyectores salían panteras, pájaros de colores preciosos, pequeñas ciudades diminutas llenas de personas, una feria con niños, automóviles en una autopista. Yolimar estaba asombrada, casi podía tocar las cosas.

–¿De dónde sacaron esto? –preguntó.

–Lo trajeron los *recuperadores*. Es una brigada que explora las ruinas. Es algo peligroso, pero encuentran cosas increíbles del pasado. Primero llevan al Tecnológico Sanil, ahí los científicos estudian todo e intentan repararlo. Por ejemplo, gracias a unos planos pudieron armar las naves hídricas con las que viajamos usando vapor de agua. En el Sanil trabaja mi mejor amigo, Edi. Luego te lo presento.

–¿Y estos... *holos*... –Yolimar recordó la palabra–. ...para qué sirven?

–Son memoria del pasado. El jefe Landa mandó reunirlos, así sabremos de dónde vinimos. Además, hay momentos muy importantes. ¿Ves esta imagen?

Señaló otro holograma, era de una isla, con palmeras y varios edificios de los que destacaba uno muy alto, triangular, de cristal verde intenso.

–Qué bonito –se acercó Yolimar.

–Sí, por desgracia aquí comenzó el fin de la humanidad –suspiró Dino–, hace más de tres siglos, en el 2057. Una empresa llamada Ryu, especializada en robótica construyó esa isla artificial en el Océano Pacífico. Ahí se diseñaron los primeros autómatas con poderosa inteligencia artificial. El plan era que ayudaran a los humanos a eliminar los males.

–Eso es bueno, ¿no?

–No tanto...

Dino le hizo a Yolimar un resumen. Al principio los *robs* fueron programados para ayudar al ser humano a combatir los males, pero los robots, en su fría lógica, dedujeron que el peor enemigo de la humanidad ¡es la humanidad misma!, que crea guerras, causa sobrepoblación, acaba con los recursos. Empezaron a desaparecer gente en la isla y la sustituyeron por copias mecánicas. Los inventores, asustados, intentaron deshacerse de los robots, hasta bombardearon la isla, pero fue demasiado tarde, algunos *robs* ya habían escapado, se replicaron, siguieron con su cometido. Comenzó una guerra que duró 50 años, hasta que los *robs* tuvieron acceso a las armas nucleares y acabaron casi con todo.

–¡Qué horrible! –Yolimar quedó impactada.

Pero ahí estaban unos hologramas con imágenes de soldados, ciudades envueltas en fuego, inundadas, monumentos destruidos. Varios letreros flotantes explicaban: "Primera purga"; "Segunda purga"; "Tercera purga"; "Guerra Final".

–Los pocos animales que quedaron tuvieron mutaciones horribles, son los *rads* –explicó Dino–. Y sobrevivieron doce arcas secretas con material genético que hicieron los últimos humanos... de donde salimos nosotros.

–El congelador de semillas –Yolimar recordó las palabras de Memito.

–Durante un siglo la Tierra se quedó sin humanos –Dino continuó–. Y los *robs* hicieron sus ciudades, a ellos no les afecta la radiación, sólo el agua. Un día encontraron las arcas y nos trajeron de regreso, nos metieron en esos pueblos falsos, con padres de mentira.

–Nos odian, ¿no?

–Sí, pero también nos envidian –aseguró Dino–. Los *robs* sólo pueden repetir y copiar, no tienen verdaderos sentimientos. Nosotros, como humanos, sí y nuestra imaginación es muy poderosa, construimos civilizaciones...

–Algo dijeron en la nave... que querían nuestros cuerpos –recordó Yolimar, con un escalofrío.

–Exacto –Dino tomó aire–. Los *robs* nos dicen *cáscaras* o *pellejos*. Para ellos somos fundas orgánicas y su plan es vaciar sus memorias electrónicas en nuestro cerebro para controlar nuestros cuerpos y mentes. Así podrán usar la mejor parte humana, los sentimientos, el talento. Y cuando un cuerpo ya no sirva, lo desecharán como cáscara o pellejo, para ocupar otro cuerpo fresco. Así vivirán para siempre.

–¡Eso es lo más espantoso que he oído! –Yolimar ahogó un grito–. ¿Están haciendo eso?

–Sí pero todavía no les sale bien. A estos bichos les decimos *mods*, modificados. No son ni robots ni humanos, son algo intermedio y de verdad son espantosos. Conocí a uno en el campamento donde estuve con mis amigos. Le decían *La Suplicante*... aunque su nombre es Lirio. Era una cosa rara y malvada –el chico se estremeció–. La arrojamos a un pozo, espero que esté muerta. Los campamentos son, entre otras cosas, para experimentar.

Dino se detuvo, no quería que Yolimar se desmayara. Estaba muy pálida.

–Pero bueno, ¡ya eres libre! –Dino intentó consolarla–. Y hay mucho que hacer en esta ciudad. Puedes unirte a alguna brigada cuando estés lista. Estarás bien.

–Sí... pero –Yolimar parecía llorosa–. ¿Y mis compañeros de la escuela en Las Yermas? ¿Y mi mejor amiga,

Luisa? Los van a usar en los experimentos o como pellejo. ¿Cuándo los van a rescatar?

–No podemos entrar a los pueblos –confesó Dino–. El jefe Landa dice que hay muchos soldados *robs* armados y nos vencerían enseguida. Es mejor rescatar poco a poco a los niños que llevan en los traslados o a los que escapan de un campamento. Ya se han liberado a más de 950 hermanitos, es algo, ¿no crees?

–Sí, mucho, ¿y todos viven aquí?

–Y unos pocos en Sanfé, el jefe Landa fundó otra ciudad más chica, creo que era un viejo centro comercial. Vamos pocas veces para allá, el camino es muy peligroso... –Dino hizo una pausa al ver la cara de la niña, urgía cambiar de tema–. Se hace tarde; seguro tienes hambre y estás cansada. ¿Qué te parece si te llevo a la Gran Casa?

Yolimar asintió. Salieron de la escuela y subieron a los puentes elevados.

–Oye, Dino, sólo prométeme una cosa –la niña le tomó el brazo–. Que nunca dejarás de ser mi amigo.

–Claro, pero no te preocupes. Pronto tendrás más amigos, les vas a caer bien a todos, eres bonita y lista. Ya verás.

–¿Crees que soy bonita? –Yolimar se puso muy roja.

–Bueno, sí, quiero decir... y simpática también –carraspeó y por suerte, vio algo al fondo–. Mira, es la Gran Casa. ¿No es impresionante?

Lo era. Se trataba de un viejísimo palacio de piedra amarillenta y roja, de tres pisos, y muchísimas ventanas, de las que se veía ropa tendida, calcetines, gorros, camisas. Había sobre el portón una gran manta que decía:

"Gran Casa de Neotitlán. Aquí todos los humanos son iguales, libres y bienvenidos. Nos fuimos, pero volvimos".

–El sitio es increíble y gigantesco –aseguró Dino mientras tomaban una rampa que conducía al acceso–. Está lleno de salones, patios, escaleras y unas pinturas alucinantes.

–¿Es donde vive el jefe Landa?

–No. ¡Es la casa de todos! Y seguro ya te esperan para asignarte tu lugar... ¿Te sientes mejor?

–Creo que sí. Gracias... amigo.

La niña intentó darle otro abrazo, pero escucharon una voz:

–¡Dino, *mon chéri*! –alguien gritaba–. ¿Dónde se metieron? ¿Por qué tardaron tanto? ¡Te he estado buscando!

Era Rina, estaba en la puerta, con otra chica.

–¿Ya rescataron a Vale? –preguntó Dino.

–Ya casi. Ha sido muy difícil, la camioneta tiene 10 capas de blindaje –explicó Rina–. Pero están a punto de abrirla –miró a Yolimar y se dirigió a la otra muchacha–. Ésta es Yolimar, la niña que faltaba, de los últimos rescatados.

–Bienvenida, ven conmigo –repuso la chica–. Te diré qué dormitorio te toca.

–Nelly es una de las jefas de la Gran Casa –explicó Dino–. Es bajita ¡pero más vale que obedezcas!

–¿Y cuándo nos volvemos a ver? –preguntó Yolimar, preocupada.

–No te preocupes, ¡vivimos en la misma ciudad! –fue lo último que alcanzó a decir Dino. Rina se lo llevó a rastras.

Llegaron justo a tiempo para cuando los soldados sacaban a Vale por un hueco de la camioneta. La Capi ya estaba consciente y, como dijo Ari, había tomado el control dentro del vehículo. Ahora era Gonzo el que estaba desmayado, la Capi usó el aturdidor eléctrico contra él.

–¡Tengan cuidado! En la parte del conductor hay un *rob* –avisó la capitana–. Tengan lista el agua para la desactivación.

Todos esperaban a un enorme Petrus. Pero se sorprendieron cuando sacaron a una mujer mayor, de aspecto malhumorado, armada con un bastón y vestida con un uniforme tipo militar.

–Atrás, batracios infectos –gritó con voz chirriante–. No se les ocurra hacerme algo o les juro que recibirán el peor castigo de su putrefacta vida.

Era una de las directoras del campamento, ese tipo de *rob* era de los más temibles, se llamaba Vera.

–No tienen idea del problema en el que se metieron por secuestrarme –dijo con una mueca cruel–. Este error nunca lo van a olvidar.

CAPÍTULO 7
Nuevo tiempo, nueva vida

Una semana después, Yolimar tenía una nueva familia (con cientos de hermanos adoptivos). Habitaba en una ciudad distinta, semiacuática, iba a una escuela muy rara donde no hacían maquetas del sistema solar, pero le enseñaban a hacer huertos en azoteas y había hologramas para aprender. Usaba ropa colorida remendada. Como los demás, dormía en un gigantesco y medio derruido palacio. Todo era nuevo, hasta la época... y le iba fatal.

No se volvió popular, ni le caía bien a todo el mundo, como le pasó a Esther, la otra niña rescatada, que ya tenía un grupito que la seguía a todos lados. Y para colmo, Yolimar seguía metiéndose en problemas. Era muy despistada y todos los días se perdía en ese palacio que llamaban Gran Casa, que tenía más de 800 años y nadie sabía bien el total de habitaciones, ¿400, 600? Había desde viejas oficinas en ruinas, muy pequeñitas, hasta salones gigantescos, como de cuento, algunos chamuscados, otros todavía con cortinajes y candelabros. Muchos niños los usaban para patinar cubriendo con talco los suelos de mármol. Existían cinco patios gigantes y otros medianos, en uno estaba la poza para nadar, aunque siempre atiborrada de niños. Yolimar se perdió muchísimas veces, si la mandaban a la lavandería, terminaba por las escalinatas o pasillos, donde había unas enormes pinturas murales. Le gustaba en especial el mural del mercado de la ciudad prehispánica. Una vez le pidieron que llevara la ropa sucia a la lavandería y sin querer terminó en algo que parecía un teatro (una placa oxidada decía: "recinto parlamentario"), ¡hubiera sido increíble poder cantar ahí! Pero se usaba como dormitorio. Y es que siempre había demasiados *hermanitos* en todas partes ¡y eran tan ruidosos!

Nelly y otra niña llamada Azul eran las que organizaban la Gran Casa.

–Tienes que escoger en qué actividad quieres apoyar –le explicó Nelly–. El jefe Landa dice que todos debemos cooperar.

–Quiero ser salvadora –repuso Yolimar, de inmediato–. Y rescatar a los niños de los campamentos de los *robs*.

Azul lanzó una carcajada, era aún más bajita que Nelly.

–Oh, no. ¡Acabas de llegar! –explicó–. Y primero tendrías que entrenarte muchos meses con la capitana Vale.

A las niñas les brillaron los ojos al mencionar a la Capi, ¡la admiraban mucho! Era tan valiente.

–Cuando estés lista podrás unirte a alguna brigada –prometió Nelly–. No sólo están los salvadores, hay más, como los recuperadores, los de defensa, los administradores...

–...O si eres súper inteligente podrías estar con los científicos del Tecnológico Sanil –agregó Azul–. Pero eso será luego. Mientras, puedes empezar ayudando en la Gran Casa, en algo que seas buena.

–Soy buenísima para cantar y actuar –aseguró Yolimar.

–No sé si eso sirva –comentó Nelly, amable–, pero puedes ayudar en las cocinas o cuidar a los niños más chicos en la antigua biblioteca, donde pusimos la guardería. También en el cuarto de lavado hacen falta ayudantes.

Yolimar, algo desanimada, intentó todas esas opciones, pero la echaron de la cocina cuando quemó una sopa; luego resultó alérgica al polvo de los libros que se desintegraban en la biblioteca; y nunca encontró la lavandería. Al final, le propusieron que hiciera limpieza general, lo más sencillo.

–Sólo barre y limpia por ahí –Azul le pasó una escoba y un trapo–. Y no se te ocurra borrar los murales, ni los viejos ni los nuevos.

Se refería a los que estaban en los pasillos, hechos con crayones y gises. El jefe Landa dejaba que los niños pintaran en las paredes. "Para que cuenten su propia historia." Había varios dibujos, algunos de los pueblos de donde venían: El Arenal, Villa Sal, Los Pastizales; también imágenes de padres y maestros *robs*, de los amigos que dejaron, de los campamentos donde sufrieron castigos. Había un mural con tres criaturas horribles, dos eran *robs*: Doris, vestida de color rosa y con una sonrisita siniestra; Vera, de militar, con bastón y mirada asesina; y la criatura que era una *mod*: Lirio, *La Suplicante*, con una enorme boca torcida. Eran las directoras del campamento que muchos niños recordaban y aún tenían pesadillas con ellas. Esas imágenes habían quedado tan bien dibujadas que nadie quería pasar por ahí.

Así que, después de ir un rato a la Gran Escuela, Yolimar tomaba sus cosas de limpieza. Le gustaba ir a sitios alejados sin tantos niños corriendo y chillando. Y así descubrió un túnel que conectaba con las instalaciones subterráneas bajo la Gran Plaza. Había muchos pasillos, escaleras y soldados patrullando.

–¿Qué haces aquí? –le preguntó uno, extrañado.

–Sólo busco qué limpiar –Yolimar mostró el trapo y la escoba.

–Entonces llévate los papeles que están en las oficinas –dijo una vigilante y Yolimar la reconoció, era esa muchacha grandota que le decían Bety *la Bestia*–. Y barre los cubículos.

Después de un par de días, los soldados apenas le prestaban atención y Yolimar pudo conocer casi todas las instalaciones subterráneas. Descubrió unos murales más pequeños, varias bodegas, una habitación llena de máquinas y un cuarto en el que había unas maquetas preciosas, como de una ciudad antigua, pero no se atrevía a pasar porque estaba vigilando la enorme Bety, que tenía mal carácter. También se topó con unas escaleras que conducían a algo llamado "andenes". Cuando intentó asomarse, un soldado le cerró el paso.

–Perdón, no se puede bajar, los túneles están inundados –el muchacho la reconoció–. Ah, eres tú. ¿Cómo estás?

Yolimar se dio cuenta de que era el soldado alto del salvamento: Aldo.

–Bien... en las tardes ayudo en limpieza –la niña mostró su trapo y la escoba–. Me gusta venir aquí. ¿Este sitio lo hicieron ustedes?

–Me parece que ya estaba –Aldo señaló un letrero que decía: "Metro Zócalo"–. Era una estación de trenes que cruzaban la ciudad.

–Qué raro, ¿bajo el agua?

–Entonces estaba seco, creo. Como sea, ahora es un cuartel de defensa y monitoreo. Si luego te interesa este trabajo, puedo presentarte a la jefa, Malinali.

Yolimar no estaba segura si quería ser soldado (más bien, no). Pero dio las gracias, amable. Lo que le gustaba de ese sitio era que podía limpiar, tranquila, y estar ahí por horas. Tal vez su nueva vida no era tan emocionante, y aunque parecía irle fatal entre los demás niños, se sentía feliz, por una razón:

Dino.

No podía dejar de pensar en él. Por eso, cuando una tarde entró al gran comedor atiborrado de *hermanos*, y vio a Memito, se sentó a su lado para al fin platicar con alguien. El niño ya no estaba lloroso, al contrario, parecía feliz.

–Tengo un montón de amigos nuevos, ¡y por primera vez me gusta la escuela! –aseguró el niño–. Además, vivimos en un palacio. ¿A ti cómo te va?

–Bien, en realidad muy bien –aseguró Yolimar bajando la voz–. ¿Te acuerdas de Dino? De los de la nave.

–¿El piloto? –asintió el niño mientras examinaba un jugoso trozo de chuleta.

–No. El de lentes, el que me salvó –suspiró–. Ya sé por qué lo hizo.

–¿Porque te pusiste como loca y te caíste? –recordó el niño–. ¿Me pasas el pan?

–¡No fue por eso! Bueno, tal vez, un poco –reconoció Yolimar y le dio una canastita–. Pero fue amor a primera vista. Dino está loco por mí.

–¿Sabías que ésta es comida hidratada? –Memo señaló la chuleta–. Sale de un paquetito miniatura, le ponen vapor caliente y, pum, se vuelve comida deliciosa.

–Te estoy hablando –reprochó la niña, impaciente–. Todos notaron que le gusté a Dino, por eso cuando llegamos insistió en darme el paseo por la ciudad. Está un poco obsesionado conmigo, cree que soy bellísima.

–¿Tú? –Memito casi se atraganta con la chuleta hidratada.

–Eres muy chiquito para apreciar la belleza femenina –Yolimar levantó un poco la voz, había mucho ruido en el comedor–. Dino me lo dijo en persona y prometió visitarme.

–No lo he visto.

–Yo tampoco –reconoció Yolimar–. Seguro está ocupado rescatando otros hermanitos, pero sé que piensa muchísimo en mí...

No pudieron seguir platicando porque del otro lado de la mesa alguien gritó: "¡Guerra de comida!" (Yolimar podía jurar que fue Esther) y volaron trozos de pan. Más de doscientos niños lanzándose proyectiles de migajón. Rebotaban hasta en los cuadros de héroes de épocas que nadie recordaba, un señor de sombrero y otro de peinado relamido. Y hasta que Nelly entró, todos se calmaron.

Al día siguiente, cuando Yolimar volvía de la Gran Escuela, cruzó por el patio que tenía la fuente con una pequeña escultura de un Pegaso (o eso parecía porque encima y en algunos alambres había ropa tendida). Vio a varios uniformados. Ese día los visitaba alguna brigada.

Yolimar caminó entre los chicos, muy nerviosa, entonces sintió unos golpecitos en el hombro.

–Hola, ¿cómo estás?

Se giró. ¡Era Dino!

–Ah, hola. Bien –se aclaró la garganta–. Todo el día ayudando, de un lado a otro, en la cocina, en la guardería, hasta en la limpieza.

–¡Te dije que serías muy popular! –sonrió el chico–. ¡Qué gusto! Yo he estado ocupado desde que apareció la *rob* Vera. ¡Qué susto nos dio!

–¿Es la misma directora que conociste?

–Ésa la destruimos, pero hicieron una copia y es igual de malvada. El jefe Landa dice que es peligrosísimo tenerla en Neotitlán, aunque los del Tecnológico Sanil pidieron estudiarla, ¡todo lo quieren revisar! Pero ya mañana, al mediodía, la van a hundir en el canal principal –se entusiasmó–. Oye, ¿quieres ir al Sanil?

–¿Ahora?

–Voy para allá. Sirve que te presento a mi amigo Edi, es un genio. ¿O estás ocupada?

–Algo, pero ¡si insistes tanto! –sonrió la niña, sentía la cara caliente.

Yolimar y Dino salieron de la Gran Casa, usaron el puente elevado para llegar directamente a un costado de la Gran Escuela, donde estaba el taller mecánico para las naves hídricas, se abrieron paso entre enormes piezas.

–Van a hundir a la *rob* aquí –Dino señaló una acequia profunda.

–¿Y también al otro muchacho? –preguntó Yolimar, preocupada.

–¿Ahogar a Gonzo? Claro que no –rio Dino–. ¡Tampoco somos tan salvajes! Es *hum*, humano, como

76

nosotros. Está preso, aunque no quiere cooperar ni nada. El jefe Landa ya intentó deslavarle la mente. ¡Pero es imposible! No conozco a nadie que lo haya conseguido. Ten cuidado donde pisas. Dame la mano.

La niña se limpió el sudor antes de dársela, estaba muy nerviosa. Cruzaron el taller y llegaron a una zona con un montón de piedras, entre las que se veían las esculturas de unas largas serpientes, pero todo estaba en ruinas.

–La guerra estuvo fuerte aquí –observó Yolimar.

–No. Esto es de mucho antes, son los restos de Tenochtitlán, otra ciudad. Y ése era su museo –Dino señaló un edificio con paredes llenas de hierbajos, se alcanzaba a leer: "Museo Templo Mayor". Tenía un estanque con un pequeño puente de piedra–. Este sitio se conoce como el Mus, dentro está la oficina del jefe Landa, donde hace asambleas y reuniones diarias para organizar todo.

–La rutina es seguridad... –dijo Yolimar en automático.

–...Y la seguridad es importante –completó Dino–. Mi mamá *rob* lo decía siempre.

–¡También la mía! –recordó Yolimar–, se llamaba Lorna. Aunque no me hablaba mucho, ni mi papá, Isaías.

–Los míos se llamaban Norma y Elías –rio el chico–. Trabajaban en una fábrica de tornillos.

–Y los míos en una de clavos. ¡Tenemos muchas cosas en común! –Yolimar no pudo evitar abrazarlo–. ¡Es como el destino!

–Más bien nos tocó el mismo modelo de padres –sonrió Dino e intentó separarse un poco–. Hay sólo 290 tipos de *robs* y únicamente cambian de aspecto con bigotes, peinados, color de piel... Mira, ¡ya llegamos!

Señaló un edificio muy viejo y un poco torcido, forrado de piedra rojiza con añadidos de cantera labrada.

–Le decimos Sanil, aunque su nombre completo era San Ildelfonso –comenzó a explicar–. Era un museo y antes una escuela. Ahora en este sitio trabajan los científicos de Neotitlán. Ven, es súper interesante.

El edificio era por principio una bodega: los patios y pasillos estaban repletos con miles de objetos, desde viejos automóviles, motores gigantes, hélices, escritorios, sillas, un plano de un parque llamado Mexicoland, muñecas sin cabeza, un guaje de la marca *espectromex*, estatuas de héroes ahora desconocidos. Por aquí y allá había chicos intentando ordenar cada cosa.

–Todo lo que ves lo traen los recuperadores –explicó Dino–. Los jefes son Ray y Rey, unos gemelos. No le tienen miedo a nada. Entran a rascacielos a punto de caerse, bucean entre las ruinas llenas de *rads*. Estuve a punto de trabajar con ellos...

–Esa brigada es para dementes –dijo alguien por ahí.

Dino se volteó, había un chico regordete muy pálido, con una bata.

–¡Edi! –saludó Dino–. Te presento a Yolimar. Llegó con los últimos rescatados.

–Dice Dino que eres un genio –aseguró la niña.

–¿Yo? Bueno, no... digo, normal... –a Edi se le pusieron las mejillas rojas–. En el Sanil ha habido genios de verdad, como el Abue, o Lula, la hija del jefe Landa.

–¿Tiene una hija? No sabía –dijo Yolimar.

–Sí... tenía... –suspiró Edi cruzando una mirada con su amigo–. En fin, es una historia larga y un poco triste.

–¿Por qué? ¿Le pasó algo? –preguntó la niña, asustada.

–Sí, pero fue hace mucho –fue toda la explicación de Dino–. ¡Edi, mejor enséñale lo que hacen en el Sanil!

–Claro, con todo gusto –Edi se ajustó la bata y se introdujo a un pasillo lleno de objetos–. Cada cosa que traen los recuperadores se limpia, se analiza y se prueba. Algunos trastos nunca sirven, pero otros son geniales. Por ejemplo, esto.

Edi les mostró un collar transparente, unido a unos diminutos audífonos.

–Pruébatelo –Edi ofreció a Yolimar–. Adelante, no hace daño.

–¿*Ish bainer das wei?* –preguntó la niña cuando se lo puso–. *¿Die wast goder?*

–¿Qué dice? –se acercó Dino.

–Ni idea, es alemán –sonrió Edi y pasó el dedo por el collar, aparecieron letras sobre la banda transparente–. Es un traductor automático que modifica las vibraciones de tus cuerdas vocales y manda la señal al hueso temporal que rodea al oído. Con esto puedes entender o hablar cualquier idioma. Supongo que en otra época era útil para viajar, ahora no sirve de mucho... ya ni existe el turismo.

Yolimar se quitó el collar, sorprendida, y se aproximó a una estantería cercana.

–Esto lo conozco –señaló unos cubitos de colores que venían de una caja que decía *Foodtech*–. ¿Es la comida esa que crece con el agua?

–Exacto. Fue un gran hallazgo de los recuperadores –reconoció Edi–. Tiene tantos conservantes que luego de 140 años ¡la comida todavía es deliciosa! Pero también tenemos una impresora de alimentos... ¿Quieren verla?

Edi los llevó hasta una mesa donde estaba un aparato con varios tubos de cristal. Se encendió una pantalla donde aparecieron imágenes de platillos.

–El menú es limitado –se excusó Edi–, lo de una cafetería antigua. Usa cartuchos de proteína, almidón y azúcares, junto un concentrado de colorante y saborizante. Con esto la máquina teje fibra comestible. Ahora verán.

Oprimió algunos botones y comenzó a formarse frente a sus ojos una hamburguesa, aunque luego de un zumbido, el proceso se detuvo.

–Sólo se cocinó... o imprimió la mitad –observó Dino.

–Ése es el problema, nos faltan cartuchos –reconoció Edi–. Pero prueben, es deliciosa.

Los invitados lo comprobaron. Incluso estaba caliente y con jugo.

–Tenemos cargas suficientes para un pastel casi completo –rio Edi–. Pero si creen que esto es genial, tienen que ver una impresora mejor.

Los llevó hasta un aparato dorado, lleno de larguísimas agujas y mangueras.

–¿Y qué imprime? –se asomó Yolimar, con curiosidad.

–Todo... –sonrió Edi.

–¿Cómo que todo? –se acercó Dino.

–Digamos que todo lo que sea metálico –Edi tocó la base y se encendió una docena de botones y una pantalla–. Puede hacer un avión, un automóvil, una pistola, muebles, una estatua, hasta un barco si quieren. Las cosas grandes las fabrica por piezas. ¿Y ven eso? –señaló unos barriles amarillos, había por todas partes–. Tenemos muchos cartuchos de carga, pero hay un problema. Ahora lo verán...

Abrió uno de esos barriles, dentro había un líquido plateado al que introdujo una manguera de la impresora.

–Según el Abue esta sustancia es un tipo de imán líquido –señaló Edi–, le llamamos *magnesis*. ¿Qué quieren que imprima?

–No sé... algo interesante –propuso Dino.

–Ya sé –asintió Edi y buscó algo en la pantalla–. En esta ciudad había una estatua muy famosa. La máquina la tiene escaneada, miren.

Con un ligero zumbido la impresora se puso a trabajar y en apenas tres minutos fabricó la miniatura de una mujer dorada con alas y un brazo levantado con una corona de laureles.

–Puede hacerla de todos los tamaños. Toquen, no pasa nada –aseguró Edi y se lo mostró, algo nervioso, a Yolimar.

–Ah, qué bonito... –la niña lo tomó con ambas manos.

Fue casi inmediato, la pequeña réplica de la estatua comenzó a deshacerse. Edi la tomó y la arrojó al contenedor, donde terminó de fundirse con el resto de la *magnesis*.

–Ése es el problema –suspiró Edi–. Nada de lo que imprime conserva la forma. No sabemos si la *magnesis* se echó a perder o si falta algún componente que no hemos localizado.

–Ojalá lo encuentren, sería muy práctico –comentó Yolimar–. ¿Y qué más tienen aquí?

–Pues ahora, lo más impresionante que tenemos es Vera, la *rob* –dijo Edi sin dudarlo–. Esos bichos mecánicos son muy inteligentes y complejos. Es genial estudiarlos cuando les quitas su disfraz. ¿Quieren verla?

–Pensé que la tenían encerrada –comentó Dino, con ansiedad.

—Oh, lo está, pero ¡yo trabajo aquí! —sonrió su amigo—. Tengo acceso. El Abue me lo ha dado. Vengan, será rápido, un vistazo.

Era evidente que Edi se quería lucir con la invitada.

—¿Y no será peligroso? —preguntó la niña.

—En condiciones normales sí que lo es —Edi avanzó por un largo pasillo que conectaba dos patios—. Vera es astuta, malvada. Pero ahora la tenemos bajo nuestro poder. Sólo no se acerquen a ella. Ahora, espérenme aquí.

Llegaron frente a una gran puerta, había otro muchacho con bata, afuera, haciendo guardia. Edi habló con él y el chico asintió, para luego salir por el pasillo. Edi les hizo una seña a Yolimar y a Dino, para que se acercaran.

—Listo, ¡tenemos suerte! —sonrió el amigo—. No está el Abue y me ofrecí relevar a mi compañero. Ahora, prepárense, van a conocer el laboratorio principal del Sanil.

Edi llevaba una tarjeta magnética colgada al cuello, la pasó por un lector y la puerta abrió con un grave rechinido. Yolimar tenía miedo, pero no quería que Dino se diera cuenta, y fingió que estaba bien.

No debió entrar. Muchas veces, se arrepintió de lo que pasó ese día.

CAPÍTULO 8
Una nueva enemiga

El laboratorio principal estaba dentro de un teatro precioso, con columnas y en unos murales aparecían pintadas varias mujeres, algunas bailaban o tocaban un instrumento. "Son musas", explicó Edi, también mencionó que ese sitio era el antiguo salón de actos escolar, ahora reconvertido en centro de investigación. Había muchos aparatos, escritorios, barriles con *magnesis*. Y un gran laboratorio montado en el escenario. De un lado había mesas con herramientas, varias computadoras, trozos de máquinas, pizarrones. Y en el otro extremo estaba una cortina corrida, se podía ver la silueta de una anciana sentada, dentro de una jaula... aunque no era un ser humano, no en realidad.

Los chicos subieron por unas escaleras laterales.

–Vean esto –Edi les mostró imágenes de la *rob* Vera, en una pantalla–. Cuando les quitas la ropa, estas cosas son así.

Habían fotografiado cada centímetro de su extraño cuerpo, aunque no era una persona real sino una máquina, más parecida a un maniquí, con ventilas en la espalda y articulaciones mecánicas.

–Además revisamos lo que llevaba encima –Edi señaló una mesa donde estaba el uniforme militar, los zapatos, el bastón de Vera, y un montón de desarmadores, tijeras y pinzas–. También encontramos esto.

Parecía un simple botón.

–Es un sensor de localización, ¿no? –observó Dino.

–Exacto –Edi le dio la vuelta, del otro lado tenía circuitos–. Tiene cámara y micrófono. Pero tranquilos, ya lo desactivamos.

–¿Y qué dijo Vera cuando le quitaron sus cosas? –Yolimar miró la silueta detrás de la cortina.

–Digamos que no se puso feliz –reconoció Edi–. Quería reventarnos la cabeza. ¡Las Veras son muy malvadas y fuertes! Fue difícil encerrarla; se necesitaron cinco soldados y algo de electricidad. Los primeros días se dedicó a insultarnos. En los interrogatorios sólo se burlaba del Abue y de los científicos. Pero después... se puso así.

Edi tomó un cordel para descorrer la cortina. Yolimar dio un paso atrás, un poco asustada. Se develó una jaula de gruesos barrotes, rodeada de un montón de contenedores de agua. Al interior estaba la *rob*, sentada en un banco; le habían puesto una bata mugrosa. No tenía peluca y en el cráneo llevaba anotadas extrañas marcas y números de ensamblaje. También se podían ver las rejillas en la espalda y los pliegues mecánicos en las axilas y rodillas. Los pies, sin zapatos, eran muy curiosos, sin dedos, sólo con una gruesa cobertura carnosa. El rostro sí que parecía enteramente humano, lleno de arrugas.

Vera tenía la boca y los ojos abiertos, clavados al piso, estaba inmóvil.

–¿Se apagó? Ni siquiera parpadea –observó Yolimar, sorprendida.

–Está así desde ayer –reconoció Edi–. No sabemos si se cansó de insultarnos o qué. Aunque según el Abue no ha perdido *bioplasma*, ni carga y sus motores siguen encendidos.

–¿Ya la revisó Landa? –intervino Dino.

–Todos los jefes de brigada –reconoció su amigo–. Pero la verdad, prefiero que esté pasmada, era horrible oírla.

–Ay, pobrecita, no parece tan mala –aseguró la niña.

–Cuidado, Yolimar, no te acerques tanto –advirtió Edi–. Aunque la veas así, sigue siendo peligrosa...

–Yolimar... –se oyó, de pronto.

Los chicos se quedaron congelados. Era la voz chirriante de la *rob* Vera.

–¿Y ese nombre tan feo? ¿Quién te lo puso? –murmuró la *rob*–. Nosotros no ponemos nombre de animal a nadie.

–No es de animal, soy Yolanda Martínez –repuso la niña, educada–. Yolimar es mi nombre artístico, soy de Las Yermas...

–...Claro, sé quién eres –interrumpió Vera y levantó la mirada. Sus ojos destellaban intensa maldad–. Ven, pequeña, acércate.

–No le hagas caso –intervino Edi con rapidez–. Le gusta engañar. Mejor salgamos.

–...Mónica Yolanda, hija designada de la pareja Lorna e Isaías –Vera continuó–: Doce años cumplidos, todas las vacunas, tres caries, una luxación de tobillo a los diez en clase de deportes, tu mejor amiga se llama Luisa Chávez. Eres mala para matemáticas, pero buena en español...

–¿Cómo sabe todo eso de mí? –Yolimar estaba atónita.

La *rob* Vera lanzó una risita chirriante.

–Tal vez leyó tu expediente –murmuró Dino–. Seguro te esperaba en el campamento donde te iban a llevar.

–...Y qué lástima que no podremos reeducarte, porque eres un desastre, pequeña sabandija –dentro de la jaula, Vera se puso lentamente de pie–. También conozco tus fallas. Inteligencia promedio, manejas mal el estrés, sufres ataques de ansiedad, personalidad histriónica, buscas que te aprueben y estás ansiosa por llamar la atención; por eso inventas eso de ser artista.

–No lo invento, es real –aseguró Yolimar, dolida–. ¡Triunfé en el festival escolar, tengo mucho talento!

–Eso es lo que crees –Vera lanzó una risotada–. Eres una niña sin nada especial. Sólo sirves para ser pellejo, cáscara. Tus padres en las Yermas ya no te soportaban. Van a criar a una niña mejor que tú, menos problemática.

Yolimar se puso pálida.

–No hagas caso. Estas *robs* son muy malvadas –recordó Dino y miró a su amigo–. Edi, cierra la cortina, ¡de prisa!

–Es lo que intento –Edi estaba tan nervioso que se le había enredado el cordel.

–Estoy diciendo la verdad y Yolimar lo sabe. ¿No es así, batracio? –Vera acercó su rostro entre las rejas–. Mírate, ni siquiera eres bonita. Debes estar tan sola.

–Yo... tengo muchos amigos aquí –a Yolimar se le llenaron los ojos de lágrimas.

–No son amigos, sólo te tienen lástima –se burló Vera–. Pronto sabrán que eres una criatura torpe, tonta, fea y lo peor de todo: mentirosa.

–¡No me conoces, no sabes quién soy! –gritó Yolimar, rompiendo en llanto.

Dino y Edi se sobresaltaron con el estruendo de un golpe metálico. Entonces vieron que la niña había tomado un desarmador de la mesa de herramientas para arrojarlo a la jaula; golpeó a Vera en un hombro. La *rob* ni siquiera se movió, sonreía.

–¡Eres muy mala! –reclamó Edi a Vera–. Qué bueno que te van a destruir mañana. Todos en la ciudad veremos cómo te hunden.

–¿Y creen que sirva de algo? –se burló Vera–. Hay otra copia de mí, cientos, miles más. Nosotros nunca morimos. Ustedes sí... –se alejó a la parte más oscura de la jaula, sus ojos seguían brillando–. Esta ridícula ciudad de pellejos va a caer muy pronto, y todos ustedes volverán a ser cascarones, para eso los hicimos...

–¡Díganle que se calle! ¡Que se calle! –gritó Yolimar.

–¿Qué demonios pasa aquí? –se oyó una voz en la puerta. Era un hombre de mediana edad, de bata y gruesos lentes.

–Abue... yo... vine a ver cómo estaba la *rob* Vera –explicó Edi, nervioso–. Por cierto, ya se destrabó... otra vez está insultando.

–Sabes que no pueden entrar personas ajenas al Sanil –el Abue miró a Dino y a Yolimar, llorosa–. Perdón, chicos, pero éste es un sitio para científicos, y esta *rob* es demasiado peligrosa.

Todos observaron en dirección a la jaula. Ahora Vera permanecía en silencio, entre las sombras.

–No se acercaron a ella, ¿o sí? –el Abue parecía preocupado, subió al escenario.

–Sólo hablamos –explicó Dino–, pero fue mala y mentirosa.

–Como sea, no debieron entrar –el Abue tomó el cordel de la cortina, entre todos ayudaron a deshacer el nudo y consiguieron correrla–. Edilberto, voy a tener que hacer un reporte.

Edi bajó la mirada, culpable. Estaban por salir cuando se oyó un tronido metálico, provenía del otro lado de la cortina que ocultaba a la *rob*.

A toda prisa el Abue volvió para descorrerla y descubrieron, con horror, que la puerta de la jaula estaba abierta. Vera llevaba en la mano el desarmador que Yolimar le había arrojado unos minutos antes. Lo había usado para desmontar la cerradura. Con insólita rapidez, la *rob* saltó hasta librar los contenedores de agua. Quedó a un par de metros de los humanos.

–¡Código amarillo! –el Abue gritó por un radio comunicador–. Seguridad, tenemos un riesgo de escape. ¡Código amarillo! ¡Los demás, a resguardo!

Casi de inmediato comenzó a sonar una alarma. El Abue bajó a los chicos del escenario.

–En las cajas de seguridad hay armas –el Abue señaló unas vitrinas con extinguidores y escopetas de pólvora y de agua a presión.

Tanto el Abue como Dino tomaron un arma. Mientras, en el escenario, Vera se aproximó con tranquilidad a la mesa donde estaban sus cosas, tomó su uniforme y el bastón, que usó para romper, con furia, todas las pantallas donde se reproducían las fotos que le tomaron. Saltaron chispas.

–Pellejos, torpes bolsas de piel –Vera chirrió los dientes.

El Abue le disparó pero rápidamente la *rob* se escondió detrás de la mesa y contraatacó lanzando lo que tuviera cerca: pinzas, destornilladores, tijeras. Tenía tanta fuerza que eran auténticos proyectiles. Rompió una columna de piedra e hizo estallar un candelabro.

–¡Todos al piso! –advirtió el Abue.

Los chicos obedecieron. Edi se llevó a Yolimar detrás de unas butacas para protegerla. El Abue y Dino no dejaban de disparar. Pero la *rob*, a pesar de su aspecto de anciana, era una máquina recién ensamblada, poderosa. Evadió con destreza las balas y las cargas de agua.

–Jamás podrán detenernos –Vera bajó del escenario con un salto–. Los hijos son padres ahora, nosotros mandamos... Y van a recibir un castigo, niños malos, ¡mil puntos menos a cada uno!

Le bastaron pocas zancadas para llegar a la entrada principal, pero justo en ese momento entró una cuadrilla de soldados armados. Con rapidez, Vera se escondió en la parte trasera del salón de actos, una zona penumbrosa que se usaba como bodega. Desde ahí, Vera lanzó viejas computadoras, lámparas, escritorios, cajas con comida deshidratada; lo que tuviera a la mano. Los soldados apenas podían avanzar.

–Va a la salida de emergencia –señaló el Abue–. ¡No dejen que escape!

Dino avanzó escondiéndose entre una fila de butacas. Estaba desesperado, tenía que encontrar alguna manera de cortarle el paso a la *rob*: lo único que pudo distinguir a lo lejos fueron los barriles amarillos. Lanzó un chorro a presión y derrumbó varios contenedores apilados. Justo cuando Vera corría hacia la salida de emergencia, uno de los barriles se abrió, dejando caer una cascada de *magnesis*, ese extraño metal líquido.

Vera no lo esperaba y patinó. Cayó en aquel charco plateado, otro barril se abrió, salpicándole parte del torso y la cara. Pero la *rob* no parecía preocupada, ese líquido no era agua. Tardó unos momentos en ponerse en pie, pero lo consiguió luego de un par de resbalones y usando el bastón.

—¡Sucios batracios! —gritó Vera, con medio cuerpo y la bata manchada de *magnesis*, había llegado a la puerta de emergencia—. No son nada, sólo pellejos.

Entonces ocurrió algo muy curioso. Al cruzar la salida de emergencia, Vera se detuvo como si no supiera si bajar por la escalerilla o dar la vuelta. Hizo un giro raro.

—¿Qué hace? —preguntó Dino en voz baja.

—No sé... —reconoció el Abue y se dirigió a Edi—: Rápido, pásame el aturdidor eléctrico.

Vera hizo otro giro y se detuvo. Entonces comenzó a toser, sonaba como un motor eléctrico con interferencias. El Abue y los soldados comenzaron a acercarse, lentamente, por detrás.

—¡Llejos... llejos...! —murmuraba Vera, con furia.

—¿Qué le pasa? —preguntó Yolimar.

Nadie pudo responder. Nadie de ahí había visto a un *rob* hacer eso, Vera estaba furiosa y desorientada.

—Ahora... —murmuró el Abue—. ¡A ella!

El jefe de los científicos se lanzó sobre la *rob* y le plantó el aturdidor eléctrico en medio de la espalda. Vera se estremeció entre una red de chispazos.

Varios soldados apuntaron a ella, listos para disparar.

—¡No la neutralicen! —ordenó el Abue—. Sólo hay que inmovilizarla.

Vera mostró algo de resistencia, seguía siendo increíblemente fuerte, pero sus golpes eran erráticos y no dejaba de gritar: "¡Llejos! ¡Llejos!". Y pronto, de manera sorpresiva, quedó inmóvil y consiguieron esposarla.

–¿Estás bien? –Dino se acercó a donde seguía escondida Yolimar.

–Creo que sí... pero, estamos en problemas, ¿verdad? –sollozó la niña.

–No te preocupes. La *rob* no escapó –Dino miró hacia donde estaba Vera, ya apresada–. Tuvimos suerte. Te portaste muy valiente.

–¿De verdad? –Yolimar se limpió las lágrimas.

–Claro. Al final hacemos buen equipo. ¡Siempre sobrevivimos!

Yolimar sonrió, un poco más aliviada.

–Ahora debes salir –recomendó Dino–. Me tengo que quedar por si Edi tiene problemas. Tú no te preocupes, luego te busco en la Gran Casa.

La niña asintió y aprovechó que todos los demás rodeaban a la *rob*. Yolimar salió a toda prisa del antiguo colegio, estaba temblando, pero se consoló al pensar que no podía pasarle nada peor.

Claro, estaba muy equivocada.

CAPÍTULO 9
¿Mentirosa?

Las palabras de la *rob* Vera le dolieron a Yolimar, y seguían resonando en su cabeza: ¿Fea? ¿Torpe? ¿Sin amigos? ¿Nada de talento? Y lo peor... ¡¿Mentirosa?! ¡Ella no era así! Era obvio que esa *rob* era malvada y sólo quería lastimar, se lo advirtieron Dino y Edi. Además, su vida en Neotitlán estaba mejorando de manera increíble.

–Dino me quiere más de lo que imaginé –le confesó a Memito, su amigo (¡pues claro que tenía un amigo!)–. Tuvimos una cita.

–¿Cita de qué? –Memito la miró, desconcertado.

–De amor, de qué va a ser –rio Yolimar.

–Oigan, ¡no dejan oír! –les regañó un compañero, sentado adelante.

Estaban en la Gran Escuela, en un aula instalada en un tapanco, cerca del antiguo órgano del que sólo quedaban unos pocos tubos chamuscados. Ahí habían colocado un pizarrón, frente al que una adolescente algo insegura intentaba dar una clase de algo llamado *neozoología*.

–En este mundo existen pocos pero muy extraños animales –explicaba la joven maestra–. Se conocen como *rads* o radiados. Son mutaciones de las bestias de antes. Les voy a mostrar algunos... no en vivo, claro. Miren, así los han descrito los testigos...

Comenzó a dibujar en el pizarrón con mano temblorosa. Yolimar bajó la voz para seguir contando a su amigo.

–...Bueno, pues ayer Dino pasó por mí, paseamos por la ciudad, platicamos bien bonito y luego me llevó al Sanil...

–¿Al edificio de los genios? –exclamó Memito–. ¡Reactivan la tecnología antigua! Me encantaría trabajar ahí algún día, aunque tienes que ser listísimo...

–...Bueno sí, como sea –interrumpió Yolimar–. El asunto es que allá estaba un amigo de Dino y me llevó para eso...

–¿Para presentarte? –Memito se rascó la cabeza.

–¡No! Para presumirme –sonrió Yolimar–. Es lo que hacen muchos niños. ¡Es que me adora! Le pidió a su amigo que me fabricara algo bonito, romántico, tienen una máquina que hace estatuas y aviones.

–¿Hacen aviones en el Sanil? –preguntó Memito, maravillado.

Dentro de la memoria de Yolimar algo le decía que las cosas no ocurrieron exactamente así... pero se parecían mucho.

–Más o menos, están en eso –siguió la niña–, el asunto es que me hicieron un ángel, precioso. Aunque tuve que dejarlo para que cuajara bien...

–Alumnos de la fila de atrás, pongan atención, por favor –amonestó la joven maestra dando golpecitos en el pizarrón–. Esto deben aprenderlo por si algún día se encuentran con un *rad*. Tienen que identificar a los peligrosos.

–Claro, maestra, perdón... –asintió Yolimar.

La joven profesora mostraba las figuras de dos criaturas; quién sabe si dibujaba horrible o así de feos eran los monstruos.

–Me daría terror encontrarme con un *rad* –murmuró Memito.

–Pues yo vi uno en mi antigua escuela –Yolimar recordó a la *bestia peluda*–. Era feo y se llevó mi tarea. Supongo que tenía hambre.

Memito la miró, confundido.

–Aunque eso no fue nada a lo que pasó en mi cita de ayer, en el Sanil –retomó la niña–. Conocí a la *rob* que atraparon. Y como siempre me pasa lo peor, ¡me atacó!

–¡Qué! –Memito la miró con alarma.

–Quería matarme o así. Es la cosa más malvada que he visto –Yolimar se estremeció–. Por suerte, Dino y su amigo me defendieron. Yo también le aventé cosas. Dijeron que me porté súper valiente.

–¡Qué miedo! Espero que la hayan ahogado.

–Yo también. Tuve que irme, pero Dino quedó en buscarme luego, supongo que para, ya sabes...

–¿Matar más *robs*?

–No... ¡para pedirme que seamos novios! –Yolimar se puso roja–. Te lo puedo apostar. Soy muy joven, aunque ¡no tengo papás a quien pedir permiso!

–Pero... Pensé que Dino salía con esa otra niña –comentó Memito–. La que estaba en la nave de los salvadores... ¿Rina? Creo que así se llama. Escuché que eran novios.

–¿Qué? ¡No es verdad! –saltó Yolimar–. ¿La de la boina tonta? No, no. Oíste mal. Dino y yo tenemos muchas cosas en común: tuvimos el mismo tipo de papás *robs*, tenemos gustos iguales; de verdad, somos almas gemelas...

–¡Maestra!, los niños de atrás no se callan y no me dejan oír la clase –se quejó el compañero de antes, ya harto.

–A ver, ustedes –la joven maestra se dirigió a Yolimar y a Memito–. Por favor, sepárense... Seguro no han escuchado nada de lo que he explicado sobre los *rads*.

–Que los monstruos son... muy malos... –se aventuró Memito, mientras se cambiaba de lugar.

–No, no todos –la maestra suspiró–. Va de nuevo, pero pongan atención. Dije que algunos *rads* son feos pero no dañinos, como *los bulbosos* –señaló en el pizarrón el dibujo de un sapo chueco lleno de tumores–. Y otros que se ven mansos, pero resultan peligrosísimos, como los *ajolos* –apuntó la imagen de una especie de lagartija con barba–. Así se llaman estos ajolotes venenosos, aunque su punto débil son las branquias. ¡Saber esto puede salvarles la vida!

Yolimar y Memito, ya separados, tuvieron que guardar silencio el resto de la clase. Pero la niña apenas podía prestar atención. Pensaba en Dino. ¿Se equivocaba con él? Pero no, no podía ser, ¿o por qué la buscaba tanto? Era tan lindo, nadie había sido así con ella.

Yolimar siguió pensativa el resto de ese día. Tal vez había exagerado un poquito ciertos detalles de la cita, ¿sí fue una cita? Lo parecía... ¿O no? Era mejor no darle tantas vueltas y se puso a trabajar. Esa tarde le tocó ayudar en el guardarropa de la Gran Casa.

Así le llamaban al gigantesco salón de techos altísimos y con domo de bloques de vidrio sucio (*Salón de la Tesorería* era su nombre original, según una placa). Ahí llevaban toda la ropa que encontraban los *recuperadores* en los viejos departamentos y tiendas. Muchas cosas parecían inservibles (llevaban más de un siglo entre los escombros), pero todo se aprovechaba. Se reunían pilas enormes con pantalones rotos, blusas chamuscadas, vestidos sin cierres, sombreros apolillados, abrigos sin forro, gorras, ropa interior, hasta manteles o banderas. La tarea era unir una manga de aquí con otra de acá, buscarle pareja parecida a un calcetín o a un zapato. Unas puntadas y varias lavadas después, salía ropa lista para usar. Es cierto que los colores a veces no combinaban, pero a los niños les encantaba llevar decenas de parches. Sólo los soldados y miembros de las brigadas llevaban ropa de un solo color, para diferenciarse.

Yolimar estaba sentada en el suelo, intentando hacer un refuerzo al trasero de un pantalón. Se había picado los dedos una docena de veces.

–Miren, ahí está *Yomuymal* –oyó una voz.

Era Esther con su nuevo grupito de tres amigas que la seguían a todos lados. Se le acercaron.

–¿Hablas de mí? Me llamo Yolimar –dijo la niña, calmada.

–No, no. Eres *Yomuymal* –insistió Esther con sonrisa burlona–. Porque donde vayas, siempre pasan cosas horribles –se dirigió a sus amigas–. En el salvamento casi nos estrellamos por su culpa. Se portó horrible. Y no la toquen, ¡trae mala suerte!

Las demás niñas rieron. Yolimar miró a todos lados, había varios compañeros, pero no estaban por ahí ni Azul, ni Nelly, las jefas de la casa.

–¿Dónde estuviste el otro día? Te tocaba limpiar nuestro cuarto –reclamó Esther–. También eres floja, eh.

–Tuve cosas que hacer... –explicó Yolimar, paciente–. Luego lo hago. Por favor, estoy cosiendo este pantalón, me tapan la luz.

Yolimar hizo un ademán para que se apartaran.

–¡Agh! ¡Me tocó! –gritó una de las amigas–. Me va a dar mala suerte.

Las demás dieron un paso atrás, asqueadas.

–¿Qué hago? –insistió la niña–. ¡Me tocó *Yomuymal*! Me va a pasar algo horrible.

–Tranquila –pidió Esther–. Sólo tienes que pegarle con algo para regresarle la mala suerte; mira, algo así.

Esther tomó un botón de una mesilla donde había cientos, eligió el más grande, metálico.

–Te regreso el mal, *Yomuymal* –gritó al lanzárselo.

Le dio justo en la cabeza y de inmediato, las demás niñas la imitaron repitiendo la frase. A Yolimar le llovieron botonazos, intentó protegerse la cara, nadie hacía nada. Como pudo, salió corriendo, las risas retumbaron en el enorme salón.

Yolimar quería llorar, ¿por qué se portaban tan mal con ella? Nunca se había metido con Esther. Pero entonces se consoló al pensar en algo genial: pronto sería novia de Dino, uno de los admirados integrantes de la brigada de salvadores. Todos la respetarían y Esther y su comitiva se morirían de la envidia. Sonrió, feliz.

De momento, Yolimar no quería exponerse a otro enfrentamiento. Y en lugar de hacer el aseo del dormitorio (donde podía seguirla Esther) fue a los sótanos de la Gran Plaza, a las viejas instalaciones del metro donde estaba el cuartel de defensa y monitoreo. Como de costumbre, los soldados no la molestaron, sólo le pidieron que vaciara un bote de basura y barriera. Yolimar limpió un pasillo y en unas escaleras casi se topa con la enorme Bety *la Bestia*, que estaba besándose con el alto Aldo, ¡esos adolescentes! Ni siquiera se dieron cuenta de su presencia.

Cuando Yolimar pasó por el cuarto donde guardaban las preciosas maquetas, aprovechó para entrar a verlas (la vigilante estaba muy ocupada con su novio). Eran dos ciudades en miniatura con pirámides y palacios de yeso y cartón. Una decía: "Antigua Tenochtitlán", y otra: "México Colonial", que se parecía un poco más a Neotitlán. Apenas podía imaginar que esas ciudades tuvieron miles o millones de habitantes y todos desaparecieron...

—Oye, tú... —escuchó una voz.

Yolimar se sobresaltó. Miró alrededor, el lugar parecía desierto.

—Estoy aquí —dijo la voz, era de un muchacho.

Oyó cómo daban golpecitos, provenían de una cabina de vidrio grueso, tipo espejo, al fondo. Tenía una ventanita con barrotes y arriba un letrero: "Taquilla, venta de boletos".

—Te he visto otras veces por ahí —dijo la misma voz—. ¿Cómo te llamas?

—Yoli... Mónica Yolanda —la niña prefirió dar su nombre completo. Casi nadie valoraba su nombre artístico.

—Ah, mucho gusto —aseguró la voz.

La niña sonrió.

–Oye, ¿te puedo pedir un favor? –dijo la voz–. Pero ven, acércate.

Yolimar dudó un poco, aunque el tono parecía amigable, dio un paso adelante. Vio que la puerta de la cabina tenía un dispositivo electrónico de cierre, con una luz roja.

–¿Qué haces en este sitio? –oyó a alguien más, con tono autoritario.

Era la vigilante Bety *la Bestia*, que volvía a su lugar. Tenía el cabello y el uniforme arrugado.

–Estaba limpiando –la niña mostró el sacudidor–. Y oí que...

–...No puedes entrar aquí –interrumpió Bety *la Bestia*–. Y sube a la Gran Casa, creo que va a haber una asamblea general.

–¿Qué es eso?

–Tú sube y no me quites el tiempo –Bety se acomodó el cabello–. Fuera de aquí... ¿qué esperas?

Yolimar echó una mirada de reojo a la taquilla, esperaba que el soldado o quien estuviera ahí dentro le pidiera el favor a la vigilante.

Algo importante estaba por suceder, porque habían suspendido todas las actividades de la Gran Casa y varios centenares de niñas y niños se apretujaban en el patio grande. Como de costumbre, había muchos gritos, risas, todos hablaban al mismo tiempo.

–Yolimar, ¡al fin! –vio a la jefa Azul acercarse a ella–. Fórmate donde está el número de tu dormitorio. Ya casi salimos a la asamblea.

–Yo me quedo a cuidar a los pequeños –explicó Nelly, a su lado–. Pero la reunión es obligatoria para los hermanitos mayores de edad. El jefe Landa quiere verlos.

—Pero soy menor —explicó la niña—, apenas tengo 12 años.

—Aquí la mayoría de edad es a los 10, ¡rápido! —Azul señaló algo en alto.

Entendió, arriba de las arcadas del patio había números pintados que correspondían con los dormitorios. Comenzó a buscar el ocho, el suyo, cuando sintió que alguien la tomaba del brazo.

—¡Al fin te encuentro! —era Dino, muy sonriente—. Te estuve buscando, tengo que decirte algo importante. Ojalá digas que sí.

La niña sintió cómo empezaban a bailarle mil hormigas en el estómago. ¡Seguro le iba a preguntar si quería ser su novia!

—¡Yolimar! —le gritó Azul—. Date prisa, casi nos vamos.

—Te busco al rato que acabe la asamblea —aseguró Dino—. Espérame a la salida.

Dino se perdió entre la multitud y Yolimar sintió que se le iba a salir el corazón por las orejas. ¡Era real! No lo estaba imaginando. Necesitaba comentarlo con alguien, con Memito (aunque sería después, era menor de edad, 9 años, no iría con ellos). Estaba de tan de buen humor que no le importó que Esther y sus amigas caminaran cerca de ella, susurrando con burla: "*Yomuymal*". Iba a ver a Dino en un rato, esa tarde su vida cambiaría.

Y era verdad.

CAPÍTULO 10
La historia de Neotitlán

Más de quinientos niñas y niños llegaron al Mus, el antiguo Museo del Templo Mayor. En su época debió ser un lugar precioso, con techos altos y desniveles. Pero ahora casi todo estaba lleno de musgo y enredaderas alrededor de las piezas históricas. Entre el follaje había varias esculturas, como la de lo que parecía una mujer cortada en trocitos, un señor sentado como con un tambor en la panza, un esqueleto con las tripas de fuera, un muro de calaveras... todo muy raro. La mayoría de los niños fue directamente a una rampa que según un letrero conducía al auditorio, ubicado en el sótano. Pero había otro letrero que decía: *"Hermanitos nuevos de Neotitlán, favor de esperar aquí"*. Yolimar dudó, no sabía qué hacer, hasta que escuchó una voz.

–¡No te muevas de ahí! Voy para allá, *ma chère* –dijo alguien desde una terraza.

Era Rina, la chica de la boina que hablaba con palabras raras.

En total se juntó una docena de niños en ese punto. Para la mala suerte de Yolimar, también llegó Esther, aunque sin su grupito de amigas.

–*Bienvenue*, bienvenidos, hermanitos nuevos –los saludó Rina, acomodándose la boina–. Por favor, préstenme atención. Es su primera vez en una asamblea y dentro del Mus, ¿no? Les voy a explicar todo, ¡esto es *ultraboom*! Vengan conmigo, no se preocupen, sus asientos están asignados.

Los llevó a una plataforma que comunicaba con niveles intermedios. Yolimar se preguntaba si esa niña había salido con Dino alguna vez. Pero seguro que no, se veía creída y antipática.

–¿Qué les ha parecido Neotitlán? ¿No es *ultraboom*? –comenzó Rina.

–Mi cama tiene los resortes rotos –se quejó Esther.

–¡Pero duermes en un palacio! –observó Rina–. Aquí casi todo es un palacio, hasta éste, el Mus. En este sitio están las oficinas del jefe y en el auditorio del museo se hacen las asambleas. Ya se acostumbrarán. Es obligatorio asistir si eres mayor de edad.

–¿Pero para qué son? –preguntó un niño chimuelo.

–Normalmente son anuncios, noticias, cosas interesantes, ¡ya lo verán! –aseguró Rina–. Cada jefe de brigada da su reporte.

–Landa es como el rey de aquí, ¿no? –observó Esther.

–¡No, *mon dieu*! Más bien como el hermano mayor –aclaró Rina–. Es muy listo para organizar. Pero las decisiones se toman entre todos. Landa fue de los primeros en llegar a Neotitlán, ¡entonces todo estaba *ultraflat*! Un horror... Les enseñaré algo para que lo entiendan mejor, ¡síganme! Rápido.

Rina los llevó a un entrepiso donde había muchas esculturas antiguas rotas: águilas, vasijas, máscaras muy raras, todas amontonadas entre el follaje.

–¿Piedras y basura? –observó Esther.

–¡Sí que te gusta quejarte, querida, *ma chère*! –resopló Rina y señaló unas vitrinas al fondo–. Me refiero a esto. Es el pequeño museo de la historia de Neotitlán. Acérquense.

Los niños obedecieron. Había dibujos, mapas y *holos*, esas fotos en tercera dimensión. Rina les explicó que la fundación de Neotitlán comenzó 22 años atrás, cuando once niños escaparon de un campamento del AMORS y pudieron navegar a la ciudad, que en ese entonces eran sólo ruinas, con los palacios cubiertos con enredaderas, autos calcinados en las calles, capas de basura y polvo.

–Ellos limpiaron todo –aseguró Rina–. ¡Les llevó años! Buscaron comida; hicieron funcionar la vieja tecnología; colocaron la barrera *antirads* en los canales para evitar monstruos radiados... ¿No fueron *ultraboom* los hermanos mayores?

–Pero... ¿los once hicieron todo? –preguntó el muchacho chimuelo.

–No, *mon chéri*, ni que fuera superhéroes –rio Rina–. Fueron más, poco a poco liberaron a niños de otros campamentos y pueblos. Muchos crecieron, y con el tiempo algunos hasta formaron familias. Se hicieron leyes, brigadas. La primera jefa de la ciudad fue Aura, la pareja de Landa.

–Qué romántico, unos novios que fundaron su propia ciudad –exclamó Yolimar.

–Qué cursi eres, *Yomuymal* –se burló Esther.

–Queridas, estoy hablando –interrumpió Rina y señaló algo–. Ésta es la vitrina luctuosa de la jefa Aura.

–¿*Luctuosa*? –repitió el niño chimuelo–. O sea que...

–*Chafeó*, se murió –completó Esther.

–Temo que sí –reconoció Rina–. Durante un rescate al pueblo del Arenal, los *robs* hirieron a la jefa Aura... por desgracia no sobrevivió.

Impresionados, los niños guardaron silencio frente a la vitrina que guardaba un uniforme, mapas, un cuaderno, unas botas y un pequeño *holo* donde se veía al jefe Landa más joven, abrazado a una chica morena de ojos brillantes: Aura.

–Ay, qué triste –dijo Yolimar.

–Sí, mucho –reconoció Rina–. Y, además, Landa y Aura tenían una hija pequeña, Lula.

–¡He oído de esa hija! –recordó el chimuelo–. Dicen que es listísima, aunque nunca la he visto.

–Seguro también *chafeó* por culpa de los *robs* –aseguró Esther.

–¡No digas eso! –reclamó Yolimar.

–En realidad pasó eso –interrumpió Rina–. Bueno, no... Fue todavía más *ultraflat*, ¡peor!

¿Qué podía ser peor a que te mataran los *robs*? Los chicos nuevos parecían asustados.

–Es una historia un poco larga y no sé si hay tiempo de contarla –Rina miró su reloj–. Bueno... faltan varios minutos para la asamblea...

–Cuéntala –pidió el niño chimuelo–. ¿O es muy triste?

–Muchísimo –reconoció Rina–. Pero conste, ustedes la pidieron. Por cierto, ésta es la única imagen que hay de ella.

Rina señaló una esquina de la vitrina, donde estaba el *holo* borroso de una niña sonriente de gran cabello rebelde, como un nido de pájaros.

—Lula fue de las primeras en nacer en Neotitlán —comenzó Rina—, y como no fue criada por *robs*, no les tenía miedo. Dicen que nunca estaba quieta.

—Ay, se ve que era muy tierna —se lamentó Yolimar.

—Eso no sé, pero tenía fama de inteligentísima —aseguró Rina—. Al menos eso dice la Capi, que la conoció. Lula siempre estaba leyendo, inventaba cosas. A ella se le ocurrió lo del Tecnológico Sanil, un sitio para reactivar y clasificar la tecnología del pasado. Pero tenía un plan más ambicioso. Decía que era imposible que fuéramos los únicos humanos libres, que seguro había otras ciudades o escondites llenos de *hums*.

—¿Y eso es verdad? —preguntó el niño chimuelo.

—Bueno, según Lula —puntualizó Rina—. Quería salir a buscar a otros humanos para armar un gran ejército y derrotar a los *robs*. Decía que únicamente con una gran invasión de soldados podríamos liberar ciudades completas, y no sólo a tres o cinco niños por cada misión.

—Esa Lula me hubiera caído bien —aseguró Esther.

—Pues el jefe Landa le advirtió que no estuviera explorando —comentó Rina—. ¡Era una locura salir a pasear por ahí, con tanto *rad* y *rob*! Además, desde que murió Aura, el jefe se había vuelto más precavido. Pero Lula insistió...

—Y bueno, ¿encontraron otra ciudad con humanos? —quiso saber el chimuelo.

—Tranquilo, *mon chéri*, querido, a eso voy. Dicen que Lula convenció a Landa y lo más lejos que llegaron fue donde está un viejo centro comercial en ruinas, cerca de un pantano. No encontraron a nadie, pero fundaron un pueblo que ahora tiene 35 habitantes, lo bautizaron como Sanfé. Landa dijo que eso era suficiente de momento, no convenía explorar más lejos, era peligroso.

–Y entonces, ¿cómo *chafeó* la hijita? –preguntó Esther, impaciente.

–¡Y dale con eso! –resopló Rina–. Mejor sigan escuchando. Entre los restos de las tiendas de Sanfé encontraron esto –en una vitrina más pequeña había un maltratado aparato cuadrado, negro, con una pantalla con agujas, números, perillas y botones–. Se llama radiorreceptor y sirve para oír señales de audio. Landa pensó que era un regalo perfecto para su hija, así podría entretenerse y buscar rastros de otros refugios humanos entre los chirridos y la estática, pero sin salir de la ciudad. Funcionó, la niña no se despegaba de este trasto, y dicen que a veces oía palabras sueltas o música, aunque se perdían de inmediato. Pero un día... no sé si es verdad, pero es lo que se cuenta –Rina hizo una pausa dramática–... Lula escuchó la voz de alguien que decía que pertenecía a un grupo de humanos libres y que tenían un escondite seguro.

–¡Qué bien! –exclamó Yolimar–. Entonces sí hay más refugios.

–Bueno... lo que Lula escuchó era una grabación que se repetía una y otra vez –explicó Rina–. Provenía de un paralelo al oeste, bastante lejos. Claro, la niña se moría de ganas de ir a investigar y su padre no lo permitió. Pero como Lula era tan impulsiva, tomó una nave de rescate y se fue a escondidas... Dejó una carta diciendo que encontraría la otra ciudad y volvería con un ejército de *hums*. Y antes de que preguntes –Rina miró con fijeza a Esther–, fue cuando Lula *chafeó*.

–¿La mataron los *robs*? –preguntó Yolimar, con susto.

–Quién sabe, no lo sabemos, pero es lo más seguro –reconoció Rina, triste–. Porque pasaron meses, años y

Lula no volvió. Según el jefe Landa, la grabación fue una trampa que pusieron los *robs* para atraer humanos.

–¿Pero no fueron a buscarla? –preguntó el niño chimuelo.

–Intentaron, pero se perdió la señal de radio –reconoció Rina–, y ya no dieron con las coordenadas exactas. En los apuntes que dejó Lula sólo decía "Paralelo Oeste", sin detalles, no sirvió de nada.

–Ay, qué tristísimo... –a Yolimar se le humedecieron los ojos.

–Lo fue, mucho, *petit ami*. Amiguita –asintió Rina–. Lula tenía entonces 13 años. Sólo imaginen al jefe Landa: perdió a su mujer y luego a su hija. Dicen que estaba fatal, pero poco a poco siguió adelante porque tenía que cuidar a los demás hermanitos, o sea a nosotros. Siguió limpiando la ciudad, reunió un gran armamento en el edificio de La Suprema, y armó más las brigadas...

–¿Y ya no volvió a buscar a su hijita? –preguntó Yolimar, aún impactada,

–Mejor les muestro algo –explicó Rina–. Vengan, *mon chéri*, rápido. Antes de que comience la asamblea.

Siguiendo a Rina, los niños nuevos cruzaron el entrepiso y se detuvieron en el acceso a una terraza. Dentro había varias mesas largas con unos veinte radiorreceptores, cada uno monitoreado por un soldado con audífonos y moviendo las perillas, todos muy concentrados.

–El jefe Landa sigue buscando a su hija –explicó Rina–. Día y noche se rastrean las señales, a ver si de pronto escuchan a Lula o la grabación del "Paralelo Oeste"... Y aunque ya pasaron cuatro años desde que se fue, el jefe no pierde las esperanzas.

Varios niños nuevos lanzaron un gran suspiro. Sí que era triste esa historia. En ese momento, se oyó el sonido de una campana.

–*¡Mon dieu!* Justo a tiempo –exclamó Rina–. ¡Vengan, rápido! Ya va a comenzar la asamblea. Siempre son interesantes y si es extraordinaria, seguro es porque nos van a dar una gran noticia... ¡Qué nervios!

Todos fueron tras Rina. Yolimar estaba confundida, ¡esa niña no era tan insoportable como imaginó! Tal vez por eso Dino la tenía como amiga, porque sólo eran eso... claro.

CAPÍTULO 11
Asamblea extraordinaria

Sobre el escenario del auditorio ya estaba el jefe Landa, con su ropa multicolor y el sombrero de paja. Cerca de él había una mesa, una silla, una pantalla y detrás, una enorme caja de madera.

–De prisa, hermanitos, ocupen sus lugares –pidió el jefe por un altavoz–. La asamblea está por comenzar.

El auditorio no era demasiado grande, aunque habían derribado paredes para que cupieran más personas. Había niños y adolescentes sentados en las escaleras, sobre unas viejas piedras antiguas, en los pasillos. Delante estaba la sección para los chicos de las brigadas y sus capitanes, destacaban por sus uniformes. Yolimar vio al grandote de Aldo, junto con Azul y ¡a Dino! Estaba hablando con su amigo Edi, algo le decía en voz baja y puso una cara rara. Yolimar estaba lista para decirle que por supuesto aceptaba ser su novia. Tal vez serían como los nuevos Aura y Landa, una pareja heroica. ¡Qué emoción!

–Bien, ya es hora –comenzó el jefe Landa–. Bienvenidos a la Asamblea Extraordinaria 81 de Neotitlán, la ciudad donde todos los humanos son iguales, libres y bienvenidos. Tenemos varios asuntos a tratar, uno de ellos, muy importante. Pero antes, solicito que pasen a dar el reporte semanal los líderes de las brigadas de recuperadores, los de salvación y defensa.

Los primeros que subieron fueron unos adolescentes gorditos, muy risueños, con impresionantes tatuajes en los brazos: tigres y águilas que cambiaban de color. Eran los mellizos Ray y Rey, capitanes de la brigada de los recuperadores. Explicaron que habían encontrado un gran cargamento de alimentos deshidratados que iban a trasladar a la bodega de la Gran Escuela, y su equipo también localizó una bóveda de banco con treinta millones de dólares, aunque ese dinero ya no servía de nada y los billetes se quemarían en las calderas para calentar agua (muchos niños aplaudieron felices con la idea). Después, subieron la capi Vale y el piloto Ari, mencionaron que su brigada estaba preparando un salvamento a las afueras del pueblo de Villasal, habían detectado que los martes transportaban niños para los campamentos; si tenían suerte tal vez podrían rescatar a unos siete u ocho nuevos hermanitos. Luego, subió al escenario una muchacha morena y muy seria, era Malinali, jefa de la brigada de defensa. Dio un montón de datos técnicos: "Barrera *antirads* en posición". "Radares sin incidencia significativa." "Sujeto sin cambios y en monitoreo." Todo eso para explicar que Neotitlán seguía segura. El jefe les dio las gracias.

–Ahora pasemos al tema importante que nos ocupa –anunció Landa–. Como saben, en el último rescate, por accidente, se introdujo a la ciudad a una *rob* Vera.

Un murmullo de pavor se esparció por el auditorio. Tan sólo el nombre provocaba miedo en los hermanitos. Landa siguió:

–Teníamos planeado sumergirla en la acequia, pero sucedió un incidente en el edificio del Sanil... algo terrible. Por favor, Abue, puedes subir a explicar.

El jefe de los científicos pasó al escenario. Los murmullos subieron de tono y Yolimar se puso tensa, pero recordó que al final todo salió bien.

–Pues verán, la *rob* Vera intentó escapar de su prisión –comenzó el Abue y se hizo un tenso silencio–. Estas máquinas son inteligentes y muy peligrosas. Por suerte conseguimos detenerla, en parte, gracias a un derrame de *magnesis*...

"Fue gracias a Dino, mi novio", pensó Yolimar, feliz. ¡Qué bien sonaba eso!

–Y le pasó algo muy raro a la máquina –siguió el Abue y volteó a ver a Landa–. Jefe, ¿puedo?

–Si estás seguro de que la demostración no es peligrosa –advirtió el jefe.

–En lo absoluto –aseguró el Abue e hizo una seña a dos ayudantes que abrieron la caja de madera al fondo del escenario; entonces, salió la *rob* Vera.

La visión provocó auténticos gritos. Muchos niños se levantaron de sus asientos. Algunos soldados sostuvieron sus armas y apuntaron.

–Tranquilos, hermanitos, vuelvan a sus lugares –pidió el Abue–. No hay peligro; es justo lo que quiero mostrar. Ocurrió algo sorprendente.

Los asistentes empujaron a la *rob* Vera, que dio unos torpes pasos. Le habían vuelto a poner su uniforme tipo militar, la peluca, el bastón, y aunque tenía su gesto cruel, parecía un poco perdida, murmuraba algo como: "¡Llej, llej!". No llevaba cadenas ni esposas.

–Así ha estado desde el accidente –explicó el Abue–. Primero pensamos que fingía estar descompuesta; ya saben lo astutas que son estas máquinas. Pero luego le hicimos exámenes. Como muchos saben, los *robs* no sienten dolor, pero si los atacas, reaccionan como un reflejo; no lo pueden evitar.

Yolimar recordó a la maestra Lichita y su súper salto de araña a la pared.

–Pero vean lo que sucede con esta *rob*...

Dicho esto, el Abue mostró una afilada navaja y la deslizó sobre el pecho de Vera, justo en la base del cuello. Alguien gritó entre los espectadores, pero la *rob* sólo parpadeó y volvió a murmurar: "¡Llej, llej!", no se defendió. La piel se le abrió, dejando ver una maraña de cables internos y mangueras con *bioplasma*.

–No hace nada, ni se defiende ni ataca –confirmó el jefe Landa acercándose–. Es la primera vez que vemos a un *rob* portarse así. Vera, ¿sabes dónde estás? ¿Quién eres?

La *rob* se estremeció, con una rápida sacudida eléctrica, y entonces murmuró algo.

–¿Qué dijiste? Dilo más fuerte –pidió el jefe.

–Hola, mundo... –repuso Vera con su voz rasposa.

Los hermanitos miraban el espectáculo entre la fascinación y el terror.

–¿Qué quiere decir eso? –preguntó el jefe Landa.

–No estamos seguros –el Abue se acomodó los lentes–. Pero es obvio que tiene un tipo de infección causada por la *magnesis*. Le entró por las ventilas de enfriamiento y atascó algo dentro, la placa central o los circuitos de memoria y comportamiento. Es un caso muy raro y por eso pedimos que no la destruyan, queremos seguir estudiándola. De momento es inofensiva.

Muchos niños aplaudieron, como si hubieran visto un espectáculo en el que los *robs* perdían.

–Bien, consérvenla, pero nunca dejen de vigilarla –aceptó el jefe Landa y se dirigió a la audiencia–. Esta *rob* ya no sirve, pero recuerden: hay miles de máquinas allá afuera, criando humanos para usar sus cuerpos y esperando capturarnos, con terribles trampas...

Le tembló la voz, seguro recordó a su hija Lula. Atrás, los ayudantes del Abue volvieron a meter a Vera en la caja. Yolimar, ya un poco impaciente, miró un reloj de pared, le urgía que terminara la asamblea para hablar con Dino.

–Todavía no hemos terminado –anunció el jefe Landa–. Podrían pasar al frente, conmigo, Dino Duarte, Edilberto Enríquez y Yolimar Martínez.

Yolimar sintió cómo le subía la sangre a la cara y a las orejas. ¿El jefe mencionó su nombre?

–¡Te están llamando, *Yomuymal*! –le gritó Esther, sentada muy cerca–. Seguro hiciste algo feo.

Un niño que estaba al lado le iba a dar unos toquecitos en el hombro, pero Esther le advirtió:

–Si la tocas te da mala suerte, ¡es *Yomuymal*!

Mientras avanzaba por el pasillo, Yolimar sentía las miradas de todos; oyó cuchicheos. Muy nerviosa, subió al escenario.

–Silencio por favor –pidió el jefe Landa y se dirigió a los tres hermanitos–. Chicos, no me gusta esto, así que aclaremos todo. Tengo entendido que ustedes estaban presentes cuando la *rob* Vera intentó escapar. ¿Quieren confesar algo?

De nuevo, el típico sonido de *tssssss* cuando alguien está en problemas.

–Ya entregamos un reporte –aseguró Edi, con voz temblorosa.

–Más fuerte, por favor, que oigan todos –el jefe Landa le pasó el altavoz.

–En el reporte ya mencionamos lo que pasó –repitió Edi–. Yo trabajo en el Sanil, y con mis amigos entramos a ver a la *rob*. De pronto Vera nos atacó... y cuando llegó el Abue, la *rob* intentó escapar.

–Exacto, así fue –agregó Dino–. Pero entre todos conseguimos detenerla. ¡Tuvimos mucha suerte!

Yolimar asentía una y otra vez.

–¿Eso es todo? ¿No se les olvida nada? –el jefe Landa los miró con fijeza.

–Fue todo lo que pasó –insistió Edi.

El jefe Landa parecía decepcionado.

–Chicos, les di la oportunidad –recordó Landa–. El peligroso escape de la *rob* no fue un incidente aislado; fue un accidente que ustedes provocaron. ¿Pueden poner el video?

En la pantalla se reprodujo la grabación de una cámara de seguridad, era justo el momento en que Vera se burlaba de Yolimar: "...Sólo te tienen lástima. Pronto sabrán que eres una criatura torpe, tonta, fea y lo peor de todo: mentirosa".

Yolimar quiso morirse del agobio, ¿por qué ponían esa escena?

–Esperen, ahora viene lo importante –señaló el jefe.

Era justo cuando Yolimar, ofendida, le lanzaba un desarmador a Vera.

–Ahí está. ¿Por qué lo hiciste? –la enfrentó el jefe Landa.

–Por las cosas horribles que me dijo esa *rob* –aseguró la niña–. Todos lo vieron. ¡Sólo me defendí!

–¿De qué? Si la *rob* estaba encerrada, no podía ni tocarte –apuntó el jefe–. Lo que hiciste estuvo muy mal, rompiste todas las reglas. Para empezar, no estabas autorizada a entrar en el laboratorio, eso fue culpa de Edi, pero el accidente más grave ocurrió por tu culpa. Vean eso.

Todos fijaron la vista en la pantalla: era una imagen tomada desde el otro lado de la cortina. Con gran rapidez, la *rob* usaba el desarmador para romper la cerradura y abrir la puerta. Se escucharon exclamaciones en el auditorio.

–¡No sabía que haría eso! –se defendió Yolimar–. Además, al final detuvieron a esa cosa y todo salió bien, mi novio tiró esos barriles.

–¿Novio? ¿Qué novio? –el jefe Landa parecía desconcertado.

–Pues Dino –orgullosa, Yolimar le lanzó una mirada de amor al chico.

De inmediato estalló el caos en el auditorio. Hubo risas, gritos, carcajadas, varias voces al mismo tiempo.

–Perdón, pero Dino es mi novio –reclamó Rina levantándose de su lugar–. Esto es una broma ¿no? ¿Qué pasa?

–No pasa nada de nada –aseguró Dino totalmente abochornado.

–Me ibas a pedir que fuera tu novia –aseguró Yolimar–. Hasta dijiste que esperabas que dijera que sí.

–¿Yo? No, no –Dino negó con agobio–. Te iba a preguntar si querías hacer prácticas en el Sanil. Edilberto me lo comentó en la mañana.

Edi se puso rojo, azorado, como si quisiera que la tierra se lo tragara.

–Para enseñarte más cosas... –aseguró Edi–. Pero luego supe que nos pasarían al frente de la asamblea, no sabía para qué...

–Dino... ¡pero si yo te gusto mucho! –interrumpió Yolimar, era el tema que le importaba.

–¿Qué? ¿De qué hablas? Siempre me he portado con respeto –aseguró Dino–. Jamás te dije nada impropio.

Para ese momento, Rina ya se acercaba al escenario.

–Pero... eras muy amable conmigo –recordó Yolimar–. Demasiado, ¿por qué?

–Pues... por eso, por amable –murmuró Dino.

–Dino siempre se porta amable con el más débil de los rescatados –agregó Rina–. Y en el último salvamento, tú eras la más torpe y *ultraflat*. A cada rato te daba un ataque de nervios.

–Sólo quería que te sintieras integrada a la ciudad, con todos –asintió Dino–. Perdón si hice o dije algo que se confundió, pero es verdad: Rina es mi novia.

–¡Mentirosa! ¡*Yomuymal*, la mentirosa! –gritó Esther.

Entre risas, comenzaron a oírse los gritos de: "torpe", "tonta", "fea" y lo peor de todo, repetían: "mentirosa". Justo los insultos de la malvada *rob*. Yolimar hizo un esfuerzo por controlarse, pero un montón de lágrimas ya se escurrían por las mejillas rojas. Le empezó a faltar el aire.

–¡Silencio! ¡Ahora! –ordenó el jefe Landa. Era intimidante verlo tan serio, contrario a su buen humor–. No es correcto burlarse de nadie. Seguro fue un malentendido y eso es todo, Yolimar sigue siendo querida y bienvenida en nuestra comunidad. Pero tenemos que volver a lo importante. Estos hermanitos, en un descuido, pusieron en riesgo la ciudad, así que temo que debo ponerles un castigo. Así que silencio.

Los espectadores luchaban por no hacer el ruidito del *tsssss*.

–Por romper el reglamento y ocultar información, tendrán que hacer servicio comunitario –sentenció el jefe–. Dino, no podrás participar en los próximos salvamentos, te quedarás a trabajar en los talleres mecánicos. Edi, quedas fuera de los laboratorios, irás al almacén a ordenar; y Yolimar, además de tus tareas de limpieza te harás cargo de las nuevas letrinas de la Gran Casa. Al final, cada uno de ustedes deberá cumplir cien horas de castigo. ¿Entendido?

Dino y Edi asintieron. Yolimar estaba sofocada, de nuevo ese ataque horrible, la visión se le nubló hasta que todo se volvió negro, buscó la silla, se iba a desmayar. Pero lo peor es que se había hecho realidad su peor pesadilla: nadie la quería.

CAPÍTULO 12
Yomuymal

Los castigos comenzaron al día siguiente. Era la primera vez que Edi recibía uno desde su llegada a Neotitlán, pero lo merecía, ¡nunca debió meter a Dino y a Yolimar en el laboratorio! Y es que esa niña le gustó desde que la vio. Desconocía que ella quería a Dino como novio. ¡Uf, qué enredo! Y ahora, mientras en el Sanil todos hacían experimentos con Vera, a él le tocaba hacer limpieza y hacer aburridas fichas en la bodega.

Dino, por su parte, también se sentía fatal y apenado por Yolimar, ¡le gritaron cosas muy feas en la asamblea! Y además estaba tenso por Rina, le urgía hablar con ella. Pero de momento era imposible: Rina se acababa de ir con la capitana Vale y Ari a un salvamento, mientras tanto él debía cumplir con las horas de servicio. Desde muy temprano estaba engrasando piezas de las naves hídricas y cargaba lo más pesado en el taller.

Pero quien sufrió la peor parte de los castigos era, por mucho, Yolimar. Debía ayudar a hacer fosas para las aguas negras que salían de los baños de la Gran Casa. Para no contaminar los canales, se excavaban agujeros en un patio que luego rellenaban con cal. Olía horrible y la peste se pegaba a la ropa, pero Yolimar prefería estar cumpliendo su castigo, a lo que le esperaba en la Gran Casa.

"Mentirosa", "loquita", "traidora" y, sobre todo: "*Yomuymal*". Era lo que oía a su paso en los pasillos. Pero también, dentro de su cabeza, ella misma no dejaba de insultarse: "Soy tan tonta, lo imaginé todo". "¡Hice el ridículo de mi vida!" Tal vez la malvada Vera le dijo la verdad: sólo cometía errores, no tenía talento, no servía para nada, más que para ser un pellejo de algún *rob*.

Hasta los niños pequeños de la Gran Casa se enteraron de lo que pasó en la asamblea y aumentaron las risas y burlas. Yolimar recibía insultos todo el tiempo, como la mañana cuando fue a desayunar al comedor.

–¡Cuidado, es la apestosa *Yomuymal*! –advirtió Esther–. ¡No dejen que se les acerque!

Su enemiga le lanzó un trozo de migajón duro. Al instante le llovieron proyectiles de comida, mientras oía la cantaleta de: "Te regreso el mal, *Yomuymal*". Lo que más le dolió no fueron los golpes con galletas duras, el huevo cocido en el pelo o la salsa de soya que le cayó en un ojo, sino que entre los atacantes estaba Memito, ¡su único amigo!

–Perdóname –le dijo apenado, después, cuando Yolimar fue a un lavabo a enjuagarse–. Es que, si no lo hacía, los demás me van a dejar de hablar a mí también. Pero podemos seguir siendo amigos, eso sí, sin que nadie nos vea. ¿Qué te parece?

Yolimar ni respondió, sólo quería llorar. Hizo un esfuerzo de actriz para no romper en llanto, no quería darles el gusto de verla tan mal.

–No te preocupes, ya pasé el reporte de lo que pasó en el comedor –le aseguró la jefa Nelly–. No volverá a pasar. ¡Está prohibido desperdiciar comida!

¡Era lo que le preocupaba! Lo demás era problema de Yolimar.

–Por cierto, te está buscando Dino, está por la fuente –comentó Nelly–. Quiere hablar contigo.

Aterrorizada, Yolimar se asomó, ahí estaba el chico, esperándola. ¿Para qué? ¡Ella no quería hablar con él! Moría de vergüenza. Dejó el balde que llevaba y se alejó de prisa. El único escondite que se le ocurrió fue el cuartel subterráneo bajo la gran plaza, era su refugio. Casi ningún soldado le prestaba atención, y en la escalera que llevaba a los andenes, descubrió a Bety *la Bestia* besándose otra vez con Aldo, eso quería decir que nadie vigilaba la bodega donde estaban las maquetas. Yolimar fue hasta allá, era un sitio apartado y silencioso.

Sola al fin, la niña pudo llorar. Parecía que iba a salir un río completo de sus ojos, lloró por todo: por la vergüenza con Dino y los demás niños, por ser tan despistada, por el castigo, por quedarse sin amigos, ¡hasta Memito la traicionó! Extrañaba su vida de antes, aunque fuera falsa, al menos tenía el sueño de ser una estrella; ahora no le quedaba más que ser la apestosa y tonta *Yomuymal*.

–¿Por qué lloras? –preguntó una voz.

Yolimar se incorporó de prisa y miró la cabina de vidrio grueso, tipo espejo con la ventanita con barrotes y el letrero: "Taquilla, venta de boletos".

—Mónica Yolanda, así te llamas, ¿no? –recordó la voz–. ¿Estás bien?

—Sí. No es nada –aseguró Yolimar, e intentó sacar aire para tranquilizarse.

—Pues no lo parece. ¿Te puedo ayudar?

Yolimar negó con la cabeza y volvió a sollozar, era tan difícil todo.

—Soy una tonta, siempre me equivoco –se limpió la nariz con el trapo que usaba para sacudir.

—Te entiendo –aseguró la voz–. Aunque te apuesto que yo me he equivocado mucho más que tú. ¿O por qué crees que terminé encerrado?

Yolimar se quedó en silencio, sólo alcanzaba a ver una silueta detrás de la ventanita con barrotes.

—Supongo que sabes quién soy –dijo la voz, se oía triste.

La niña no sabía qué hacer, ¿irse? Aunque sería de mala educación.

—El que atraparon en la camioneta... –murmuró Yolimar.

—Ese mero... Puedes decirme por mi nombre: Gonzo. Y perdona por no darte la mano, las tengo esposadas. ¡No sabes lo horrible que es estar aquí! Creen que soy peligroso.

—Bueno, hiciste cosas súper feas –recordó la niña–. Fingiste estar herido e intentaste secuestrar a la capitana.

—Pero todo salió mal –suspiró Gonzo–. Ya pedí perdón, muchas veces, aunque no me creen. Dicen que tengo lavado el cerebro, que soy un *lav*.

—¿Y eso es verdad?

El chico guardó un breve silencio.

–Supongo que sí... no sé bien –dudó–. Todo es muy complicado. Hasta hace poco sólo me importaba ganar puntos para el campamento y ser el favorito de las directoras. Obedecer ahora, siempre...

–Sí sabes que esas cosas son *máquinas*, ¿no? –sondeó Yolimar–. ¡Y son muy malas! Quieren nuestro pellejo, nos crían para quitarnos el cuerpo.

–Es lo que me dijeron aquí... no sabía, te lo juro... Aunque, bueno...

–¿Bueno qué? ¡No tiene nada de bueno!

–Pues... hay humanos que no valen mucho la pena –aseguró Gonzo.

–¡Cómo puedes decir eso! –Yolimar estaba atónita–. ¡Todos los humanos son muy valiosos!

–Todos no. Conozco a algunos que servirían mejor como pellejo de *rob*.

De inmediato Yolimar pensó en Esther, ¡era tan irritante! Y esas amiguitas que le reían todo. Le daría gusto que fueran fundas de *rob*, pero no comentó nada.

–Además en la ciudad de los *hums* libres me han tratado fatal –reprochó Gonzo con amargura–. Estoy preso y si no les digo lo que quieren oír, me castigan dejándome sin agua. En serio, llevo dos días que muero de sed. Es lo que te iba a pedir la otra vez: agua...

–Es injusto que te traten así –reconoció la niña, preocupada.

–Creo que en los cajones del escritorio hay botellas de agua –agregó Gonzo–. Podrías pasarme una por la bandeja.

Yolimar dudó un poco, pero fue al escritorio de la entrada, abrió un cajón, había bolígrafos, unas tarjetas con banda magnética, un emparedado de pollo mordido y, en efecto, un par de botellitas de agua. Pero se detuvo, no sería tan tonta para cometer el error dos veces.

–Perdón, no tengo permiso para pasarte nada –suspiró–. Pero si quieres esperamos a la vigilante y le preguntamos.

–¿*La Bestia*? ¡Ella es la que no me deja tomar agua! –exclamó Gonzo–. El anterior vigilante era más amable, ella no, me trata como si fuera un animal. Espera, si es por la botella, tengo una idea. ¿Y si viertes el agua en la bandeja? Yo tomaría desde acá. ¡Por favor!, es que siento que me quemo por dentro.

Yolimar no vio nada malo en eso. Abrió la botella y vació el agua sobre la repisa de metal que cruzaba la rendija. Escuchó cómo Gonzo tomaba desde el otro lado, sorbiendo con desesperación.

–Gracias. De verdad –exclamó el chico–. Me acabas de salvar la vida.

–Ay, pobre. Sólo fue tantita agua.

–No sólo por eso. Por hablar conmigo. Todos creen que soy malo, dicen que no hay remedio para mí... pero tú no te fuiste. Gracias, Mónica Yolanda.

–Yolimar –corrigió–. Dime así, es mi nombre artístico.

Y aunque no lo dijo, ella también se sintió algo mejor. Y al parecer, tenía un nuevo amigo.

Edi estaba cansado y aburrido, llevaba días en el trabajo más tedioso del Sanil, hacía fichas de cada objeto que traía la brigada de recolectores. Había miles de trastos que clasificar, eran las piezas del rompecabezas de una civilización destruida. Lo único bueno del castigo era que andaba de un lado a otro, y pudo ver cuando el jefe visitó al Abue. Se reunieron en uno de los patios pequeños, era una reunión casi secreta.

–¿Para qué quieres verme? –preguntó Landa, tenso–. ¿Ya reaccionó la *rob*? Esa cosa debería estar en una jaula.

Tenían a Vera en un pasillo, sentada tranquilamente, sin esposas. Eso sí, con dos soldados a los lados y algunos asistentes con disparadores hídricos.

–Landa, tú tranquilo –sonrió el Abue–. Sólo quiero que veas algo curioso. Oye, Vera... hazme un té y tráemelo.

De pronto, la *rob* se levantó y todos empuñaron las armas. Vera se aproximó a una mesa donde había agua caliente y bolsas de té, hizo el preparado.

–¿Y cómo lo quieres, pellejo? ¿Con azúcar? –preguntó con su voz chirriante.

–Dos cucharaditas, por favor... –ordenó el jefe de científicos.

Vera obedeció y fue con el Abue para tenderle la taza, lista. Landa se hizo para atrás, con cierto recelo. La *rob* tenía la herida del pecho zurcida.

–¿Algo más? –preguntó la *rob*, se notaba un poco harta.

–Sí, arrójame el té caliente en la cara –pidió el Abue.

–¿Estás loco? ¿Qué te pasa? –exclamó Landa.

–Espera... –el Abue señaló a la máquina.

Vera parpadeó, molesta, confundida, negó con la cabeza.

–¿Algo más, batracio? –repitió de nuevo, sin hacer lo anterior.

–Creo que estoy bien –respondió el Abue–. Regresa a tu sitio.

–Bueno, ¡ya no me molestes! –la *rob* volvió a su silla y se sentó.

–¿Me quieres explicar? –Landa estaba atónito–. ¿Qué fue eso? ¿Recuperó la memoria?

–En parte sí, yo se la puse –sonrió el Abue.

–¿Qué? ¿Por qué hiciste algo así? –el jefe no podía creerlo.

–Espera, te explico –sonrió el Abue–. Como sabes, la *magnesis* entró a su flujo de *bioplasma* y las partículas imantadas contaminaron sus circuitos de memoria. Entonces se me ocurrió reprogramarla usando parte de su personalidad original, pero con una gran diferencia: le instalé las primeras dos leyes Asimov de la robótica...

–...No hacer daño a un humano y obedecer siempre –recordó Landa.

–Exacto, ésas son –reconoció el Abue–. Y como lo viste, obedece mientras la orden no contradiga la primera ley: dañar a un humano.

Desde su rincón, Edi estaba igual o más sorprendido que Landa.

–¿Y este cambio es permanente? –el jefe se acercó a la *rob*, con más confianza.

–La verdad es que no sé –reconoció el Abue–. Técnicamente sigue infectada, pero es inofensiva. Para borrarle las leyes Asimov habría que reprogramarla otra vez. Tal vez fue accidente aislado, pero resulta curioso y esperemos que útil. –Bueno, al menos sabe preparar té –observó el jefe.

El rescate de la brigada de salvadores de esa semana no tuvo éxito. Descubrieron que las camionetas con los Petrus no transportaban niños, sino piezas de recambio para *robs* monitores de campamento (cabezas, brazos y piernas). Pero al menos pudieron *neutralizar* a varios soldados mecánicos. Cuando Rina volvió a Neotitlán, visitó a Dino en los talleres donde cumplía su castigo. El chico la miró con alivio, ¡al fin podrían hablar!

–Seguro estás furiosa por lo que pasó en la asamblea –se adelantó.

–Bueno, fue muy bochornoso –reconoció Rina–. Pero después entendí: ¡eres *guapifeo*! *Mon chér*, querido, le gustas a las demás niñas.

–Estoy hablando en serio –insistió Dino–. Te juro que nunca le dije a Yolimar nada fuera de lugar. No sé qué le pasó.

–Tal vez fue la tristeza –meditó Rina.

–¿Qué tristeza?

–La de perder su vida de antes; ya sabes: su familia y amigos, entonces Yolimar inventó algo en que creer, se hizo una ilusión contigo o algo así.

Estaban en un descanso en la zona del taller de naves hídricas. Dino, cubierto de manchas de grasa, parecía muy pensativo.

–De todos modos, me siento mal con ella –aseguró el muchacho.

–Y yo. No debí decirle que era *ultraflat* y la más débil de los rescatados –reconoció Rina–. Luego le gritaron cosas feas. ¿Y si la buscamos para tranquilizarla?

–Ya lo intenté, pero nunca la encuentro –confesó Dino.

–Entonces esperemos un poco –aconsejó Rina–. Todo se va a arreglar, vas a ver. Yolimar es una niña un poco despistada, pero es buena.

Dino ya no quiso insistir, pero era justo lo que le preocupaba. Esa niña era demasiado despistada.

CAPÍTULO 13
Un nuevo amigo

La segunda semana de castigo estaba por terminar y, al menos para Yolimar, las cosas no mejoraron mucho en la Gran Casa. No le arrojaban comida (estaba prohibido), pero sí basura y papelitos. "Te regreso el mal, *Yomuymal*" repetían la cantaleta, junto con otras burlas. Memito la miraba con culpa y angustia (pero seguía sin hablarle frente a los demás). La niña simplemente ignoraba a todos, hacía su trabajo en las letrinas, y de inmediato, bajaba al sótano para platicar con su amigo Gonzo.

Ya sabía los horarios de los vigilantes de la bodega, había dos y tenía que aprovechar cuando era turno de Bety *la Bestia* porque casi siempre iba a visitar a su novio Aldo y el acceso quedaba libre.

Yolimar hablaba de muchas cosas con Gonzo. Intentó convencerlo de que los humanos de Neotitlán no eran tan malos, lo tenían encerrado porque le temían, pero pronto lo liberarían y podría conocer la ciudad.

–Es preciosa, ya la verás –aseguró la niña–. Hay palacios para dormir, para investigar tecnología, en la Gran Escuela hay hasta una biblioteca, y en la Suprema guardan armas. El jefe Landa tiene todo muy bien organizado.

–¿Pero de dónde sacaron esas cosas? –preguntó Gonzo.

–De todos lados, hasta de las ruinas que hay bajo la laguna.

–¡Eso es imposible! ¡Hay monstruos radiados!

–Sí, pero además la ciudad tiene barrera *antirads* –recordó Yolimar–. Es como una red bajo el agua, algo así, no entran.

–Vaya, son listos –tuvo que reconocer Gonzo desde su prisión–. No me fijé en cuál de esos bonitos palacios me metieron.

–¿Aquí? ¡En ninguno! –rio Yolimar–. Estamos bajo la gran plaza, esto era una estación de algo llamado metro; una especie de tren que iba bajo la tierra.

–¿Viajan así? –preguntó Gonzo francamente admirado.

–No, no. Eso fue antes, ahora los túneles están inundados. La gente de Neotitlán se mueve en lanchas y caminan por un montón de puentes. Ya lo verás cuando te perdonen –volvió a asegurar.

Se oyó un largo suspiro.

–Oye, y en esa escuela que mencionaste... –murmuró Gonzo–, ¿dan clases de dibujo?

–No sé –Yolimar quedó un poco desconcertada con la pregunta–. ¿Por?

–Es que antes... cuando estudiaba en Llano Seco, todos decían que tenía mucho talento –confesó un poco melancólico–. Yo quería ser dibujante o hacer historietas.

–Y yo actriz y cantante –recordó la niña–. También tenía talento artístico.

–¿En serio? Con razón tienes esa voz tan linda. Perdón –carraspeó agobiado–. No quise faltarte el respeto ni nada de eso. A veces soy un poco bruto.

Pero Yolimar no se había molestado. Le gustaba hablar con Gonzo, también tenían cosas en común y cada vez lo notaba más tranquilo. ¿Y si se le estaba quitando lo *lav*? Tal vez ella había encontrado la forma de hacerlo, ¡sólo siendo amable y tratándolo como ser humano! ¡No era tan inútil!

–Me gusta mucho que vengas aquí –confesó Gonzo–. Ojalá pudieras verme fuera de esta cosa, daríamos un paseo alrededor. Al principio los vigilantes me dejaban salir un ratito al día.

–¿Y ya no?

–No. Los cambiaron y los nuevos son muy malos, sobre todo la que le dicen *la Bestia*. Me odia, creo que está esperando que me muera. Cuando le digo que tengo dolor de articulaciones o que estoy enloqueciendo por el encierro, se burla.

–Qué mala. Oye, ¿y si hablo con ella?

–No, ¡no te metas en problemas por mí! –pidió Gonzo–. Además, no creo que quiera prestarte la tarjeta magnética para dejarme salir cinco minutos.

–¿Sólo eso necesitas?

–Sí, daría lo que fuera por estirar las piernas ese ratito.

Después de un rato en silencio, Yolimar murmuró.

–Creo que sé dónde está esa tarjeta. La que abre la puerta.

–¿Qué?

–Bueno. Hay unas tarjetas en un cajón del escritorio.

–Ah... podrías probarlas, saldría a caminar y platicaríamos cara a cara –dijo Gonzo–. No, no, ¡qué estoy diciendo! Olvídalo. Ya has hecho mucho, eres muy amable sólo por hablar conmigo.

De pronto se escuchó un zumbido y luego como un clic.

–¿Y eso? –preguntó el chico, sin aliento.

–Está abierto –repuso la niña con un hilo de voz.

Gonzo empujó la puerta del cubículo de la taquilla, se abrió. Yolimar recordaba a Gonzo, no era tan guapo como Dino, el pobre tenía una cara ancha llena de granitos y cicatrices, el pelo cortísimo, pero su sonrisa era contagiosa.

–Genial. ¿Qué hiciste? –Gonzo no podía creerlo.

–Las saqué del cajón –Yolimar mostró media docena de tarjetas magnéticas, una parecía casi nueva–. Las probé en el lector ¡y ésta funcionó! Ahora puedes estirar las piernas como antes. Pero sólo cinco minutos.

Gonzo avanzó otros pasos. Yolimar vio que le habían puesto un uniforme viejo, aunque no llevaba esposas, tal vez se las habían quitado; seguía sonriendo.

–¿No tienes miedo de que escape?

–Es imposible –aseguró la niña–. Te verían por las cámaras y es hora del cambio de guardia. Además, el sótano está lleno de soldados.

–Pero... ¿y qué pasa si hago esto? –de una zancada Gonzo se acercó a Yolimar, por atrás, y con una mano tomó del escritorio un bolígrafo, puso la punta en el cuello de la niña–. Podría usarte como rehén. Amenazaría con hacerte daño si no me dejan salir...

Yolimar se puso muy pálida. Fue lo que Gonzo hizo esa ocasión con Vale. ¡En qué se había metido!

–Tranquila, es broma –Gonzo rio y dejó el bolígrafo en su sitio–. No lo haría, y jamás contigo. Eres la única amiga que tengo, de verdad. Gracias por dejarme salir un ratito. Lo necesitaba.

–¿Qué haces? –la niña lo miró, sorprendida–. Todavía tienes tiempo.

–No quiero que tengas problemas por mi culpa –Gonzo entró al cubículo y desde el interior sacó la mano para cerrar él mismo–. Algún día tal vez me perdonen y podremos hacer esto sin peligro. Mientras, te tengo como amiga y eso es suficiente... Toma.

Por entre las rejas, Gonzo le tendió una tarjeta con banda magnética.

–No vi cuando la tomaste –reconoció Yolimar, atónita.

–Soy bueno con las manos –reconoció Gonzo–. Pero quiero ser bueno contigo, con todos. Estoy cansado de tener problemas.

Yolimar tomó la tarjeta. Estaba feliz; ésa era una muestra de que el muchacho no era malo, o incluso, ya estaba curado. Se imaginó en otra asamblea, frente al jefe Landa y los jefes de brigadas, explicando cómo reconvirtió a un *lav*, todos la mirarían asombrados.

–Gonzo, pronto vas a tener una vida normal –le prometió, emocionada–. Serás libre.

Terminó la segunda semana y los tres castigados, Yolimar, Dino y Edi, cumplieron sus cien horas de servicio comunitario.

–Al fin puedes dejar de hacer letrinas –le avisó Azul a Yolimar–. Ya estás perdonada; si quieres ve al evento en la colina de Montepié.

–¿Qué evento? –exclamó la niña.

–Van a hacer una demostración con Vera –intervino Nelly–. Dicen que volvió a ser gruñona pero ahora obedece todo lo que digas.

–¿Ese horrible trasto? –rio Azul, algo nerviosa.

–Escuché que hasta canta si se lo pides –aseguró Nelly–. Hay una multitud allá.

Yolimar dio las gracias por la información, pero prefirió bajar al sótano de la Gran Plaza para platicar con Gonzo y comentarle la idea que tenía: ¡pedir una cita al jefe Landa! Lo llevaría hasta el cuartel subterráneo para que viera con sus propios ojos que el prisionero ya no era un *lav*, que estaba curado.

–¿Qué haces aquí? –un vigilante le cortó el paso.

–Vengo a limpiar, como siempre –Yolimar le mostró la escoba y un trapo.

–No. Ahora no es momento... Esta zona está cerrada –el vigilante parecía tenso–. Vete de aquí.

La niña vio a un escuadrón de soldados que corría de un lado a otro, todos armados. En una oficina lejana, alcanzó a divisar a Aldo, parecía estar... ¿llorando? Tenía la cara muy roja, frente a él había una joven morena de uniforme. Yolimar la reconoció, era Malinali, la jefa de la brigada de seguridad. Alguien cerró la puerta.

–¿Qué pasa? –preguntó la niña.

–Nada –aseguró el vigilante–. ¿Qué no oíste? Fuera de aquí.

Desconcertada, Yolimar subió a la Gran Casa. Arriba, en el patio central, las cosas parecían normales. Niños jugaban, otros lavaban ropa en la pila del pegaso, unos más limpiaban las escaleras de los murales.

–A ti te quería ver –alguien la tomó con suavidad del codo.

Yolimar se giró. Era Rina, la chica de la boina tonta. ¡La novia de Dino!

–Nunca te pedí disculpas por lo que te dije en la asamblea –Rina tomó aire–. No quise burlarme de ti. Yo también estoy apenada por la confusión...

–Está bien, ya pasó –Yolimar intentó irse.

–Todavía no termino –Rina volvió a tomarla del brazo–. ¿Te gustaría hacer prácticas con la capitana Vale? Todo el mundo sueña con estar en la brigada de los salvadores. Yo puedo llevarte como aprendiz.

Yolimar no alcanzó a responder. Comenzó a sonar una alarma y una grabación resonó por los altavoces: "Código amarillo. Todos a resguardo. Amarillo, repito".

–¿Qué es eso? –preguntó Yolimar, confundida.

–Algo malo... –aseguró Rina, tensa–. ¡Seguro es Vera! ¡Estaba en la colina de Montepié! ¡Esa *rob* debió ponernos una trampa! Ve con los demás hermanitos. No salgan hasta que pase el peligro.

Rina salió a toda prisa mientras que Azul y Nelly organizaban a los niños.

–Dejen lo que estén haciendo –ordenó Azul–. ¡Todos a sus habitaciones!

–Nadie puede estar en los patios –señaló Nelly–. ¡A resguardo! ¡Ahora!

Había una sensación de peligro. Yolimar se vio arrastrada por una muchedumbre de hermanitos que avanzaban por un amplio pasillo. Algo dentro de su cabeza luchaba por salir: un recuerdo y una sospecha. ¿*Código amarillo*? Fue la alerta que hicieron sonar en Sanil cuando quiso escapar Vera. ¿Otra fuga? Claro, no había que confiar en esas horribles máquinas. Pero entonces le vino a la mente algo más. ¿Por qué no la dejaron pasar a los cuarteles bajo la Gran Plaza? ¿Algo pasó con Gonzo? "Soy bueno con las manos" recordó que dijo.

Entonces, de golpe, tuvo una horrible sospecha. Pero era imposible, Gonzo ya era bueno, ella lo curó, ¿no? Pero ¿y si Gonzo escapó? Yolimar sintió vértigo y un escalofrío intenso. ¡No podía cometer el mismo error dos veces! No, no, no.

CAPÍTULO 14
Alerta máxima

Gonzo había escapado. Azul y Nelly se enteraron de la noticia por radio y la comunicaron al resto de los hermanitos.

–Los menores no pueden salir de los dormitorios –explicó Nelly–. Todos se quedarán encerrados hasta que encuentren al *lav*.

–¿Y si Gonzo viene aquí para llevarnos de regreso con los *robs*? –preguntó Memito a punto de llorar.

–Pondremos vigilancia –prometió Azul–. Y tranquilos, lo van a encontrar pronto. Tenemos a los mejores rastreadores.

Pero los niños no se tranquilizaron. Casi todos querían estar juntos.

–Hola, ¿puedo quedarme a tu lado? –Memito se acercó a Yolimar–. Así nos cuidamos entre los dos.

La niña no le respondió, y no porque siguiera molesta con él, sino porque apenas podía respirar de la angustia.

Gonzo escapó por su culpa, estaba segura. ¡En cualquier momento iban a descubrir eso!

"Soy bueno con las manos" le dijo Gonzo cuando le devolvió la tarjeta magnética. Yolimar no dejaba de recordar eso, y aunque la guardó con las demás en el cajón del escritorio, no las contó. Gonzo pudo quedarse con la que abría la puerta. Sólo debía sacar la mano de las rejas, y pasarla por el lector donde estaba esa luz y con eso saldría. ¿Cómo pudo ser tan descuidada?

Casi nadie pudo dormir esa noche. Se oían sirenas y ruidos de radios. Muy temprano, las jefas de la Gran Casa fueron a dar un aviso.

—Prepárense. En unos minutos hay una asamblea extraordinaria —anunció Nelly—. Tienen que asistir todos los hermanos mayores, es obligatorio.

—¿Encontraron al que se escapó? —preguntó Yolimar con un hilo de voz.

—No sé. En la reunión van a decir todo —respondió Azul—. ¡De prisa!

Se alistaron los mayores de cada dormitorio. Yolimar pensó en esconderse y no ir al Mus, pero fue imposible cuando la detectó Esther y ya no se la quitó de encima. De camino a la asamblea, en el puente, fue escuchando la cantaleta "Te regreso el mal, *Yomuymal*". ¡Ni siquiera en esos momentos la dejaba en paz!

El auditorio del Mus estaba repleto de hermanitos que hervían de curiosidad. ¿Qué había pasado con el peligroso *lav*? ¿Cómo escapó? ¿Lo atraparon? Yolimar se revolvía nerviosa en su sitio. Vio que en los asientos de adelante estaban Dino, Edi, Rina, la capitana Vale, Ari, el Abue, Ray y Rey. Todos los jefes de brigadas.

–Atención, vamos a empezar –el jefe Landa subió al escenario, parecía muy cansado, tenía profundas ojeras–. Bienvenidos a la Asamblea Extraordinaria 82 de Neotitlán, la ciudad donde todos los humanos son iguales, libres y bienvenidos. Como saben, tenemos un asunto grave que tratar. La fuga del *lav* Gonzo no fue un simple accidente...

Los murmullos subieron de volumen. El jefe intentó calmar a los hermanitos. Yolimar sentía cómo escurrían chorros de sudor por la nuca. Landa hizo una seña y subió Malinali, la encargada de seguridad y defensa de la ciudad.

–Primero que nada, pido perdón a todos –suspiró la joven, estaba despeinada y pálida–. Descuidamos la seguridad con el *lav* Gonzo. Como era tan agresivo, lo castigamos aislándolo y dejamos de prestarle atención un buen rato.

–Además, estábamos concentrados con Vera –reconoció el jefe Landa, con pesar–. Que, por cierto, no ha vuelto a dar problemas... de momento.

De hecho, la *rob* estaba ahí, sentada en primera fila.

–Sé que muchos se preguntan cómo escapó Gonzo –retomó el jefe Landa–. A pesar de que estaba encerrado y con vigilancia. Pues bien. Hay una persona en este auditorio que tiene responsabilidad directa.

Un centenar de hermanitos ahogaron una exclamación. El corazón de Yolimar latía tan fuerte que temió que oyeran el estruendo tras las costillas.

–Tranquilos, por favor –pidió Landa ante los murmullos–. Antes de condenarla, queremos darle la oportunidad de oírla. Guarden silencio para que suba. Querida, estoy tan decepcionado, nos debes una explicación a todos...

Yolimar lo supo, había llegado el momento. El jefe la estaba llamando, a ella, a la desastrosa *Yomuymal*, ¡tenían razón! Hasta Vera, cuando la atacó. Era tonta, fea, descuidada, les daba mala suerte a todos, a la ciudad. Las lágrimas le nublaron la visión. La niña comenzó a ponerse de pie, cuando escuchó:

—Bety, por favor, ven aquí —pidió el jefe Landa.

Ahora no faltó en sonidito de "tssssssss", que anticipaba cuando alguien estaba en graves problemas. La enorme Bety *la Bestia* pasó al escenario. Se veía fatal, llorosa, temblaba.

—¡Pero yo no lo dejé salir! —se defendió de inmediato.

—¿Y dónde estabas cuando escapó? —la interrogó el jefe—. ¿No se supone que era tu turno de vigilancia?

—Yo... fui a hacer unas cosas —carraspeó Bety, con un nudo en la garganta.

—¿Como ver a tu novio Aldo? —intervino la jefa Malinali, molesta—. Algunos soldados los vieron besándose por las escaleras que bajan a los túneles. Y al parecer, era todos los días.

Estallaron las exclamaciones de indignación en el auditorio. Aldo estaba ahí, se hundió en el asiento, como si quisiera desaparecer, culpable también.

—Pero era un momentito —aseguró Bety, con las mejillas rojas. Sólo iba para saludarlo.

—Pues ese momentito lo usó Gonzo para escapar —acusó el jefe Landa, triste—. Seguro dejaste la tarjeta magnética cerca y él encontró la manera de tomarla por la rendija.

—No, no lo creo —repuso Bety, firme.

—¿O no te acuerdas? —reviró la jefa—. Al parecer tu mente sólo pensaba en tu novio.

Hubo algunas risas y el jefe volvió a pedir silencio.

–Esto no es broma –Landa parecía abrumado–. Gonzo no sólo escapó, tampoco pudimos volver a capturarlo. Ni siquiera tenemos imágenes del sitio por donde salió. Robó la unidad de memoria de las cámaras de vigilancia y debió ponerse un uniforme de vigilante, porque falta uno. ¡Nos vio la cara! Fue increíblemente astuto, conocía los horarios de los soldados y se llevó otras cosas confidenciales de las oficinas, apenas estamos levantando el reporte... esto es grave.

Bety estaba llorando, y entre el público, Yolimar temblaba. Estaba reuniendo coraje; iba a levantarse para confesar toda la verdad. Se enterarían de que ella le dijo a Gonzo de los horarios de los vigilantes, de las cámaras, le contó cosas de la ciudad. Cierto, no fue con mala intención, pero lo hizo. Ahora todos iban a odiarla (¡aún más!), tal vez la echarían de la ciudad, pero al menos podría quitarle un poco de culpa a Bety y daría alguna pista sobre Gonzo; tenía que decir exactamente lo que dijo o hizo con Gonzo. Agitada, pálida, Yolimar se puso de pie.

–¿Qué es eso? –preguntó Esther.

–¡La alerta máxima! –señaló Malinali y todos notaron el ulular de una alarma.

"¡Código rojo! Esto no es simulacro. Repito, ¡código rojo!", decía alguien por las bocinas.

Yolimar ya estaba de pie, pero nadie le prestó atención, todos comenzaron a levantarse, asustados.

–Jefe, ¿preparamos evacuación para Sanfé? –se acercó la capitana Vale a Landa.

–Eso es para el código púrpura –negó el jefe–. Hay que investigar primero qué sucede y controlarlo. Atención, hermanitos, vuelvan de inmediato a la Gran Casa y cuiden a los menores; no salgan hasta nuevo aviso. Los grandes cubran la posición de defensa y reúnanse con sus brigadas. Abran la armería de la Suprema. ¡Y calma! ¡Mantengan la calma!

Claro, eso era imposible. Con la alerta máxima sonando, niños y niñas corrían a la salida, apretujándose en los pasillos del auditorio.

–Usen las dos salidas –ordenó la capitana Vale–. ¡Y dejen de correr!

–Los más pequeños vengan conmigo –ofreció Rina.

Dino y el piloto Ari intentaron ayudar también para poner cierto orden. Todos avanzaban hacia algún lado, menos Yolimar, que no sabía qué hacer.

–¿Estás bien? –era Edi, que llegó a su lado–. Yolimar, ¿me oyes?

–No puedo respirar –murmuró la niña–. Creo que me voy a desmayar.

–Vas a estar bien, tranquila, ven –Edi la tomó con suavidad del codo–. Conozco una salida mejor.

La llevó por un pasillo a un costado del auditorio, que desembocaba en una bodeguita llena de piezas prehispánicas y de ahí conducía a una escalera que iba directo a una salida de emergencia. Sólo la usaban algunos soldados.

En pocos minutos salieron y llegaron a un costado del pequeño estanque cerca de las ruinas. Al fondo, el puente de piedra estaba atestado de niños que corrían, asustados. Vale y Ari hacían lo posible por contenerlos.

–¿Estás mejor? –le preguntó Edi.

–Un poco sí... gracias –Yolimar comenzó a respirar–. Pero ¿qué es el código rojo?

–Algo muy feo, pero tú tranquila –evadió el chico–. En Neotitlán estamos preparados para todo.

Estallaron más gritos, eran los niños del fondo, señalaban algo en el estanque: "¡*Rads*!" "¡Ahí hay uno!" "¡Es horroroso!"

–¡Aléjense de ahí! –ordenó Ari a los niños.

–¿*Rads*? –repitió Edi, atónito–. Es imposible, los monstruos *radiados* no pueden entrar a la ciudad, tenemos la barrera.

Y justo al decir esto, Edi cayó al estanque, una especie de tentáculo pulposo se le había enroscado en un pie. Con horror, Yolimar vio que la extremidad salía del hocico de un gigantesco sapo gris lleno de tumoraciones y patas repletas de dedos torcidos, con ventosas. Escuchó más gritos, cerca del puente, salían más de esas cosas, arrastrándose, y lanzaban sus horrendas lenguas para pescar algo alrededor.

–¡Ayúdame! –pidió Edi luchando por no hundirse por completo en el estanque. Clavó los dedos en la tierra, un fuerte tironeo lo sacudió.

Yolimar no lo podía creer, y el desastre apenas estaba por comenzar.

Eso era el código rojo.

CAPÍTULO 15
Ajolos y bulbosos

Yolimar tomó los dos brazos de Edi y jaló con todas sus fuerzas. Con mucho trabajo, consiguió sacarlo a la orilla, pero la lengua del *rad* seguía adherida a un tobillo del niño y la criatura se revolvía con furia para llevarse a su presa a lo profundo del estanque. De pronto, la niña soltó a Edi.

–¡No me dejes! –gritó Edi, que volvía a ser arrastrado.

Entonces lo vio, era otro *rad*, aún más feo. Se trataba de una enorme lagartija traslúcida con una especie de barba cartilaginosa. Abrió las fauces y mostró los dientecillos de sierra. Iba directo al cuello de Edi. Temblando, Yolimar se acercó al monstruo, lentamente, por detrás. Intentó hacer memoria.

–¡Es un *ajolo*! –chilló Edi, asustado–. ¡Esas cosas son venenosas!

Y Yolimar lo recordó. Con mucho asco golpeó al mismo tiempo las branquias de la extraña lagartija, que lanzó un chillido y saltó al estanque. Yolimar volvió por Edi. Con un par de pisotones, consiguió destrozar la lengua del sapo bulboso. Quedó un trozo sanguinolento cerca de ellos.

–¡Me salvaste! –exclamó el chico conmocionado.

En realidad, fue un milagro que Yolimar recordara la lección que le dio la maestra en la Gran Escuela sobre el punto débil de ciertos *rads*.

Dentro del edificio del Mus había una reunión urgente con jefes de brigada. En la sala de control central, el jefe Landa revisó monitores, junto con Malinali, Ray y Rey, Vale y el Abue.

–Los primeros *rads* aparecieron al oeste de Neotitlán –observó Landa–. En un canal secundario que desemboca en la laguna.

–Seguramente se rompió una sección de la barrera –aseguró Ray–. Y desde ahí los monstruos entraron a la acequia.

–Es raro que se rompa el alambrado, pero no imposible –reconoció Malinali, la jefa de seguridad–. Iré a reparar esa sección.

–No, mejor organiza a tu gente para patrullar estanques y canales –pidió el jefe Landa–. Vale, tú y tu equipo ayúdenme a proteger a los hermanitos. Llévenlos a sitios seguros.

–¿Y qué hacemos con el agujero de la barrera *antirad*? –preguntó Rey, el otro mellizo.

–Vayan a cerrarlo ustedes –propuso Landa–. Usen una nave de exploración.

Los tatuajes luminosos, las águilas y leones de los hermanos, resaltaron en amarillo brillante. Asintieron con entusiasmo.

Todos se pusieron manos a la obra. Vale, Ari, Dino y Rina coordinaron un refugio temporal en el mismo edificio del Mus para los niños que no alcanzaron a cruzar por los puentes. Los reunieron en el vestíbulo, y entre ellos estaban Yolimar y Edi.

–Es que me salvaste –repetía el chico admirado–. Eres tan valiente.

–No fue nada, en serio –repuso Yolimar, con agobio.

La niña sólo quería estar sola para pensar. Algo feo le daba vueltas por la cabeza: ¿Y si Gonzo tenía que ver con el ataque de esos monstruos? Ella le comentó algo de la barrera *antirads*, y tal vez él... No, no quería ni pensar en eso.

–Por favor, aléjense de las ventanas y puertas –advirtió Dino desde una terraza superior–. Es peligroso.

–Pero estamos dentro –exclamó Esther–. Aquí no pasa nada de...

La interrumpió un ruido muy extraño. Detrás del ventanal más grande comenzaron a apilarse una veintena de lagartijas barbadas, los *ajolos*. Se encimaban buscando un resquicio para entrar.

–¡El vidrio está roto! –señaló Edi, con alarma.

Varios niños chillaron al ver cómo una de las criaturas entraba por el hueco, cayó al interior con un golpe seco. Abrió sus fauces llenas de baba y colmillos. Esther intentó huir, pero tropezó y quedó a pocos metros del monstruo. Todos gritaban. El *ajolo* saltó pero al instante voló en pedazos, en medio de una fuerte detonación. Alguien le había disparado.

–¡Suban a los niveles superiores! –ordenó Rina, llevaba una escopeta.

Los hermanitos obedecieron de inmediato. Entre Rina y Ari cubrieron la ventana rota con un viejo panel y se quedaron a vigilar el vestíbulo.

–¡Esa cosa casi me devora! ¡Qué asco! –se quejó Esther–. ¿No decían que esta ciudad era segura?

–Es sólo un desperfecto en la barrera –le respondió Dino desde arriba–. Ya lo están reparando, vamos, suban todos.

El muchacho daba la mano a los hermanitos para ayudarles, pero Yolimar evitó acercarse. Le daba miedo que si Dino la veía a los ojos iba a descubrir que era culpable de lo que ocurría, al menos de una parte.

La nave hídrica que pilotaban Ray y Rey recorrió el canal, habían llegado a la zona inundada donde sobresalía una estructura de hierro de algo que se llamó Torre Latinoamericana y a unos metros, aparecía la cúpula amarillenta de lo que había sido el Palacio de Bellas Artes.

–¡Mira eso! –Ray, el hermano mayor señaló algo por la ventanilla.

Sobre el agua flotaban trozos de una malla metálica con púas, unida a unos postes de plástico rígido y unas boyas rotas.

–Qué raro... –observó Rey–. Parece un tramo de la barrera *antirad*.

Sonó el radio que llevaba Ray a la cintura.

–Ray, Rey... ¡regresen de inmediato! –ordenó la voz del jefe Landa.

–Pero falta reparar la barrera –explicó Ray–. Nos estamos aproximando.

–No lo hagan, no va a servir de nada –aseguró el jefe, con voz preocupada.

—Pero si no reparamos van a seguir entrando los *rads* —explicó Rey.

—No, no entienden. No es un simple agujero —explicó Landa—. Hay daños en toda la barrera: norte, sur, este, oeste. Malinali y sus soldados me lo acaban de comunicar.

Los hermanos se miraron, tensos. Sus tatuajes se volvieron verde oscuro.

—El sistema de defensa contra *rads* está destruido —confirmó el jefe—. Tenemos que armar otro plan. Vuelvan ahora.

—¿Cómo hubo tantos accidentes? —preguntó Rey, desconcertado.

—Es que no fueron accidentes —suspiró Landa, por el radio—. Fue a propósito. ¡De prisa, regresen ya!

Dentro del edificio del Mus, el jefe Landa cortó la comunicación. Estaba muy tenso. Lo acompañaba el resto de los jefes de brigada.

—A cada minuto el peligro aumenta —observó la capitana Vale—. Las criaturas están invadiendo todos los canales.

—Lo sé —Landa tomó aire—. Malinali, envía a tu ejército a que cierren las compuertas del primer cuadro de la ciudad. Pongan diques. Haremos otra barrera *antirad* de emergencia.

—Yo puedo conseguir sal —propuso el Abue—. Tenemos varios sacos en una bodega.

Todos lo miraron, confundidos.

—En el Sanil alguna vez hicimos un experimento —explicó el Abue—. Lo dulce atrae a ciertos *rads* acuáticos, pero reaccionan muy mal con la sal, les pasa lo que a ciertos moluscos.

–Entonces coloquemos barreras de sal –ordenó Landa–. Y también busquen aturdidores eléctricos, redes y arpones. Y lo más importante: hay que poner a resguardo a todos los hermanitos.

–Jefe, ¿y si voy preparando una evacuación a Sanfé? –insistió Valentina.

–Tranquila... sólo son bichos –recordó el jefe–. Tampoco estamos en código púrpura. Otra ocasión limpiamos la ciudad de monstruos, lo haremos de nuevo.

Las nuevas órdenes de Landa se acataron de inmediato. Los soldados se distribuyeron por los cuatro costados de Neotitlán para cerrar los accesos a los lagos. El Abue reunió a toda su gente, incluyendo a Edi, debían buscar sal en las bodegas del Sanil, dividirla y darle un puñado a cada soldado. La misión marchaba bien, pero al poco tiempo sonaron los radios en la oficina de control central.

"¿Alguien me copia? Algo raro está pasando... ¿me oyen?", dijo un vigilante. "Estoy en la zona norte. Hay vibración extraña en los canales."

"Atención, los viejos rascacielos se están cimbrando", aseguró otro soldado desde la zona poniente. "Se caen trozos."

"El agua se mueve de un lado a otro y entra a algunos edificios", dijo una joven soldado desde la zona sur.

El jefe Landa se reunió de nuevo, esta vez con Valentina y con Ray y Rey, que acababan de llegar de su fallida misión.

–Es como si alguien se acercara a la ciudad –reconoció la Capi.

–Revisen las cámaras más alejadas de la laguna y los radares aéreos –repuso Landa claramente preocupado–. Veremos qué sucede ahora.

–Es que no hay nada –señaló el piloto Ari–. Ya lo revisé.

Mostró las nueve pantallas que enfocaban la laguna en distintos ángulos. Todo lucía despejado, con las puntas de los rascacielos carcomidos que emergían del agua, algunos todavía se movían un poco, sacudiéndose el óxido.

–Tal vez fue un pequeño temblor –comentó Ray–. Ya ha ocurrido antes.

–No creo. Nada de esto es normal –murmuró su hermano Rey.

–Jefe, ¿qué hacemos? ¿Seguimos con el plan? –Vale miró a Landa.

Los cinco lo notaron al mismo tiempo. El edificio Mus vibraba, varios cristales se estrellaron.

En las terrazas del vestíbulo y las salas del primer piso se cayeron varias vitrinas y esculturas. Los hermanitos no paraban de gritar.

Yolimar, en un rincón, apenas podía procesar lo que sucedía. Pero eso ya no era su culpa, era imposible que tuviera que ver con Gonzo. No, no. Era un temblor... Aunque raro, como en oleadas y un sonido grave brotaba del suelo.

–¡Miren ahí! –señaló Esther.

–Es peligroso acercarse a las ventanas –recordó Dino.

Pero fue imposible impedir que los niños se amontonaran a un ventanal donde se veía la Gran Plaza y el sistema de puentes y pasarelas, que, ante el horror de todos, comenzaron a caerse, por tramos, en un estruendo de chirridos. Las placas de concreto donde estaban fijados se rompieron y se formó una enorme grieta que dio paso a un gran cráter, y por un momento fue visible el cuartel subterráneo hasta que se inundó con una marejada de agua oscura que subió a la plaza. Del gran boquete comenzaron a emerger unos vehículos, largos como gusanos de metal. Uno de ellos tenía un cañón. Otras naves se acercaron al borde y de las escotillas salieron un montón de hombres. Todos eran exactamente iguales, soldados fornidos, con gafas oscuras, vestidos con uniforme plastificado y casco transparente. Había diez, doce, cincuenta, cada vez más. Hicieron una rápida formación.

–¡Son Petrus! –reconoció Rina con evidente horror.

Y de una de las naves salieron dos mujeres muy extrañas. Una vestida con un conjunto deportivo plastificado color rosa, llevaba el mismo casco de protección. La otra sólo traía un amplio y sucio vestido de flores. Su rostro era muy extraño, pálido y de huesos grandes que no encajaban entre sí.

–¡Doris y Lirio! –gritó Dino–. Las directoras del campamento. ¡Están aquí!

–¡Son *robs*! ¡Los *robs* han invadido la ciudad! –gimió Esther.

Y luego ocurrió algo más espantoso. La nave con el cañón lanzó un potente proyectil al edificio de La Suprema, y lo derrumbó.

Desde la sala de control del Mus, el jefe Landa veía todo.

–Hay que evacuar la ciudad –se dirigió a la capitana Vale–. Estamos ante una invasión. Tenemos que sacar a los 1093 habitantes. Esto es código púrpura.

Los jefes sólo esperaban una cosa: que no fuera demasiado tarde.

CAPÍTULO 16
Código púrpura

Los jefes de brigada no podían entenderlo ¿cómo fallaron los sistemas de alerta? Si había radares y cámaras por todos los lagos.

–Los invasores usaron los antiguos túneles del metro –dedujo el jefe Landa mirando el cráter en la plaza–. Por eso no los detectamos.

–¿Y cómo se enteraron de la existencia de esos túneles? –Vale estaba atónita.

Todos guardaron un silencio de preocupación.

–Eso lo averiguaremos luego, ahora evacuemos la ciudad –recordó Landa.

–Pero, jefe, ¡no podemos darnos por vencidos tan rápido! –gimió Ray.

–¿Ves eso? –Landa señaló una enorme columna de polvo que oscurecía el cielo–. Destruyeron la armería de La Suprema y los Petrus siguen llegando. Sin armas es imposible defendernos. Nos iremos a Sanfé, llevaremos lo indispensable.

–La comida –recordó Rey–. En la Gran Escuela está el último cargamento de bocadillos deshidratados.

–Vayan por ellos –consintió Landa–. Hablaré con Abue para que saque del Sanil lo más valioso. Vale, tú organiza con los salvadores la evacuación de los hermanitos.

–Podemos usar dos estaciones de despegue –asintió la Capi–. Dejaré a Ari en la pista del taller para sacar la carga y yo me encargo de los hermanitos en la Gran Escuela.

–Bien, buena idea –suspiró Landa–. Yo me quedaré coordinando todo por radio y reuniré los mapas y material confidenciales del Mus. Vamos, ¡de prisa! ¡Tenemos quince minutos para evacuar la ciudad!

Los jefes de brigadas salieron corriendo de la oficina central. Por las ventanas se veía el caos de las calles y del cráter de la plaza, de donde seguían brotando naves submarinas con soldados *robs*, mientras que en los canales nadaban más monstruos radiados.

–Chicos, ¡atención! –pidió Valentina en las terrazas del vestíbulo–. Tenemos que ir a la Gran Casa. Cuando lleguemos ayúdenme a subir a los hermanos más pequeños a la azotea, ahí tomaremos las naves de escape.

–¿Código púrpura? –Ari la miró, atónito.

–*¡Mon dieu!* ¿Evacuación? ¿Ahora? –confirmó Rina.

–Vamos a Sanfé –asintió la Capi.

–Pero ¿qué va a pasar con Neotitlán? –preguntó Esther–. ¿Cuándo vamos a volver?

–No lo sé, pero aquí está plagado de *robs* –suspiró Vale–. Ari, quédate en la explanada del taller, desde ahí evacuarán a los científicos y el contenido de las bodegas.

Rina, Dino, tomen un arma, iremos protegiendo a la caravana de hermanitos. También lleven esto –les pasó unos saquitos–. Esto sirve contra los *rads*.

–¿Es sal? –Dino miró al interior.

–Exacto. Ahora veremos si funciona –la Capi hizo una seña para que la siguieran.

Los niños avanzaron temerosos. Yolimar parecía paralizada.

–Ven, ¡vamos! –Rina fue por ella–. Te protegeremos, a todos.

Abrieron la puerta principal y un puñado de *ajolos* se lanzó sobre los chicos. Valentina arrojó un puñado de sal. Funcionó. Al contacto con los granos, los monstruos se revolvieron entre espumarajos y chillidos. Algunos niños aplaudieron.

Mientras, en el edificio Tecnológico Sanil el Abue recibió la noticia del código púrpura y se reunió con su equipo de científicos, entre los que estaba Edi y la *rob* Vera.

–Tenemos diez minutos para llevarnos lo importante –avisó.

Edi miró los pasillos y patios atiborrados con restos de máquinas y objetos.

–¡Pero tenemos como cuarenta mil piezas! –señaló el chico con agobio.

–Lo sé. Llevaremos lo más compacto y mapas, diagramas de tecnología, instructivos, memorias con información –explicó el Abue–. ¿Pusieron la barrera de sal en el acceso?

–Sólo alcanzó para dos puertas –confesó un vigilante.

–Entonces hay que darnos prisa –suspiró el Abue–. ¡Quedan nueve minutos!

Los hermanos Ray y Rey entraron a la Gran Escuela por una puerta lateral. Iban acompañados por media docena de soldados recuperadores. Desde el interior se oía el ruido de la Gran Plaza, chapoteos, motores, algún disparo.

–Necesitamos ser rápidos –explicó Ray–. La bodega está en la capilla del fondo. ¿Quién trae la llave?

Rey la mostró.

Todos avanzaron por el penumbroso pasillo de techos altos. Pasaron por un costado del museo de hologramas, por las sillas del viejo coro donde se daban las clases, cerca de la zona de los libreros. Finalmente, Rey abrió la alta reja, del otro lado había unas quinientas cajas apiladas que contenían miles de porciones de comida deshidratada.

–Armen las bandejas –ordenó Ray a los recuperadores–. Llevaremos todo.

Los asistentes ensamblaron unas planchas metálicas flotantes; eran perfectas para cargas pesadas. Apenas habían comenzado a llenar la primera, cuando oyeron el estrépito de cristales.

–¡Contra la pared! –ordenó Rey y miró hacia arriba–. Viene de ahí.

Alguien había roto los vitrales de las ventanas. Se veían sombras.

–Seguro son Petrus –murmuró Ray y cargó su arma–. ¿Listos?

El equipo asintió, tenso, a la espera. En las calles de Neotitlán, Malinali comandaba a sus soldados.

Fue fácil deshacerse de los *ajolos* quemándolos con la sal, aunque para los sapos bulbosos funcionaban mejor las cargas eléctricas; explotaban como globos llenos de tumores. Lo complicado era luchar contra los *robs*. Había demasiados y no servían los disparadores de agua; las máquinas iban forradas con uniformes impermeables y casco. Entre los soldados humanos estaba Bety *la Bestia*, que culpable por la invasión quería pelear contra los *robs* Petrus hasta a puñetazos.

–No tiene caso que te enfrentes a ellos –le recordó Malinali–. Nuestro trabajo es formar una defensa mientras escapan los hermanitos.

Los soldados se apostaron alrededor de los edificios para construir barricadas. Tenían que proteger sobre todo al viejo palacio, que aún lucía la manta con el letrero "Gran Casa de Neotitlán. Aquí todos los humanos son iguales, libres y bienvenidos. Nos fuimos, pero volvimos".

En la plaza unos trescientos *robs* se preparaban para la batalla decisiva.

En el interior de la Gran Casa, reinaba el caos. Niños asustados, llorosos.

–Dejen todo, ropa, objetos; entre menos equipaje mejor –explicó la capitana Vale, acababa de llegar al palacio con los demás niños–. Las naves los van a recoger en la azotea. ¡De prisa!

–Pero vamos a volver, ¿no? –preguntó Memito.

–Obedezcan por favor –insistió Rina.

–Nelly, Azul, ayúdennos con los más pequeños –propuso Dino–. Suban a todos por la escalera principal, no vayan por ninguna otra, no se alejen.

Las jefas de la Gran Casa asintieron listas.

Los hermanos Ray y Rey, y la media docena de soldados recuperadores seguían esperando el enfrentamiento contra los *robs*, pero ninguno cruzaba los vitrales rotos.

–¿Qué esperan para pelear? –Ray miraba a todas partes, tenso.

–Seguramente saben que estamos armados –aseguró Rey.

Los recuperadores siguieron cargando las cajas de comida hasta que vieron algo raro: comenzaron a caer cartuchos de bengala encendidos.

–¡Se quema la comida! –Ray disparó agua contra las bengalas.

De los huecos de las ventanas cayeron más, un centenar. Los bocadillos deshidratados se encendían al momento.

–¡Es nuestra comida para los próximos meses! –señaló Rey, desesperado.

–Ya buscaremos más –el hermano le sujetó del brazo–. Tenemos que salir, ¡todo se quema!

Los jefes y el equipo de exploradores salieron de la bodega, pero al llegar a la mitad de la antigua catedral, Rey se detuvo.

–¿Qué es esto? –había unos cordeles metálicos en el suelo–. Qué raro.

No tuvieron tiempo para reaccionar. Una gran red se activó, envolviendo a Ray, Rey y al resto de los recuperadores. Una veintena de Petrus salió de la oscuridad. Los habían capturado.

Afuera en las calles, empezaba a escasear la sal para pelear contra los *rads*. Y lo más terrorífico fue que además de los sapos bulbosos y los *ajolos*, emergieron de los canales unos enormes gusanos grises con úlceras en la piel y doble cabeza. Se arrastraban para buscar deliciosas presas. El edificio del Mus estaba rodeado casi por completo de monstruos, igual que el Sanil.

–¡Entraron, por el último patio! –gritó un joven científico.

–Pongan lo que queda de sal –ordenó el Abue.

–No hablo de *rads* –dijo el mismo científico, tenso.

Los *robs* Petrus entraron por el fondo del pasillo. Llevaban casco y la cobertura plástica sobre el uniforme, menos un soldado. Vigilantes y científicos dispararon agua a presión.

–Ni se defiendan, no tiene caso... tenemos rodeada la ciudad –dijo el soldado sin protección, era bajito... humano.

–¿Mike? ¿Eres tú? –Edi dio un paso adelante. No lo podía creer.

–¿Lo conoces? –murmuró el Abue.

–Estuvimos juntos en el campamento –explicó Edi en voz baja y se dirigió al chico–. Mike, hola... ¿cómo estás?

–¿Yo? Perfecto, y pronto tú también –aseguró el muchacho–. Si te rindes te van a dar de premio puntos de fidelidad.

–Es un *lav* –suspiró Edi desilusionado.

–Buen día, pellejos –se escuchó una voz horrible, chirriante y aguda.

Los Petrus abrieron paso a otra criatura y Edi se estremeció al verla. Era ella, la monstruosa directora Lirio, conocida también como *La Suplicante*. Ni *rob*, ni humana; una cosa intermedia, una *mod*. Cada vez estaba más deforme, los brazos y piernas le habían crecido, tenía la piel tirante, la mandíbula increíblemente torcida, cabellos desgreñados y algunos cables le salían del cuello. Pero sonreía, feliz.

Un vigilante se asustó tanto, que le disparó un chorro de agua.

–Gracias por el baño, pero no soy una máquina –Lirio se limpió la cara, entre carcajadas–. Tonto pellejo. ¿No ves? Soy otra cosa, algo maravilloso, en lo que pronto se convertirán todos ustedes. Soy un increíble ser superior.

Entonces quedó muy seria, había visto algo que le llamó la atención. Avanzó caminando con pies y manos.

–¿Hermana? ¡Eres tú! –descubrió a la *rob* Vera, que cargaba una caja de herramientas–. Pensé que te habían neutralizado. ¿Qué haces ayudando a estas sucias cáscaras? Ven con nosotros.

La *rob* estaba a punto de decir algo, cuando el Abue intervino.

–Vera, ¡guarda silencio! –advirtió–. Y sigue con lo tuyo.

Vera obedeció a su pesar, lo que escandalizó a la *modificada*.

–¿Qué le hicieron a mi maravillosa hermanita? –chilló Lirio–. ¿Te quitaron la unidad de poder? ¿Las bocinas? Te vamos a arreglar, no te preocupes.

Mientras esa escena ocurría, Edi recordó la *magnesis*. Si le afectó a Vera, ¿podría servir contra los otros *robs* y con Lirio? Vio algunos barriles cerca de la impresora. Tenía que actuar, de inmediato, ¡no había tiempo que perder!

–¡Esto es lo que le pasó a tu hermana! –gritó Edi dando una patada al contenedor.

El barril rodó hasta llegar a los pies deformes de Lirio y se abrió hasta dejarla batida en color de rosa. Con horror, Edi se dio cuenta de su equivocación: le acababa de lanzar un contenedor de la impresora de comida, no la *magnesis*.

–¿Betún dulce? –Lirio saboreó y lanzó una risita–. Perfecto, celebremos. Pero primero atrapen a los pellejos...

¡no los maten! Los necesitamos vivos y si se puede, completos. La cáscara es lo que importa.

Los *robs* Petrus sacaron sus aturdidores eléctricos.

En las calles de Neotitlán las cosas empeoraron. Malinali y sus soldados hacían un esfuerzo por proteger los accesos a la Gran Casa. Lanzaban tanto disparos de armas de fuego como descargas de agua a presión, en un intento de romper los trajes impermeables de las máquinas. Pero todo se complicó cuando algo muy raro salió de las naves submarinas.

—¿Qué diablos es eso? —exclamó *Bety la Bestia*.

Eran unas enormes esferas cubiertas con malla metálica. Rodaron hasta saltar las barricadas. ¿Eran *robs*? En Neotitlán nadie las había visto.

—No sé, pero disparen —ordenó Malinali.

Los soldados obedecieron, aunque no ocurrió nada. Bety *la Bestia*, furiosa, saltó la barricada para patear una esfera y en ese momento la estructura se abrió para atraparla. Bety no alcanzó a gritar, una fuerte descarga eléctrica la dejó inconsciente. La esfera volvió a rodar para tragarse a otro soldado y a uno más, cabían hasta diez en su interior. Otro artefacto hizo lo mismo con Malinali.

Eran jaulas móviles e iban por todos los humanos.

CAPÍTULO 17
Ataque rob

En la Gran Casa muchos hermanitos seguían sin entender la situación. Varios, muy asustados, se escondieron bajo las camas o en los roperos.

–Salgan, por favor –Yolimar se asomó a un dormitorio–. No es seguro quedarse. Tengo que llevarlos a la azotea para que se suban a una nave.

Ya había subido a dos grupos de niños. Le gustaba ayudar, así no pensaba en lo otro, en el desastre que estaba ocurriendo...

–Yolimar, ¿me ayudas? –la llamó Nelly desde el pasillo exterior. Estaba rodeada de media docena de niños temblorosos–. Súbelos, por favor.

–Claro... ¿estás bien? –Yolimar miró que la jefa estaba pálida.

–Unos *robs* entraron por las ventanas del segundo patio –confesó Nelly en voz baja–. Voy a ir con Azul para intentar bloquear ese acceso.

Yolimar ocultó su pánico para que los niños no se asustaran.

–Vengan conmigo, yo los voy a cuidar –avisó a los pequeños–. ¿Alguien de ustedes ha volado en una nave? Yo una vez me caí de una...

Los distrajo mientras los conducía a la escalera principal, la de los murales. Ahí ayudó a los más pequeños a subir los enormes escalones.

–¿Qué hacen con *Yomuymal*? –retumbó la voz de Esther–. Tengan cuidado. ¡Si los toca, les va a pegar la mala suerte!

–Éste no es el momento –reprochó Yolimar a su enemiga.

–Para quitarse la maldición tienen que escupir –Esther lo hizo–. Y decir: te regreso el mal, *Yomuymal*. Si no lo hacen, ¡les cae una maldición horrible!

Los niñitos miraron con temor a Yolimar. Hasta la niña que le daba la mano la soltó. Y otro pequeño escupió de manera discreta.

–¡Excelente! Vengan conmigo –los llamó Esther–. Conozco otra escalera mejor –sonrió a su enemiga–. Parece que voy a salvar más hermanitos que tú.

–Esto no es una competencia –suspiró Yolimar–. Y la capitana Vale dijo que sólo usáramos la escalera principal. No hay que desviarnos.

–¿Quién quiere ir con *Yomuymal* y tener mala suerte por siempre?

Ningún niño se quedó. Todos siguieron a Esther. Yolimar no sabía qué hacer, ¿ir con Nelly para quejarse? No... tenía que demostrarle a su enemiga que no tenía miedo, necesitaba recuperar a los hermanitos. Así que entró por el pasillo donde Esther se llevó a los niños, y escuchó unos gritos al fondo. Apenas alcanzó a esconderse detrás de un busto de mármol y desde ahí vio todo.

Tanto Esther como los hermanitos estaban rodeados de soldados *robs* que salían por todos lados. Los pequeños lloraban asustados.

–Silencio –ordenó una voz que sonaba familiar–. ¡Cállenlos a todos!

Los *robs* sacaron unos bastones con punta eléctrica.

–¿Qué es eso? ¡Atrás! –gritó Esther.

Un toque en la nuca bastó para que perdiera el sentido. Hicieron lo mismo con los demás hermanitos.

–Prepárenlos para el traslado –dijo la misma voz de antes.

Fue cuando Yolimar vio de espaldas a un chico, rapado y sin casco. Era quien daba las órdenes. Se llevó las manos a la boca para no gritar. ¡Era Gonzo!

En el edificio del Sanil las cosas tampoco iban bien. Lirio, aún con restos de merengue rosa, dirigía la captura de científicos. Los Petrus habían destrozado aparatos, rompieron contenedores con químicos y estalló un incendio en los laboratorios del antiguo anfiteatro. Humanos y *robs* corrían de un lado a otro.

–Podemos escapar por el patio de atrás –señaló el Abue a Edi, Vera y a otros científicos–. Hay una antigua salida de emergencia.

–No, pellejito mío, no irán a ningún lado –volvieron a oír la voz horrible de Lirio. La criatura había escalado una pared y saltó frente a ellos.

–Cuidado, directora Lirio –le advirtió Mike, con alarma.

–¿Cuidado de qué? ¡No soy máquina! –se burló *la Suplicante*–. Sus armas no me hacen daño. Soy especial, soy eterna.

170

Lirio lanzó un grito al sentir la mordida. Un *ajolo* se había adherido a su huesudo antebrazo y mordía con avidez, escurrió un hilo de verdadera sangre. *La Suplicante* miró alrededor, se acercaban más *rads*: *bulbosos*, *ajolos* y esos gusanos con dos cabezas; todos atraídos por los restos de dulce betún que tenía sobre su piel humana.

–¡Quítenme estas cosas! –chilló Lirio.

Otro *ajolo* ya estaba en una pierna, uno más en un pie y varios buscaron el largo cuello de la *mod*. Mike y otro soldado retiraron a los bichos a punta de bastones eléctricos, pero ya habían inyectado su veneno. Lirio empezó a ponerse muy pálida y los labios se tornaron morados.

–¡Ayúdenme! –suplicó, con la respiración entrecortada–. ¡Hagan algo!

Los *robs* daban vueltas, confundidos. Mike sostuvo a Lirio antes de que se desmayara. Más *ajolos* y *bulbosos*, con largas lenguas, aparecieron arrastrándose al fondo, listos para atacar a la *mod*.

El Abue, Edi y los otros científicos aprovecharon el caos para correr al patio trasero y salir por la puerta de emergencia. Cargaban mochilas con lo poco que pudieron sacar del Sanil. Al frente iba Vera, achicharrando *rads* con un bastón de descargas, para despejar el camino, tal como se lo ordenaron.

Gritos, chillidos, niños corriendo o escondidos. En la Gran Casa, los problemas se habían desbordado. Yolimar perseguía sin parar a los hermanitos. Rina y Dino bajaron al gran patio para volver a poner orden, cuando escucharon una voz empalagosa:

–Qué lindo día, ¿no lo creen, chiquitines?

Casi todos se replegaron y al centro del patio quedó un par de *robs*: uno era algo bajito y con un raro casco de cristal oscuro y el otro vestía un ridículo traje deportivo rosa cubierto por una funda plástica y el casco. Era una Doris.

–Sí, soy yo –confirmó la *rob* a Dino y Rina–. Su directora favorita del campamento del AMORS. ¿Creían que se habían librado de mí en aquel estanque? Oh, no, queriditos. Miren, estoy como nueva.

–¿Cómo entraron a la ciudad? –preguntó Rina.

–Eso ya no importa, chiquitina –Doris lanzó una risita–. Lo importante es que estoy aquí. Vengo por ustedes, urge que sigan con su proceso de reeducación. ¡Se han portado tan mal! –negó con la cabeza, decepcionada–. Desobedecieron, escaparon, se llevaron a otros pequeñines, desactivaron a mi anterior hermanita Vera. Ay, ¡las copias nunca son iguales!... Hasta perdí mis medallas y puntajes de eficiencia. Chiquitines, ¡todo eso van a pagarlo! –su sonrisa se agrietó y su mirada se llenó de furia.

Yolimar le hizo una seña a los niños para que se escondieran tras los arcos.

–Para empezar, tienen mil puntos menos –dijo la *rob*–. Y como castigo por destruir mi precioso campamento, voy a tirar esta horrible ciudad de pellejos. Así nunca tendrán la tentación de volver...

Rina se lanzó sobre Doris, pero el otro *rob* se interpuso, usando su cuerpo metálico como barrera. Por un momento Rina quedó aturdida, pero se recompuso y sacó su arma hídrica.

–Si no te mueves, disparo –amenazó la muchacha.

El *rob* no se apartó, se llevó la mano al casco y presionó un botón, el vidrio se hizo transparente y mostró su cara. Estallaron las exclamaciones. Rina estaba frente a... otra

Rina, aunque un poco más pequeña y tenía un brazo de metal. ¡Era la copia *rob* que le hicieron en el campamento!

–Hola, *superflat*, *ultraboom*, *okey*, *yes*, *chéri*, *my dear* –dijo la Rina *rob* con una voz metalizada–. Gusto en verte, hermana gemela.

–Nunca digas eso –advirtió la chica–. Sólo hay una Rina, yo, la original.

Y se lanzó a pelear contra su versión mecánica. Era muy extraño, porque copiaba sus mismos movimientos, el idéntico golpe, el exacto movimiento evasivo. Rina sabía que necesitaba romper la funda impermeable. Miró alrededor, había unos alambres metálicos con ropa colgada. Si pudiera llegar a ellos...

Dino aprovechó que todos estaban distraídos para empujar a Doris a la fuente donde lavaban ropa. La *rob* cayó de espaldas en el agua y el muchacho se le trepó encima. La directora rio divertida, llevaba funda plastificada y casco.

–No se queden ahí! ¡Hay que hacer algo! –gritó Yolimar a los demás hermanitos.

–No tenemos armas –se excusó un niño pequeño.

–Podemos avisar a la capi Vale –propuso otra niña–. Está en la azotea.

Pero para llegar a las escalinatas era necesario pasar por donde Rina peleaba contra su copia *rob*. Nadie se atrevió a cruzar.

Yolimar evaluó qué hacer. ¿Subir o ayudar? Entonces vio al pobre Dino y se decidió. Se trepó a la fuente a ver si podía arrancar la pesada escultura del caballito alado. Tal vez podría usarla como arma. Sorpresivamente la escultura se desprendió de la base y cayó golpeando el casco de Doris. En el vidrio se abrió una grieta de lado al lado.

Dentro del agua, la *rob* intentó salir, aterrada. Yolimar se sentó encima, junto a Dino, para hacer más peso sobre Doris. Pero la *rob* era fuerte y comenzó a ponerse de pie, con ambos chicos encima.

–¡Vengan! ¡Más niños! Todos los que puedan –alentó Yolimar.

Una docena corrieron y se treparon sobre brazos y piernas de la *rob*, incluso sobre Yolimar y Dino. Lo que fuera necesario para mantener a Doris bajo el agua.

Pocos metros más allá, Rina había conseguido arrancar un trozo de alambre del tendedero y lo usó para perforar la funda de la copia *rob*. Usó todas sus fuerzas para hacer el agujero más grande, mientras que con la otra mano empuñó la pistola hídrica y disparó una ráfaga de agua. En ese momento entró un escuadrón de soldados Petrus, listos para ayudar a Doris y a Rina *rob*.

–¡A la azotea! –ordenó Dino–. Todos, ahora, ¡no se detengan!

Los niños obedecieron, entre gritos de terror.

Cerca de ahí, Edi, el Abue, Vera y otros científicos cruzaban la calle rumbo a la explanada donde estaba el taller de naves.

–¿Creen que esa cosa... la *mod* Lirio muera? –preguntó Edi.

–Si tiene pulmones y corazón, creo que sí –reconoció el Abue–. Los *ajolos* inyectan una toxina paralizante. Qué lástima.

–¿Que muera? ¡Pero si es un monstruo! –exclamó Edi.

–Lo sé, pero me hubiera gustado analizar qué tipo de monstruo es –repuso el Abue, siempre deseoso de aprender algo nuevo, como buen científico.

Se acercaban a la parte de la explanada usada como zona de despegue para la evacuación. Había una pequeña multitud abordando un vehículo. De pronto, un estruendo cimbró el piso y un alud de piedras se desprendió a pocos metros. Un proyectil había dado contra una torre de la Gran Escuela.

—Abue, Edi, ¡aquí! —el jefe Landa se abrió paso entre nubes de polvo y les hizo señas—. Una nave está por salir. Suban, ¡hay espacio!

—Landa, ¿qué haces aquí? —exclamó el Abue—. Eres el jefe, debes irte.

—Por eso me toca al final —explicó, con calma—. Tengo que cerciorarme de que los hermanitos escapen y me falta sacar cosas personales del Mus.

—Pero... es muy peligroso —el Abue señaló el viejo museo, totalmente rodeado de bichos radiados—. ¡Iremos contigo!

—No es necesario. Me queda algo de sal —aseguró el jefe—. ¡Ustedes suban a la nave! Es una orden.

Y luego de decir esto, Landa fue hacia el Mus arrojando puñados de sal a los *ajolos* que se replegaron entre chillidos; de milagro el jefe consiguió entrar.

—Acá ¡suban! —el piloto Ari les hizo una seña a los científicos.

Todo sucedió de repente. Primero fue el resplandor luego el estallido de una bomba que cayó sobre el edificio del Mus, al instante se convirtió el escombros. Casi todos gritaron, menos Vera, que observaba los desastres con la seriedad de una máquina.

—¡El jefe Landa sigue dentro! —gritó Edi.

—La *rob* Vera y yo intentaremos sacarlo —aseguró el Abue mientras se quitaba la tierra de la cara—. Tú sube a la nave con los demás. ¡Ahora!

Edi y otros científicos se treparon a la nave. Cuando se cerró la compuerta, Edi alcanzó a ver cómo el Abue y Vera se aproximaban a los escombros. Ojalá Landa estuviera bien, ojalá estuviera vivo...

En la Gran Casa, Doris se había quitado el casco roto. Estaba asustada y furiosa, le escurría un hilo de *bioplasma* por la nariz.

–¿Qué hacen ahí mirando? –gritó a los soldados Petrus, su voz sonaba rara, rota, metalizada–. ¡Consigan arena secante y otro casco! ¿Dónde está la copia de la humana?

Un soldado le señaló a la Rina *rob*, yacía bajo la arcada. Por el agujero de la funda había recibido una gran descarga de agua y aún se convulsionaba con espasmos eléctricos.

La verdadera Rina terminaba de subir por las escaleras junto con Dino, Yolimar y los demás hermanitos.

–¿Y si ya se fueron las naves? ¿Y si nos abandonaron? –lloraba una niña.

–¡*Mon dieu*! ¡Calla y sigue subiendo! –aconsejó Rina.

En una sola tarde, la alegre ciudad de Neotitlán colapsó: sólo quedaban edificios en llamas, otros destruidos por bombas, miles de monstruos *radiados* invadían las calles, y los Petrus transportaban a los prisioneros en redes; mientras que las jaulas rodantes seguían rebuscando a los últimos humanos. Una de las esferas mecánicas llevaba en su interior al jefe de brigada: el Abue, lo atrapó entre los restos del Mus. La mayoría de los científicos del Sanil corrió la misma suerte. Varias de las naves de escape de la explanada fueron interceptadas por *robs* cuando intentaron despegar.

En la azotea de la Gran Casa, aún quedaba una nave, la más grande. Nelly y la capitana Vale estaban subiendo al último grupo de niños.

–¡Al fin! Llegan justo a tiempo –Vale vio a Dino, Rina, Yolimar y los demás hermanitos–. Estamos por despegar. Aborden, ¡de prisa!

Entre todos subieron a los niños más pequeños. La Capi echó una ojeada a la azotea vacía antes de cerrar las compuertas. Poco a poco la nave comenzó a elevarse entre temblores y nubes de vapor. Dino y Rina iban de un lado a otro, poniendo cinturones de seguridad. Yolimar se levantó a hacer lo mismo y al pasar por una ventanilla sintió que la recorría una oleada de frío.

–¡Esperen! Todavía hay niños –señaló.

Azul había conseguido llegar a la azotea con algunos pequeños, al parecer encontró a los hermanos escondidos, ¡y entre ellos estaba Memito! Todos corrían hacia la nave, gritando, movían las manos, desesperados.

–¡Hay que bajar! ¡Tenemos que salvarlos! –gritó Yolimar.

Pero junto con los hermanitos aparecieron también una docena de *robs* Petrus. Las máquinas se dirigieron al borde de la azotea y dispararon cables que terminaban en ventosas que se adhirieron a la nave. Al interior, estallaron los gritos cuando se sintió el violento jalón.

–No podemos volver –confesó Vale, con pesar–. Están a punto de anclarnos.

–¡Pero ahí están mi amigo Memito y Azul, con los otros niños! –insistió Yolimar, mientras que los soldados Petrus preparaban redes y más cables de frenado.

–Podemos luchar –sugirió Dino.

–Son demasiados –Rina señaló, ya había una veintena de *robs* en la azotea.

–Si bajo, nos van a capturar a todos –explicó Vale, tensa–. De verdad, no podemos perder ni un minuto.

A la nave ya le costaba trabajo moverse con los anclajes. Yolimar comenzó a llorar, no podía creerlo. ¡Iban a dejar a los hermanitos con los *robs*! Dentro, el resto de los niños parecía muy impresionado. Vale maniobró y con la máxima potencia consiguió elevar la nave, con la suficiente fuerza para romper un par de cables y escapar a media docena de ventosas que iban sobre ellos.

La nave se elevó y cruzó por entre las azoteas de las ruinas de la antigua ciudad. Yolimar vio alejarse la azotea de la Gran Casa. Memito se volvió un pequeño punto rodeado de *robs*. Un Petrus había arrancado la manta de "Gran Casa de Neotitlán. Aquí todos los humanos son iguales, libres y bienvenidos. Nos fuimos, pero volvimos".

No entonces, no más. La ciudad había caído.

CAPÍTULO 18
Sanfé

El centro comercial de Santa Fe fue uno de los más grandes y lujosos de la ciudad, pero luego de años de guerra, incendios y derrumbes, apenas quedaba una ruinosa sección. Con el tiempo se formó un pantano a su alrededor; por suerte, eso lo volvió un escondite ideal para ocultarse de los *robs*. Algo tenía esa agua pestilente que hasta los monstruos *rads* la evitaban.

Era un sitio triste, con muchas tiendas carbonizadas, un pequeño parque de diversiones del que sólo quedaban fierros oxidados, restaurantes con mesas cubiertas de polvo y telarañas. Los refugiados eligieron como dormitorio la zona de los antiguos cines (los asientos VIP eran bastante cómodos). En los pasillos aún se veían antiguos carteles de películas y publicidad: "Ahora en 4D y *video-live*".

Luego de la espantosa caída de Neotitlán, hicieron un listado de supervivientes. Consiguieron llegar al refugio 228 humanos, eso quería decir que perdieron a casi 800 herma-nitos a manos de los *robs*. Los Petrus apresaron a toda la bri-gada de recuperadores, incluyendo a los jefes Ray y Rey; a Esther y a sus amigas; al Abue y casi a todos los científicos del Sanil; les quitaron a Azul, a Memito y a muchísimos niños; se quedaron sin soldados, sin Malinali y hasta sin Bety *la Bestia*.

–Por culpa de esa traidora perdimos nuestra ciudad –dijo Rina.

–Sólo espero que pronto la conviertan en pellejo de *rob* –agregó Nelly.

Otros hermanitos lanzaron resoplidos y maldiciones: ¡todos odiaban a Bety!

Yolimar, nerviosa, se revolvió en su lugar. ¡Si supieran!

–Bueno… pero seguro Bety no lo hizo a propósito –in-tentó defenderla–. Fue un descuido, ¿no? Nadie imaginó que Gonzo fuera tan listo.

–*¡Mon dieu!* ¡Qué dices, claro que Bety es culpable! –insistió Rina–. Si hubiera hecho su trabajo, vigilado bien, nada malo hubiera pasado. ¡Fue torpe, descuidada, malvada, una auténtica bestia!

Yolimar sintió como si cada una de esas palabras fuera un golpe para ella.

–Y es obvio que Bety le contó a Gonzo los secretos de Neotitlán –intervino Dino–. ¿O cómo sabían los *robs* de la barrera anti *rads* o de los túneles?

–Tantos años que costó hacer habitable esa ciudad –se quejó Edi–, y reunir la tecnología, libros, armas…

–Las bodegas estaban llenas de comida –recordó el piloto Ari, con tristeza–. Me duele la cabeza de pensar en todo lo que perdimos.

–¡Y nuestros compañeros y hermanitos! –observó Vale, desolada.

–Esa Bety *la Bestia* –Rina rechinó los dientes–. *¡Mon dieu!* ¡Ojalá la tuviera adelante ahora! Le daría su merecido...

–Está su novio –recordó Nelly–. ¡Él también tiene la culpa!

El grandote Aldo se había salvado, pero no había vuelto a hablar. Estaba en un rincón, por las taquillas del cine, lloroso, como si quisiera desaparecer.

Yolimar cada vez se sentía peor. Fue ella quien le reveló los secretos de la ciudad a Gonzo y lo ayudó a escapar (sin querer, pero lo hizo). Cuando cerraba los ojos aún veía al pobre Memito, llorando en la azotea. Estaba dispuesta a confesar. La castigarían horrible, pero tenía que hacerlo. Se acercó al grupo.

–Oigan... –Yolimar carraspeó–. Quiero decir que...

Todos la miraron y la niña quedó como petrificada. Se le hizo un nudo en la garganta, no sabía cómo empezar. Entonces se escuchó otra voz, débil.

–...Lo que pasó fue terrible, pero no tiene caso seguir repitiéndolo.

Era el jefe Landa. Lo habían instalado en la pequeña oficina detrás de la antigua dulcería. Landa sobrevivió gracias a Vera, la *rob* lo rescató de entre los escombros y Ari los encontró, a tiempo para subirlos en la última nave que despegó de Neotitlán.

–Perdón, jefe –la capitana Vale se asomó al cuartito, con los demás–. Es que esto es demasiado doloroso.

–¿Y creen que no lo es para mí? –preguntó Landa desde el suelo.

Estaba en una colchoneta, el pobre había quedado fatal, con un brazo y ambas piernas fracturadas; lo inmovilizaron con tablones. Daba pena verlo.

–Todo el día se quejan de lo malo... Pero pensemos en lo bueno –propuso el jefe Landa–. Debe haber algo... Querida, ¿no venciste a tu copia *rob*?

Miró a Rina, ella se encogió de hombros, no le parecía importante.

–Y los *rads* atacaron a Lirio gracias a que Edi le arrojó betún dulce a esa cosa –continuó Landa.

–Fue por accidente –reconoció Edi.

–Aun así, los *radiados* la atacaron –siguió Landa–. Y, además, Dino destruyó a la directora Doris.

–No estoy seguro de eso –suspiró el chico–. Como sea, jefe. Nuestros enemigos perdieron a media docena, ¡nosotros a más de 800 entre niños, soldados y jefes de brigada!

–No los perdimos, sólo están presos –puntualizó Landa, intentó incorporarse en la colchoneta–. Los humanos somos demasiado valiosos para los *robs*. Van a conservar a nuestros hermanos, al menos por un tiempo. Seguro están en algún campamento.

–*¡Mon dieu!* ¡Entonces hay que rescatarlos! –exclamó Rina.

–Sí, ¡hay que hacerlo! –agregó Dino–. Y luego podemos recuperar Neotitlán.

–Es una posibilidad, claro –reconoció el jefe–. Pero tendríamos que encontrar un punto débil en los *robs*, así como ellos encontraron el nuestro.

Yolimar bajó la cabeza, eso fue ella: el punto débil de Neotitlán.

Todos hablaban al mismo tiempo: ¡iban a luchar! ¡A vengarse! Se sentía en el aire algo parecido al entusiasmo.

–Escúchenme todos, perdón –intervino la capitana Vale–. No quiero ser aguafiestas, pero ahora no podemos rescatar a nadie. Casi no tenemos armas, ni naves, tampoco soldados; ni siquiera comida para nosotros.

–Entonces haremos el rescate más adelante –repuso Landa, tranquilo–. Recuerden que como humanos tenemos el don de la inteligencia, de encontrar salidas y oportunidades –miró alrededor–. Y todos ustedes son listos, verdaderos héroes, hicieron cosas maravillosas. Vale, Ari, Rina, Dino, Yolimar...

–¿Yo? No, yo no –respingó la niña, asustada. Su voz sonó aguda–. No hice nada bueno... al contrario, todo mal.

–No digas eso –reprochó Nelly–. Subiste a muchos niños a la azotea.

–Es cierto, yo lo vi –intervino Dino–. Además, me ayudaste a luchar contra Doris. Fuiste la única que se atrevió al principio. Tú le rompiste el casco. ¡Qué valiente!

–¡Y me salvaste la vida! –recordó Edi y explicó a los demás–. Un *ajolo* me iba a morder en el estanque y Yolimar lo golpeó en las branquias y luego ¡le cortó la lengua a un *bulboso*!

–Cualquiera hubiera hecho lo mismo –aseguró la niña, azorada.

–¡Eres tan modesta! –anotó Landa y se dirigió a los demás–. Que nuestra hermanita Yolimar sirva de ejemplo. Llegó al refugio con miedo, ansiedad, cometió aquel error con la *rob* en el Sanil –tuvo la delicadeza de no mencionar la confusión del noviazgo con Dino–, pero se reformó ¡y se volvió una heroína! Ésa es la actitud. Sobreponernos a nuestros defectos y sacar lo mejor de nosotros.

En ese momento, lo único que quería Yolimar era salir corriendo, pero todos la veían... con admiración. Sintió un doloroso pellizco en el estómago.

–Sabandijas, ¿qué hacen todos metidos aquí? –una voz rasposa rompió el ambiente. Era Vera, que volvía del vestíbulo con unas vendas y material de curación–. Salgan de aquí, ¡el jefe debe descansar y recuperarse!

Aún servía la programación del Abue. La *rob* conservaba parte de su personalidad gruñona; pero seguía siendo totalmente obediente a los humanos.

Se dispersaron y Yolimar ya no confesó nada ese día, pero se prometió hacerlo después, cuando las cosas se hubieran calmado ¡y dejaran de admirarla!

En los siguientes días, los refugiados de Neotitlán terminaron de instalarse. Organizaron las pocas cosas que salvaron de su ciudad: cuatro naves, una docena de armas, fotos del museo, manuales y aparatos del Sanil. Pero la capitana Vale tenía razón, lo que urgía era comida. Los pocos habitantes de Sanfé les compartieron la que tenían, no alcanzó para gran cosa. En el resto del derruido centro comercial no había nada que comer. La Capi usó una de las naves para inspeccionar las ruinas de los rascacielos cercanos y en unas viejas oficinas encontró paquetes con galletas rancias y fideos resecos. Nelly los hirvió hasta hacer una sopa medianamente comestible. Cada hermanito alcanzó un tazón.

–Mañana van a estar igual de hambrientos –comentó Yolimar, preocupada.

Después de cinco días de comer unas pocas galletas duras, los niños parecían débiles y tristes.

–Oye... Yolimar, tú sabes cantar, ¿no? –recordó Nelly–. Algo dijiste una vez.

–¿Yo? –la miró, confundida. Era algo de su vida anterior–. Un poco, ¿por?

–Ah, perfecto, ¡así podemos distraer a los hermanitos! ¡Escuchen todos! –Nelly comenzó a dar palmadas para llamar la atención–. ¿Sabían que tenemos a una artista entre nosotros? Por favor, ¡les pido un aplauso para Yolimar!

En el viejo vestíbulo del cine, más de doscientos niños la buscaron con la mirada. Alguien le acercó un altavoz y le ayudaron a subirse a una silla. Yolimar estaba petrificada. Nelly le hizo señas para que comenzara. La niña empezó cantar y se sintió mejor cuando vio sonreír a algunos hermanitos. Cantó la canción del festival escolar y otras que se sabía, una balada y al final, ya en confianza, hasta una ranchera.

"¡Yo–li–mar! ¡Yo–li–mar!" Al final gritaron los niños en medio de aplausos atronadores. La niña volvió a sentirse como una estrella.

–De verdad tienes bonita voz –reconoció Nelly.

A partir de ese día Yolimar se volvió famosa en el refugio de Sanfé. Era respetada por el valor que demostró en el escape de Neotitlán, ayudaba a los hermanitos, cantaba bonito y todos decían que era simpática y modesta. Con tantos halagos, ¿cómo iba a mencionar su feo secreto? Yolimar sudaba al pensarlo. Una mañana comenzaron a seguirla un grupo de niños pequeños.

–¿Necesitan algo? –les preguntó Yolimar, desconcertada.

–Sólo te estamos admirando –dijo una niña.

¡Tenía un club de fans! Los niñitos imitaban todo lo que hacía: cómo se paraba, su forma de vestir, ciertas palabras, hasta la bautizaron como: "La heroína de la batalla de Neotitlán". Culpable y agobiada por tanto cariño una tarde Yolimar prefirió perder de vista a sus admiradores y fue a dar la vuelta al nivel superior de Sanfé.

–¿Yolimar? –escuchó una voz familiar, era Edi–. Qué milagro, ¿qué haces aquí?

–...Nada, sólo paseo por la nueva ciudad –improvisó la niña.

–Pues por este lado no hay mucho que ver –confesó el niño.

Estaban en las terrazas de unos antiguos restaurantes, ahí un par de jóvenes científicos intentaban ordenar manuales, placas con circuitos, teclados, los collares traductores y poco más.

–Intentamos montar un nuevo Tecnológico Sanil –explicó Edi–. Pero es difícil, nos faltan muchas cosas.

–Al menos ya armaron eso –Yolimar señaló al borde de la terraza un par de antenas de radiorreceptores y unas bocinas por las que se oía estática.

–Eso ya estaba aquí –aclaró Edi–. Hace años el jefe Landa lo mandó instalar para encontrar a su hija Lula. ¿Conoces la historia?

–Ah, sí. Es muy triste –Yolimar recordó que se la contó Rina–. La hija se perdió buscando una señal de Paralelo Norte.

–Paralelo Oeste –corrigió Edi–. Lula cayó en una trampa... Como nosotros con Gonzo... –se le quebró la voz–. Perdón, todavía no puedo creer que hayamos perdido la ciudad. Sólo espero que mis compañeros y el Abue estén bien.

–Seguro que sí –Yolimar tragó saliva–. Ay, Edi, perdóname...

–¿Por qué? Si tú no tienes la culpa –el chico esbozó una sonrisa–. Al contrario, me da gusto que al fin todos reconozcan que eres increíble.

A Yolimar se le humedecieron los ojos, y para que Edi no lo notara, miró a otro lado, más allá de la terraza, donde estaba el pantano, los edificios en ruinas, lo triste que era todo ahí. Se mordió los labios... ¿Cuándo iba a

confesar su secreto? Sintió que le escurrían unas lágrimas, mejor prefirió irse.

–¿Dije algo malo? –preguntó el chico, preocupado–. Espera, perdóname.

¡Y ahora Edi le pedía disculpas a ella!

Yolimar estaba agobiada. ¿Qué hacer? ¡Ahora todo el mundo le tenía cariño y la respetaba! Pero cuando dijera la verdad, se pondrían furiosos. Seguro la correrían de Sanfé. Iba a vagar sola por ahí, los *robs* la capturarían o un *ajolo* podría atacarla. ¡Qué espanto! Pero... ¿qué hacer?

Todo fue su culpa ¿...o no? Durante una noche de insomnio, Yolimar repasó la situación. Primero que nada, nunca quiso que ocurriera algo feo, ni la invasión o la caída de la ciudad. Ella sólo fue amable con Gonzo y ¡él se aprovechó de su bondad! Ese malvado *lav* la engañó, hacía planes horribles, ¡que ella desconocía! Y si Bety hubiera estado vigilando, como le tocaba, ni ella habría entrado a ese cuarto, ni Gonzo escapado. ¡Bety debió cumplir con su trabajo! ¡Y qué decir de Aldo! Todos los días iba a quitarle tiempo a Bety. Por cierto, Malinali también descuidó al preso, ¡ella misma lo dijo! Y así, al repartir un poquito de culpa aquí y otro poco de culpa allá, Yolimar respiró un poco mejor. No sólo fue ella, ¡muchos tuvieron que ver con la fuga de Gonzo!

Además, por otro lado, sí se portó valiente cuando rompió el casco de Doris, salvó a Edi y ayudó a los hermanitos. Nada de eso era mentira. "Claro que soy una heroína", se dijo a sí misma. Finalmente, Yolimar pudo dormir, y lo hizo muy bien.

Y con el feo secreto enterrado hasta el fondo de sus pensamientos, los días comenzaron a mejorar. Yolimar se dejó querer por sus admiradores, aceptó sus atenciones, volvió a firmar autógrafos. ¡Ojalá estuviera ahí Esther para ver cómo todos adoraban a *Yomuymal*! Hasta la capitana Vale se ofreció a entrenarla. Le enseñó a usar los disparadores de agua a presión. Todo iba bien o casi, a veces Yolimar sentía ese dolorcito en el estómago... pero podía ser hambre, pensó.

Vale y Ari recorrieron el resto de los edificios cercanos, y en las ruinas de una antigua universidad, dieron con las bodegas de la cafetería; en un sótano había cientos de paquetes de comida deshidratada *Foodtech*, bocadillos de pollo, pescado, hasta pastel de queso con chocolate. Le llevaron una muestra al jefe Landa para que los revisara.

—Tienen casi dos siglos que los fabricaron —aseguró el jefe—. Pero esta marca tiene tantos conservantes químicos que nunca se echa a perder.

No era muy sano, pero la comida alcanzaría para alimentar a los hermanitos de Sanfé hasta un mes. Todos estaban tan contentos, que hicieron una fiesta. Al jefe Landa lo sacaron (con cuidado) e instalaron su colchoneta arriba del aparador de la dulcería, donde todos lo pudieran ver.

—Esta comida llegó justo a tiempo —aseguró el jefe Landa—. ¿Sabían que hoy es cumpleaños de Nelly?

La niña bajita dio un pequeño salto de sorpresa.

—¿Yo? ¿En serio? —dudó Nelly—. No recuerdo.

—¿Alguna vez has celebrado un cumpleaños? —preguntó el jefe.

Nelly negó con la cabeza.

—Con mayor razón —sonrió Landa—. Tú cuidas siempre a los hermanitos, es momento de que cuidemos de ti.

Todos estuvieron de acuerdo. Fue una gran tarde, para olvidar tantas tristezas. Pidieron a Yolimar que cantara el feliz cumpleaños. Los niños habían dibujado la caricatura de Bety *la Bestia* en una pared, para patearla con gusto. Todos comieron bien por primera vez desde la salida de Neotitlán. La *rob* Vera regañaba a los niños para que no se colaran en la fila del pastel. "Atrás, sabandijas, esperen su turno", les reñía. Dino aprovechó para acercarse a Yolimar.

—Todo está bien con nosotros, ¿verdad? —sondeó.

—Somos amigos... ¿no? —repuso Yolimar.

Dino asintió. Ya no dijeron nada más y fue lo mejor, no tenía caso ni recordar el enredo.

El club de admiradores se llevó a su adorada Yolimar, para darle un regalo que le tenían preparado: un vestido que hicieron pegando trocitos de carteles de películas y vasos de plástico. El diseño era pésimo, pero se agradecía el detalle. La fiesta fue tranquila y divertida hasta el momento en que Edi entró corriendo al vestíbulo.

—¡Jefe Landa! —gritó agitado. Se acercó a la dulcería—. ¡Tiene que oír esto! ¡Es urgente!

Se hizo un silencio gélido.

—¿Viste a soldados *robs*? —exclamó Rina—. *¡Mon dieu!* ¿Están afuera?

—¿O es un ataque de *rads*? —Vale buscó su arma.

Los hermanitos se petrificaron del pánico. Algunos estaban a punto de llorar.

—¡No, nada de eso! —Edi aclaró—. No es algo malo... creo. Pero tienen que subir a donde están los receptores de radio... ¡de prisa!

Trasladaron al jefe, con cuidado, hasta la terraza. Casi un centenar de niños curiosos se colaron también. Edi se acercó a donde estaba una de las antenas.

—Por favor guarden silencio —Edi movió una perilla de volumen de un receptor.

Entonces, en una bocina se escuchó primero una interferencia y luego una voz misteriosa:

"*Éste es un mensaje para humanos. Tenemos escondite seguro. Si eres una máquina, ni te acerques o te aniquilaremos. Sólo humanos. 99,53,13 O. 16,51,46 N*".

Por un momento nadie supo qué decir. Sorpresa, ansiedad, todo a la vez.

–La grabación se repite todo el tiempo –explicó Edi–. Y los números corresponden a coordenadas. Ya revisé, es el Paralelo Oeste.

Varios ahogaron una exclamación y miraron al jefe.

–¿Es... la misma grabación que escuchó mi hija Lula hace cuatro años? –preguntó Landa, casi sin aliento.

–Es posible –reconoció Edi–. Al fin encontramos la señal. Ese sitio todavía existe.

CAPÍTULO 19
Paralelo Oeste

Landa convocó a una asamblea urgente en el cuartito detrás de la dulcería. Asistieron Vale, Ari, Dino, Rina y Edi.

–Vamos a pensar bien las cosas y tranquilizarnos –aconsejó el jefe, aunque él mismo se oía nervioso–. Tal vez los *robs* reactivaron la grabación, y es sólo la trampa donde cayó mi hija Lula.

–¡*Mon dieu*! ¿Y ahora quieren atraparnos a nosotros? –observó Rina.

–Exacto, lo hacen para que salgamos de nuestro escondite –asintió Landa.

Hubo algunos murmullos. Esa opción era posible.

–Pero... ¿y si el refugio existe de verdad? –carraspeó la Capi y sus tatuajes se volvieron color amarillo brillante.

–¿Y por qué Lula no volvió para decirnos eso? –reviró Landa.

–Tal vez los *robs* la capturaron en el camino –la Capi aventuró.

Todos guardaron un silencio triste. Esa opción también era posible.

–¿Y qué más dicen? –el jefe se dirigió a Edi–. ¿Has intentado comunicarte?

–Sí, pero no sé si me oigan –reconoció el chico–. Sólo emiten la misma grabación, sin descanso. Pero para que funcione debe tener electricidad.

De nuevo hubo un intenso intercambio de miradas, con dudas y miedo.

–También investigué el sitio exacto de las coordenadas –Edi sacó un mapa de su mochila, lo desdobló, todos se acercaron–. Está a 380 kilómetros de aquí, hacia el Pacífico.

–No es tan lejos –observó Dino–. ¿Y si vamos a ver?

–¡Recuerden lo que le pasó a mi hija! –señaló el jefe.

–Ella iba sola –anotó la capitana Vale–. Nosotros seremos un equipo. Ari, ¿qué tan riesgoso ves el trayecto?

El piloto se acercó a revisar el mapa.

–Veamos... –deslizó el dedo entre las cadenas montañosas–. Tendríamos que viajar a velocidad muy baja, buscando el cauce de ríos y deteniéndonos en lagunas. Tardaríamos en llegar unas 12 horas.

–Entonces la misión sólo nos llevaría dos, ¡máximo tres días! –Rina levantó la mano–. ¡Yo voto por ir! Suena *ultraboom*.

–Landa, tú mismo lo dijiste –recordó la Capi–. Somos humanos, inteligentes, tenemos el don de encontrar oportunidades. Ésta podría ser la respuesta que estamos buscando. Si no es nada, pues regresamos y ya. Pero si hay una ciudad con otros humanos libres...

–...Podrían ser nuestros aliados –completó Dino–. Armaríamos un ejército para liberar a nuestros hermanitos y recuperar Neotitlán.

–Está bien –repuso finalmente el jefe, e intentó levantarse con dificultad–. Haremos el viaje de exploración. Tal vez encuentre alguna pista de lo que le pasó a mi niña...

Todos se miraron sin saber qué decir.

–Landa. Disculpa, no es buena idea que vayas tú –dijo la Capi con tacto–. Ni siquiera puedes caminar. Apenas te estás curando. Déjame armar un equipo.

–Te estaremos reportando todo el tiempo –prometió el piloto Ari.

A su pesar, el jefe Landa aceptó.

La capitana Vale no tuvo que pensar mucho para reunir a la gente que iría a la misteriosa misión. Eligió a su equipo de confianza: el piloto Ari, Dino y Rina como oficiales de apoyo, y Edi, como científico a bordo, era muy listo.

–¿Y yo? También quiero ir –se acercó el enorme Aldo cuando se enteró del plan–. Soy un buen soldado, ¡otras veces los he acompañado!

Era la primera vez que el muchacho hablaba desde que llegaron a Sanfé.

–Sé que nadie me quiere porque soy el novio de Bety –reconoció Aldo con voz llorosa–. Pero necesito ayudar, demostrar que soy útil... por favor.

La capitana Vale fue a visitar a Landa para pedirle su opinión.

–Todos merecemos una segunda oportunidad –aseguró el jefe–. Se esforzará por ser el mejor. Por cierto, también puedes llevar a Vera.

–¿A ese cacharro? –exclamó la Capi–. ¿Para qué?

–Sigue siendo muy fuerte, y a pesar de su feo carácter y aspecto, es totalmente obediente desde la programación del Abue.

Esa tarde hubo una reunión general en el vestíbulo del cine.

–Seguro algunos ya lo saben –comenzó la Capi–. Haré un viaje de exploración al Paralelo Oeste para buscar el origen de la grabación y tal vez encontremos más humanos. Me va a acompañar mi equipo de élite.

–Pero ¿y Yolimar? –interrumpió una niñita al fondo.

–¿Ella qué? –preguntó la Capi.

–¡Yolimar debe ir también! –agregó otro pequeño–. ¡Es la heroína de la batalla de Neotitlán!

Un montón de murmullos resonaron en el vestíbulo.

–No le teme a nada –dijo la primera niña–. ¡Se enfrenta a *rads* y a *robs*!

–¡Y canta precioso! –afirmó alguien del club de admiradores.

–Bueno, tampoco soy tan valiente –aclaró Yolimar a toda prisa.

–¡Y es tan modesta! –recalcó el pequeño–. No hay nadie como tú. Leal, bonita, lista, buena amiga...

Empezaron los gritos: "¡Yo–li–mar! ¡Yo–li–mar! ¡Yo–li–mar!", y entre varios niños empujaron a su ídolo para que se reuniera con Vale y el equipo de élite.

–Perdón... yo no sirvo para esto, soy tan despistada –se disculpó Yolimar.

–Puedes acompañarnos como parte de tu entrenamiento –ofreció la Capi–. Además, sólo van a ser tres días.

Los admiradores estallaron en aplausos cuando supieron que Yolimar iría. "Apuesto que va a matar a mil *robs*", decían los hermanitos, y también: "Va a conseguir un millón de soldados para recuperar Neotitlán". Los niños estaban frenéticos y propusieron hacer una gran fiesta de despedida. Hubo discursos, lágrimas y más aplausos.

La única que no parecía nada contenta en ir a la misión fue la *rob* Vera.

–¿Pero ahora qué quieren de mí, batracios? ¡Déjenme en paz!

–Cierra esa boquita –exigió la Capi–. Debes ayudar y obedecer en lo que te digamos.

–Qué remedio –murmuró la máquina, de mal humor.

Salieron un viernes muy temprano. Yolimar se sentó muy quieta, y durante todo el despegue, se la pasó con los dientes apretados.

–Tranquila, estos viajes son seguros –le dijo Dino–. ¿Quieres conocer la nave? Ven, te la enseño.

Dino le mostró el almacén de armas, los tanques con disparadores hídricos, le explicó que la nave tenía dos cañones delanteros y otro trasero.

–Esos los maneja el soldado de guardia –Dino señaló a Aldo que estaba en un rincón.

A Yolimar le daba mucha pena ver al enorme muchacho, siempre con la cabeza gacha, hundido por la culpa.

–Oye, ¿y ya le enseñaste los radares térmicos? –se acercó Edi–. Sirven para detectar enemigos en la oscuridad. Te los enseño.

–Antes voy a llevarla a la cocina –dijo Dino–. Para que vea dónde hidratamos los bocadillos. ¿Tienes hambre?

–También hay unas literas para dormir, están *ultraboom*. Ven, para que escojas la tuya –Rina la tomó de la mano.

Los tres amigos peleaban un poco por atender a su nueva y querida amiga. Yolimar estaba tan feliz, le gustaba su vida, todo era perfecto, o casi... si no fuera por ese dolorcito en el estómago que nunca se le quitaba.

Después de recorrer casi todos los rincones de la nave, llevaron a Yolimar a conocer el centro de mando, ahí estaba la capitana Vale y Ari.

–Como puedes ver, flotamos cerca del suelo –el piloto señaló la ventanilla y unos monitores–. Así evitamos que nos detecten los radares de los *robs*.

–Todo aquí afuera es... ¿así? –señaló Yolimar, desconcertada.

Volaban encima de una llanura de tierra quemada. Se veía por ahí un pedacito de un pueblo abandonado, con una iglesia cubierta de maleza.

–Casi todo es como lo ves –suspiró Vale–. Más de 90% de la Tierra fue arrasada por la guerra final. Es muy triste imaginar lo que sufrió la gente entonces.

A los pocos minutos pasaron por los restos de una ciudad que se había derretido, quién sabe qué tipo de ataque recibió porque los automóviles y muchos edificios se volvieron charcos de metal herrumbroso.

–Más adelante hay una laguna –Edi estudió el mapa–. Ahí podemos descansar y llenar los depósitos.

Media hora después se acercaron. La laguna parecía preciosa, enorme, con plácidas aguas cristalinas, pero mientras descendían Ari hizo un movimiento brusco hasta que se elevó otra vez.

–Ten cuidado –alertó Vale–. ¡Nos vas a tirar!

–Perdón, pero detecté algo –el piloto señaló la laguna–. ¿Lo ven?

Todos revisaron la imagen del agua. Al primer vistazo parecía un montón de piedras verdosas bajo la superficie, pero en realidad era un *rad* enorme, como una especie de calamar de largos tentáculos verdosos, los observaba con ojos amarillentos, a la espera de que se acercaran.

–Vámonos de aquí –suspiró Capi–. Luego descansamos.

Continuaron el viaje y estaba anocheciendo cuando llegaron a una cordillera montañosa. Aunque tampoco parecía un sitio seguro.

–¡Apaga los motores y ocúltate! –ordenó la Capi al piloto–. ¡Ahora!

–¿En dónde me escondo? –Ari buscó en todas las pantallas.

–¡Donde sea, pero rápido! –insistió la Capi

Ari encontró un hueco natural entre arbustos espinosos y deslizó la nave con cuidado, apenas cabía. Al tocar tierra desactivó los aparatos, luces y motores de vapor de agua.

–¿Y ahora qué pasa? –preguntó Yolimar, preocupada.

–El radar detectó algo –murmuró Dino e hizo la señal de silencio.

Un par de minutos después, por un viejo camino de terracería, pasó una comitiva de camionetas. Todas tenían al costado el símbolo del triángulo y el ojo de la compañía Ryu.

–¡*Mon dieu*! Son vehículos de traslado a campamentos –observó Rina–. Qué lástima que no podemos salvar a ningún niño... ¿o sí?

–No, ahora no –reconoció Vale, tensa–. Estamos demasiado lejos de nuestro escondite y no conocemos esta zona. Si algo sale mal, nos atraparían.

Cuando se fueron los vehículos, Ari volvió a elevar la nave. Al cruzar la cordillera vieron enormes galerones, una veintena de cabañas, canchas deportivas, todo rodeado por una muralla con torres de vigilancia en las esquinas.

–Es un campamento del AMORS –confirmó Dino.

–Nunca había visto uno tan grande –observó Edi atónito–. Deben tener encerrados ahí como a tres mil niños.

–Malditos *robs*, ¡cómo odio a esos trastos! –rumió Rina, entre dientes–. Son *ultraflats*, asquerosos, malvados... ¡Agh!, deberíamos desarmarlos a todos.

–¿Qué has dicho, batracio? –preguntó Vera y todos se sobresaltaron.

–Nada... –la Capi intervino rápido–. Que te pongas a barrer la nave.

La *rob* lanzó un gruñido, pero hizo exactamente lo que le pidieron.

–Aunque sea obediente sigue dando miedo –reconoció Dino.

Cuando pasaron la cordillera, Vale se comunicó por radio con Landa. Le dio el reporte del viaje, incluyendo los peligros que habían visto.

–Pero dentro de lo que cabe, todo va bien –aseguró la Capi.

–¿Siguen escuchando la grabación? –preguntó Landa.

Ari presionó el botón de rastreo de señal. Sonó la bocina:

"...*Éste es un mensaje para humanos. Tenemos escondite seguro. Si eres una máquina, ni te acerques o te aniquilaremos. Sólo humanos...*"

–Cada vez más fuerte y claro –confirmó el piloto.

–En cuanto lleguemos al Paralelo Oeste nos comunicaremos otra vez –prometió la capitana.

–Bien, suerte, Y busquen un sitio para descansar –recomendó Landa.

Después de eso, el trayecto fue más tranquilo. Encontraron un riachuelo sin monstruos para recargar los tanques y Vale mandó desplegar las literas para dormir.

—Antes podemos cenar —explicó la Capi—. Y nos iremos turnando para vigilar.

Todos estuvieron de acuerdo. Cenaron bocadillos rehidratados y hablaron un poco del lugar a donde se dirigían. El Paralelo Oeste ¿sería una ciudad de niños como Neotitlán? ¿Un pueblo? Tal vez un escondite subterráneo de humanos. Aunque siempre estaba la posibilidad de que fuera una simple trampa de *robs*.

Como Aldo no fue al comedor con los demás, a Yolimar se le ocurrió llevarle un burrito de pavo. Lo encontró haciendo guardia, frente a una ventanilla.

—Te traje algo de comer —le tendió el burrito—. Seguro tienes hambre.

—Ah, qué amable —murmuró el soldado—. Gracias, casi nadie me dirige la palabra.

—¡Eso no está bien!, voy a regañarlos, no es correcto...

—No te preocupes, lo entiendo —suspiró Aldo—. No merezco que me traten bien después de lo que pasó.

—Mejor ni pienses en eso —aconsejó Yolimar, nerviosa—. Anda, come. La Capi dice que todavía faltan unas horas para llegar, también podrías dormir.

—No me gusta dormir —confesó Aldo—. Siempre tengo pesadillas con la caída de Neotitlán. Fue tan espantosa. Toda la vida voy a recordar esos gritos, los incendios, las explosiones... el llanto de los hermanitos.

Yolimar sintió el dolor en el estómago.

—Pero los vamos a rescatar —anotó.

—¿Y si no? ¿Y si los perdemos para siempre? —los ojos de Aldo se humedecieron—. ¡Va a ser mi culpa!, yo distraje a Bety... y pasó todo el desastre. ¡Soy basura! ¡Soy menos que nada! ¡Una rata radiada es mil veces mejor que yo!

El muchacho se puso a llorar. Yolimar no sabía qué hacer.

–No digas eso. Todos cometemos errores –carraspeó la niña–. Por ejemplo, una vez dejé salir a Gonzo, un paseíto, para que caminara... Bueno, como sea, te dejo comer.

–Espera. ¿Qué dijiste? –Aldo levantó la mirada llorosa.

Yolimar se quedó como congelada.

–¿Dejaste salir a Gonzo de su celda? –repitió el muchacho y se sorbió la nariz–. ¿Eso acabas de decir?

Yolimar intentó matizarlo:

–Bueno, sí, pero lo que quiero decir es que todos tenemos un poquito de culpa. Tú, Bety, Malinali... Hay que aprender de los errores y seguir adelante. En fin –se dirigió a la puerta–. Tengo que irme, buen apetito.

–Ibas al sótano de la Gran Plaza, te vi algunas veces –Aldo la siguió, cada vez más alterado–. Andabas de un lado a otro –se llevó las manos a la cabeza–. ¡Cómo no me di cuenta antes! ¿Qué hiciste? ¿Gonzo te lavó el cerebro? ¿Qué más le contaste? ¿Por qué lo hiciste?

Era tanto el alboroto de Aldo que pronto llegaron Vale, Ari, Rina, Dino y Edi. Todos.

–¿Y esos gritos? ¿Qué pasa? –preguntó la Capi.

–Dilo, ¡di lo que acabas de decirme! –urgió Aldo.

Yolimar sintió que el corazón se le saldría por las orejas. Todos la miraban. Ojalá pudiera escapar, pero dentro de una nave, en medio de un río... era imposible.

CAPÍTULO 20
Culpas

Yolimar pensó en algún posible pretexto. Podría decir, por ejemplo, que estaba bromeando, que inventó algo para consolar a Aldo. Sí, iba a negar todo, retractarse. Eso haría.

–Gonzo escapó por mi culpa –ella misma se sorprendió al oírlo de su boca.

Se hizo un gran silencio dentro de la nave.

Y de pronto, las palabras escaparon, imparables, como en cascada.

–Lo dejé salir una vez, como un minutito nada más y regresó a donde estaba encerrado, todo normal, aunque bueno... –suspiró–. Supongo que me robó la tarjeta magnética. ¡No me vean así! No fue a propósito, antes se portaba bien, platicaba con él; me dijo que sufría mucho y que estaba solo, yo también. Al principio nadie me quería en Neotitlán, sólo Gonzo, que parecía muy decente. Me juró que estaba arrepentido... Y sin querer, ¡en serio!

¡Sin mala intención! ¿Eh? Le dije algunas cositas de la ciudad, por ejemplo, de la Suprema donde guardaban las armas, de las barreras *antirads*, de los túneles del metro, cosas así... ahora que lo recuerdo tal vez se me salió algo del cambio de turno de los vigilantes... Pero bueno, jamás pensé que usaría todo eso para algo tan malo como escapar y volver con los *robs* para invadir la ciudad. Eso fue muy, pero muy decepcionante. ¡Y yo que creí que se había vuelto bueno gracias a mí! –dio un largo suspiro–. Pues ya lo saben, perdón, de verdad... fue sin querer...

¡Había soltado todo! No podía creerlo. La tripulación parecía atónita.

–¿Ese burrito de machaca es mío? –Yolimar señaló la mesa.

–A ver, espera un poco... –la capitana Vale se apretó la sien como intentando entender la confesión. Sus tatuajes destellaban en muchos colores–. Yolimar, lo que acabas de decir... ¿Es verdad? ¿Hiciste todo eso?

La niña asintió. Entonces aparecieron lo que temía: las caras de asombro, de rabia, y de decepción. Hasta Vera le dedicó un gesto de asco.

–Mentirosilla, sucia mentirosilla –señaló la *rob*.

–Esto es lo más horrible que he escuchado en mi vida –exclamó el soldado Aldo–. ¿Se dan cuenta? ¡Todos culparon a la pobre Bety!

–Bueno, también ella tuvo algo que ver –Yolimar intentó justificarse–. Descuidó su puesto de vigilante y Gonzo escapó. Además, Malinali dijo que no puso suficiente atención –insistió en su teoría–. Todos tenemos un poquito de culpa.

–Sí *ma chérie*, pero la única que lo dejó salir fuiste tú –señaló Rina, seria–. Por ti, Gonzo consiguió la tarjeta magnética.

–Y fuiste tan descuidada que le diste datos clave que usaron los enemigos para invadirnos –agregó el piloto Ari, muy serio.

–El ataque de monstruos radiados... los túneles de la invasión –agregó Edi con voz temblorosa–. La destrucción de la Suprema. ¡Fue por lo que dijiste!

–Pero ya confesé. ¿Qué más quieren? –Yolimar estaba llorosa.

–¿Por qué no dijiste nada en la asamblea? –intervino Dino, todavía sin creerlo.

–Sí lo intenté pero no hubo tiempo, sonó una alerta –recordó Yolimar.

–¿Y luego? –insistió Dino.

–También lo intenté... aunque luego ya no tanto –suspiró la niña. Es que pensé que se enojarían conmigo.

–*¡Mon dieu!* ¿Y qué esperabas? –la rabia de Rina creció–. ¿Una felicitación por ayudar a los *robs*? Siempre me diste desconfianza. ¡Desde el principio nos metiste en problemas!

–No hay necesidad de gritar –aconsejó Dino.

–¡Pero es la verdad! Nunca debimos rescatarla, ni llevarla con nosotros –Rina le lanzó una mirada feroz–. ¡Destruiste nuestra vida!

–Perdimos a 800 hermanitos, una ciudad –agregó Aldo–. Y a mi novia... ¡Todo por tu culpa!

Yolimar se soltó a llorar, inconsolable.

–Rina, Aldo, ya basta –intervino la capitana Vale. Tomó aire–. No vamos a remediar nada así.

–¡Pero debe pagar por lo que hizo! –exigió Rina–. Hasta estuvo presumiendo que fue la heroína de la batalla de Neotitlán, recibió aplausos... ¡Firmó autógrafos!

—Eso fue por mi voz... mi talento, es diferente... –puntualizó Yolimar.

Al ver la mirada de molestia de los demás, Yolimar mejor cerró la boca y se sorbió la nariz.

—Bueno, ¿qué hacemos ahora? –preguntó Dino, desolado.

—¡Hay que castigarla! –propuso Rina–. ¡Una lección que nunca olvide!

Yolimar lloró más fuerte. Imaginó que la dejarían por ahí, entre las montañas resecas, para que la devoraran los *rads*. ¿Por qué no pudo quedarse callada? ¡Todo iba tan bien!

—Nada de castigos –dijo la Capi–. Ahora, lo que importa es llegar a Paralelo Oeste y descubrir el origen de la grabación.

—¿No vamos a hacer nada? –exclamó el soldado Aldo, ofendido.

—Sí, pero hasta que termine la misión –puntualizó la capitana–. Cuando volvamos a Sanfé, Yolimar, escúchame bien: vas a confesar lo que acabas de decirnos. ¿Entiendes? Al jefe Landa y a todos los hermanitos.

—Pero... ¿por qué? –preguntó la niña, con susto.

—Porque es lo correcto –respondió la Capi–. Landa decidirá cuál es tu castigo. Mientras tanto, nada de mentiras ni ocultar cosas.

La niña se estremeció al imaginar la escena. Con su confesión perdería a su club de admiradores, todos estarían tan decepcionados, empezando por el jefe. Volvería a ser la tonta y torpe *Yomuymal* de la cancioncita de Esther.

—¿Y bien? –insistió la Capi.

—Sí, confesaré todo –prometió Yolimar entre sollozos–. Y nada de mentiras.

–Bien. Entonces sigamos –repuso la capitana.

Después de eso, todos quedaron muy serios y volvieron a la cena. La niña sentía las miradas de incredulidad (de Dino y Edi) las de furia (de Rina y Aldo), las de decepción (de la Capi y el piloto Ari), pero se mantuvieron en silencio. Cuando terminó su cena, Yolimar se fue a toda prisa a su litera, lloró un rato más, pero nadie se le acercó para consolarla, aunque tampoco para decirle cosas feas. Se sentía fatal, sintió el mismo peso que tenía antes Aldo. Su vida no volvería a ser como antes... pero al menos descubrió algo bueno:

Ya no le dolía el estómago.

Esa misma noche continuó el viaje, sin incidentes. De fondo se oía la grabación: *"Éste es un mensaje para humanos. Tenemos escondite seguro..."* Algunos durmieron un poco, y horas después, cerca de la madrugada, Ari avisó:

–Estamos llegando al Paralelo Oeste.

Todos se amontonaron a las ventanillas y a los monitores. Había poca luz, aunque se alcanzaba a ver una montaña calcinada y restos de casitas.

–¿Es aquí? ¿Seguro? –observó Edi–. Parece deshabitado.

–Es del otro lado de la montaña –Ari sacó de una gaveta una guía antigua–. Esperen, voy a ver el nombre del sitio.

Elevó la nave para cruzar mientras revisaba entre las amarillentas páginas. Entonces, del otro lado, poco a poco aparecieron los restos de una ciudad, con centros comerciales, casonas y modernos rascacielos que se distribuían a lo largo de una bahía que se había quedado sin playas. El agua entraba a las calles. Todo estaba roto, lleno de salitre, abandonado.

—Hace 300 años ésta fue una ciudad turística muy importante —aseguró Ari—. Se llamaba Acapulco.

Claro, ya no quedaban turistas, sólo *rads*. En las piscinas de un viejo centro acuático, vieron un montón de lagartos grises con temibles crestas y largas colas. Se les inflaba una rara bolsa amarillenta bajo el hocico.

—Son *Guanas* —señaló Edi—. Mutaciones de las antiguas iguanas. Aunque éstas son carroñeras, comen lo que sea, vivo o muerto.

—Qué raro, ¿por qué unos humanos escogerían este sitio como refugio? —observó la Capi—. Además, no se ve ninguna luz. Todo está en penumbra.

—Miren, ¡allá! —señaló Dino.

Había una colina con los restos de un como castillo, y del otro lado, un muelle donde flotaban tres buques, dos de ellos enormes y tenían luces rojas en la punta. En esa zona el mensaje era muy potente: "...*Si eres una máquina, ni te acerques o te aniquilaremos. Sólo humanos. 99,53,13 O. 16,51,46 N*".

—De ahí viene la grabación —confirmó el piloto.

—¡Barcos! Claro —exclamó Rina—. ¡Son un refugio perfecto!

—Todos pónganse los cinturones —ordenó la Capi—. Ari, acércate con cuidado.

El piloto obedeció, y cuando estaba a escasos metros del muelle se debió activar algún tipo de trampa porque recibieron una potente explosión de agua. Un chorro golpeó la nave, fue tan fuerte que la giró hasta estrellarla contra un viejo edificio. Cruzaron los ventanales, rompieron algunos muros y finalmente el vehículo se detuvo dentro de la recepción de algo llamado Hotel Playamar.

—¿Están todos bien? —preguntó la Capi.

Asintieron. Sólo estaban un poco magullados. Por suerte tenían los cinturones.

—Esta zona debe estar llena de trampas para *robs* —aseguró la Capi, tensa—. Hay que tener cuidado. Ari, sal de aquí.

El piloto manipuló palancas y metió toda la potencia, no se movieron.

—Estamos atascados con algo —confirmó preocupado. El motor chirriaba—. Tranquilos, salgo a revisar.

—Yo te acompaño —se ofreció Rina.

—Esperen, hay algo afuera —Dino señaló una ventanilla—. ¡Miren!

En los monitores se veían unas pequeñas sombras brillosas. Vale activó el modo nocturno para aclarar la imagen y varios saltaron del susto. Había miles de gusanos gelatinosos, enormes, se amontonaban sobre los viejos muebles, el mostrador, las alfombras y alrededor de la nave.

—*¡Mon dieu, mon dieu, mon dieu!* —repitió Rina—. ¿Qué es eso?

—Me parece que estamos en un nido de *sanguis*, babosas comecarne —comentó Edi.

—¿Cómo sabes tantas cosas repugnantes? —lo miró Dino.

—El Abue me enseñó todo lo que sabía de *rads* —aseguró el chico.

—Pero estamos seguros... ¿no? —se animó a preguntar Yolimar, aterrorizada.

—No por mucho tiempo —suspiró Edi—. Estos *rads* segregan ácido. Pueden derretir hasta el metal... Les lleva tiempo, pero lo consiguen.

—Entonces ¿qué hacemos? —gimió Yolimar.

–Uno de nosotros puede salir para desatorarnos –Rina miró a Vera–. *Ma chère*, querida, si te das prisa, tal vez...

–¿...No me disuelvan en ácido? –gruñó la *rob*–. Claro, que salga la *rob*, ¡al cabo que no siente dolor!

Pero Vera, obediente y de mal humor, se dirigió a la escotilla. Le chirriaban las articulaciones.

–Espera, no salgas todavía –pidió la capitana–. Tal vez no sea necesario perder a nadie. Voy a probar algo. Ari, activa el altavoz y sube todo el volumen.

La Capi tomó el micrófono.

–Éste es un mensaje para quien emite la señal en el paralelo 99,53,130 –comenzó Vale–. Hemos oído su grabación. Quedamos atorados en una de sus trampas. Somos humanos.

La voz de la capitana resonó en el viejo edificio y llegó al muelle. Pasaron unos minutos en los que sólo se oía el ruido gomoso de las babosas comecarne.

–Vamos a tener que sacrificar a Vera –comentó Aldo.

–Yo feliz, ¡así dejaría de obedecer a pellejos! –gruñó la *rob*.

–¡Silencio! –ordenó Vale y repitió el mensaje un par de veces, y agregó–. Somos humanos, venimos de Neotitlán...

Fue hasta que mencionó la ciudad que ocurrió algo.

–¡Nos movemos! –exclamó Rina.

–No he prendido los motores –aseguró el piloto, desconcertado.

Por los monitores vieron unos cables unidos a unos agarres magnéticos que arrastraban la nave al exterior. Pasaron encima de un montón de *sanguis*, por el mostrador, y finalmente salieron a la calle. El arrastre siguió hasta el muelle y se detuvo frente a uno de los buques. Ahí, una potente luz los iluminó.

–Atención. Salgan por la escotilla –sonó una voz deformada por un altavoz–. Queremos verlos.

–Rina, Dino, vengan conmigo –ordenó la Capi–. Ari, por cualquier cosa, ten listos los cañones.

El piloto asintió y quitó el seguro de la escotilla superior. Vale salió con los chicos. Se cubrieron los ojos con la mano, deslumbrados por la potente luz.

–Pues de lejos sí que parecen humanos –dijo alguien por un altavoz–. ¿Cuántos son? ¿Quién dirige?

–Yo soy la capitana y somos siete –Vale levantó la mano, prefirió no mencionar a Vera–. Respondimos a su grabación. Venimos en paz, somos humanos libres y pacíficos.

–Bien… eso ya lo veremos –respondió la misma voz.

Apagaron los reflectores y la Capi y los chicos vieron alguna tripulación en la cubierta del barco principal. Destacaba una jovencita en la borda, empuñaba un altavoz. El viento agitaba su gran mata de pelo.

–No puede ser –exclamó la capitana Vale–. ¡Es ella!

–¿Quién? –Rina entrecerró los ojos.

–Lula Landa –confirmó la Capi–. ¡Está aquí!

CAPÍTULO 21
Lula Landa

Después de la primera inspección, dieron permiso a los recién llegados para que aterrizara la nave en la cubierta del barco. La primera en salir fue la Capi, seguida por Ari y los chicos; todos con las manos en alto. Unos marineros los recibieron con un golpe de chorros de agua.

–Perdón, pero tenemos que hacer esto, por seguridad –explicó la joven de mirada inteligente y cabello despeinado.

–No te preocupes, está bien –Vale se limpió el agua, sonriendo–. Lula, ¿no nos reconoces? Somos nosotros.

La muchacha entrecerró los ojos y dio unos pasos al frente, para verlos mejor.

–¿Capitana Vale? –dijo de pronto–. ¡Ari! ¡No puede ser! ¡Están iguales!

–Tú sí que has cambiado –sonrió el piloto–. ¡Qué alta te pusiste!

–¡Bajen los disparadores hídricos! –ordenó Lula a los marineros–. No hay peligro. ¡Son amigos! ¡Son hermanos de Neotitlán!

Y enseguida corrió a abrazar a los empapados Capi y Ari.

–¿Viene mi papá con ustedes? –Lula daba saltitos de entusiasmo–. ¿Cómo están todos? ¿El Abue sigue igual de regañón? ¡No saben cómo los he extrañado!

La Capi cruzó una tensa mirada con Ari.

–Tú papá no pudo viajar –explicó Vale–. Pero vengo con mi tripulación de élite. Te presento a Rina, es la más arrojada y valiente. Dino es el mejor rescatador de la brigada. Edi es listísimo, en serio, un genio. Aldo es el soldado más fuerte que he conocido y... ella –miró a Yolimar, carraspeó–. Es Yolimar... bueno, canta bonito.

–Qué gusto conocerlos, ¡nuevos hermanitos! –Lula abrazó a cada uno.

El ambiente se había relajado hasta que se oyó un grito:

–Jefa, ¡son *lavs*! ¡Enemigos! –dijo un marinero calvo que se asomó al interior de la nave.

El resto de los marineros volvió a encañonar a los recién llegados. Lula parecía atónita.

–Tranquilos, *chers amis* –dijo Rina y repitió–. Venimos en paz

–¿Y esto qué es? ¡Traen un *rob*! –el marinero calvo sacó de la nave a Vera. La empujó con la punta del arma. La *rob* estaba despeinada y chirriaba un poco.

–Oye, batracio sin pelo. ¡Ten más respeto! –exigió Vera.

–Momento, no la neutralicen –pidió la Capi a los marineros que estaban a punto de empaparla hasta el último tornillo–. Esta Vera es inofensiva.

–¡Ningún *rob* es inofensivo! –Lula empuñó su propia arma.

–Ahora verán –la capitana se dirigió a la máquina–. Vera, baila para mi amiga Lula.

–Ash, odio bailar... –gruñó la *rob*–. En fin... ¿qué tipo de baile?

–No sé... sorpréndenos –propuso Dino.

Y ante la sorpresa de todos, Vera bailó (fatal, pero lo hizo, eligió algo llamado: "El baile del pollito").

–Ahora recita un poema infantil –ordenó Rina.

–Y recita la tabla del siete y canta *pin pon es un muñeco* –agregó Dino.

Cada vez de peor humor, Vera hizo exactamente lo que le pidieron.

–Adelante, dale una orden –ofreció Vale a Lula–. Lo que quieras.

–Vera, camina a la borda del barco –le dijo Lula–. Y párate en la barandilla.

Y la *rob* lo hizo. Todos quedaron atónitos. La máquina se subió al borde, trastabilló un poco, y abajo, el mar embravecido.

–¿No te importa estar ahí? –interrogó Lula a la *rob*.

–Un poco sí que me importa –reconoció Vera–. ¡Odio el agua! Pero bueno, ¡allá tú y tus tontas ideas! ¿Me tiro? Es lo que quieres, ¿no?

–Si se lo pides, se arroja –explicó la Capi–. Obedece a los humanos.

–¿En serio? –sonrió Lula–. Vuelve a tu sitio, por ahora.

Vera se bajó de la barandilla y refunfuñando siguió las instrucciones.

–¿Me dejan revisarla? –pidió Lula–. ¡Nunca había visto a una *rob* obediente!

—No es una *rob* cualquiera —explicó Edi—. Tuvo un accidente en el Sanil, le cayó un montón de *magnesis* encima.

Yolimar suspiró. Al menos no mencionó que fue culpable de eso.

—¿Esa cosa imantada que no sirve de nada? —Lula se acercó a la *rob*, contempló su costura en el pecho y su aspecto temible, aunque algo desaliñado.

Edi le explicó los detalles: el líquido entró a su flujo de *bioplasma* y a los circuitos, al parecer le infectó el centro de memoria y comportamiento.

—¿Y quedó así? —Lula estaba admirada.

—No. Al principio tenía borrado todo —aseguró Edi—. Ni siquiera podía hablar. Entonces el Abue hizo un experimento, la reprogramó con parte de su anterior personalidad pero, para compensar, le instaló las dos primeras leyes Asimov de la robótica.

—Nunca dañar a un humano y obedecernos siempre —Lula las conocía—. ¿Y cuándo se le quita el efecto?

—No se le quita —aseveró Edi—. Según el Abue, se queda así hasta que se vuelva a programar. Pero además, parece que sigue infectada.

—¡Qué fascinante! Greñas, ¡ven! —Lula llamó al marinero calvo—, ponla a salvo en mi taller —y explicó a los recién llegados—: perdón, no puedo dejar que un *rob* ande libre por aquí. Reprogramada o no, todos se asustarían.

—Está bien, entendemos —asintió la Capi—. Vera, ve con el marinero.

—Estoy harta. ¡Ya decidan qué van a hacer conmigo! —resopló la *rob*, pero siguió la instrucción.

—Bueno, ya aclarado el susto, ¿no tienen hambre? —sonrió Lula a los invitados—. Pediré que les preparen un banquete. ¡Qué emoción! ¡Tenemos tanto de que hablar! Vengan, síganme, ¡les enseñaré el barco principal!

Lula debía tener un rango muy alto ahí, porque los marineros la saludaban y se apartaban con respeto. Eso sí, no eran muy rápidos, todos parecían algo viejos, encorvados, con poco pelo y sin dientes. Lula les dio un rápido paseo a los invitados, el barco era un armatoste oxidado tipo militar, con cabinas, salas de entrenamiento. Los llevó al comedor, donde los esperaba una larga mesa con platones llenos de sopa de carne pálida y gomosa.

–Por si tienen hambre –señaló la joven–. Adelante, es la especialidad de nuestro cocinero.

Lula Landa se veía feliz y no paraba de hablar. Contó lo que sucedió cuatro años atrás, cuando fue a buscar la grabación misteriosa del Paralelo Oeste.

–Todo iba bien, hasta que llegué a las ruinas del viejo puerto –comenzó–. Un grupo de *robs* me estaba esperando oculto con una sorpresa.

–Supongo que una mala –opinó Ari.

–¡Fatal! –reconoció Lula–. Me atacaron con misiles y derribaron mi nave. Me estrellé sobre una torre de departamentos. Sobreviví de milagro, y cuando salí de entre los fierros retorcidos me encontré a los dos Petrus. Luchamos cuerpo a cuerpo hasta que conseguí arrojarlos a las calles inundadas.

–¡Tú sola! ¡Qué *ultraboom*! –exclamó Rina, con admiración.

–Bueno, sí, pero quedé atrapada en esa azotea –reconoció Lula–. Con mi nave inservible, abajo había cientos de monstruos radiados esperando morder mi tierna carne humana. Durante tres días comí lo que cacé:

lagartijas, insectos. Hasta que llegó una barcaza de La Flota a investigar.

–¿Esto es La Flota? –la Capi miró alrededor.

–Exacto. Así se llama esta ciudad de barcos –sonrió Lula–. Y como ven, me integré con los demás marineros, ¡me pidieron que fuera la jefa!

–Es que eres muy lista y tienes mucha salud –comentó con emoción el calvo llamado Greñas–. ¡Todos te queremos mucho!

–Pero ¿por qué no volviste a Neotitlán? –inquirió Valentina–. ¿O por qué no mandaste algún mensaje explicando lo que te pasó?

–¡No pude! –Lula suspiró–. Recuerden que se destruyó mi nave y aquí sólo tienen vehículos marinos. Y luego sufrimos el gran ataque.

–Los *robs* nos bombardearon desde el puerto –explicó Greñas–, casi nos hunden.

–Pero logramos escapar –Lula continuó–. Estuvimos en alta mar hasta que pudimos reconstruirnos. Lo malo fue que en el ataque perdimos la antena que emitía la señal con la grabación. ¡Quedamos incomunicados por años!

–Con razón –señaló Ari–. Landa no paraba de buscarte.

–¡Pobre papá! –suspiró Lula–. Por suerte, hace poco encontramos un naufragio y entre la chatarra había material para rearmar la antena. No podemos oír, pero sí transmitir, ¡y funcionó! ¡Ustedes están aquí! –rio Lula–. Ahora cuéntenme todo. Apuesto que han rescatado a muchos hermanitos, ¡y Neotitlán debe estar enorme y preciosa!

Los invitados cruzaron otra mirada tensa. Nadie quería ser el primero en tocar el espinoso tema.

—Oye, Lula, una duda... —carraspeó Dino, para ganar tiempo—. Cuántos habitantes tiene La Flota.

—Cierto, ¿y de dónde salieron los humanos que están aquí? —agregó Rina.

—A ver, somos pocos, como 70... —Lula hizo cuentas.

—68 —precisó Greñas.

—Bueno, pues eso —siguió la jefa—. Y casi todos escaparon de un mega campamento. Los fugitivos encontraron estos barcos vacíos y fundaron su ciudad.

—Eso fue hace mucho, ¿no? —comentó Yolimar—. Todos aquí son viejísimos.

Sus compañeros le reprocharon con la mirada, aunque Lula no se ofendió.

—El mayor tiene 28 años —la jefa miró a su asistente—, ¿no, Greñas?

El calvo asintió y los invitados se estremecieron.

—Perdón, Lula, es que... tus marineros se ven tan... —Vale intentó buscar una palabra que no fuera ofensiva— ...No se ven muy bien.

—Lo sé, parecen zombis —suspiró Lula—. ¡Es por la comida! Casi todos en La Flota tienen escorbuto.

—La enfermedad de los marineros —intervino Edi—. Los síntomas del escorbuto son anemia, moretones, heridas, pérdida de cabello, encías sangrantes... todo por falta de vitamina, sobre todo C.

—Es justo lo que le pasa a mi tripulación —reconoció Lula—. No hemos encontrado comida deshidratada y como estamos en el mar, tampoco hay tierra para sembrar, sólo pocas macetas donde pusimos un huerto.

—Lo que sale de ahí es para la jefa Lula —aseguró Greñas—. Es muy lista, su mente debe seguir nutrida y sana.

–Entonces... ¿los demás qué comen? –preguntó Ari, preocupado.

–Lo que pescamos –Lula señaló los platones con sopa–. No te pasa nada si comes de vez en cuando. Tampoco sabe tan mal, ¿no?

La primera que escupió fue la capitana Vale.

–¡*Rads*! –exclamó Ari, que también entendió–. ¿Estamos comiendo monstruos mutantes?

Enseguida todos los demás escupieron, asqueados. Yolimar casi vomita.

–Son salados, es verdad –concedió Lula–. Pero no todos son venenosos.

–Y sólo pescamos los más tiernos –aseguró Greñas.

La imagen era triste, un montón de chicos envejecidos y enfermos, flotando en barcos oxidados.

–No van a servir para formar otro ejército –murmuró Dino.

–¿Para qué quieren otro ejército? –preguntó Lula con curiosidad.

De nuevo, miradas de tensión. Había llegado el momento. No podían seguir ocultando la verdad. Todos miraron a Vale.

–Lula, escúchame con atención. Lo que voy a decirte es muy importante –la Capi suspiró–. Pasó algo terrible en Neotitlán... perdimos la ciudad.

–¿Un terremoto? –la joven jefa se puso muy pálida.

Vale negó con la cabeza y reveló la información que tanto había evitado.

–Sin querer metimos a un enemigo, a un *lav* –comenzó la Capi, sus tatuajes palidecieron–. Lo teníamos prisionero, pero escapó con información confidencial, y poco después los *robs* nos invadieron...

—Tuvimos que dar la alerta de código púrpura —apuntó Dino.

—¡Ése es el código de evacuación inmediata de la ciudad! —casi gritó Lula—. Pero hay algo que no entiendo. ¿Cómo se enteró el *lav* de la información confidencial? ¿Y cómo escapó? ¿Qué nadie lo vigilaba?

Los invitados se miraron con bochorno.

—Fue un accidente —evadió la Capi—. El caso es que nos invadieron directoras de campamento, soldados y muchísimos Petrus... Tuvimos que escapar.

La capitana hizo un resumen de todas las pérdidas: las bodegas de comida, tecnología, miles de armas, y sobre todo de los 800 hermanos que quedaron presos, entre jefes de brigadas, soldados y muchísimos niñitos. Los que pudieron escapar estaban en Sanfé.

—Ahí está tu papá —agregó Ari—. Está herido, pero se va a poner bien.

Se hizo un enorme silencio, era difícil digerir tantas noticias tan terribles.

—Fui yo el accidente —confesó de pronto Yolimar—. Gonzo escapó por mi culpa. Estaba encerrado, lo fui a visitar y sin darme cuenta le di información importante; también, gracias a mí robó una tarjeta para abrir su celda. Fui yo.

Nadie esperaba la franqueza de la niña.

—Repíteme tu nombre —Lula la miró fijamente.

—Yolimar...

—¿Y por qué traen a Yolimar con la tripulación de élite? —exclamó Lula, desconcertada—. ¿O la piensan abandonar en las montañas, como castigo?

—Nos enteramos de esto hace unas horas, en el camino —aclaró Ari.

Hubo un largo silencio, hasta que la jefa Lula se echó a reír. Todos se sorprendieron.

–Jefa, perdón, pero no es gracioso –comentó Greñas.

–No, no lo es, ¡es horrible! –reconoció Lula–. Pero es que no puedo creer que alguien sea tan tonto y despistado. De verdad, Yolimar, más vale que hagas algo muy bueno en la vida, ¡porque metiste la pata hasta el fondo!

–¿No estás enojada? –preguntó la niña, nerviosa.

–Bueno, sí, es espantoso lo que pasó. Pero el pasado ya no se puede cambiar –suspiró Lula–. Ahora hay que pensar en el futuro y en el rescate de los hermanos. En fin, ¿tienen radio comunicador en la nave? Me gustaría saludar a mi papá.

Todos agradecieron el cambio de tema, sobre todo Yolimar. Llevaron a Lula al interior de la nave, y luego de cuatro años, al fin pudo hablar y ver (en una pequeña pantalla) a Landa, su padre.

–¡Hijita! ¡Eres tú! –el jefe se soltó a llorar–. Siempre supe que estabas viva. ¿Dónde has estado?

La joven le contó su aventura de cómo llegó a los barcos de La Flota.

–Eres tan inteligente –reconoció Landa con orgullo–. Te pareces tanto a tu madre. Mírate ahora, has crecido tanto. Yo apenas me recupero de algo...

–Sí, ya me contaron todo –asintió Lula–, la caída de Neotitlán por culpa de Yolimar, la niña rescatada.

–No. Su nombre es Bety –corrigió Landa–, así se llama la vigilante responsable.

–Ah, claro, ¡no lo sabes! –Lula soltó una risita–. Bueno, te acabas de enterar. La culpable fue Yolimar, ¡sí que es distraída!

224

La niña, que estaba atrás, pensó que iba a desmayarse de la vergüenza.

–Es verdad, Yolimar confesó en el camino –intervino la capitana Vale, a la cámara–. Ya te lo explicará ella misma. Jefe, no vamos a estar mucho tiempo aquí, Lula tiene un pequeño ejército, pero sus marineros están enfermos de escorbuto, no sirven para lo que queremos...

–Pensaremos en otra cosa –murmuró el jefe Landa, intentando entender la información develada de golpe–. Lo bueno es que al fin te encontramos, hijita. Ahora que vuelvas podrás ayudarnos a hacer un buen plan para recuperar a los hermanitos y nuestra ciudad. Estamos acondicionando Sanfé...

–Perdón, papá, pero no voy a volver –interrumpió Lula.

–No oí bien –murmuró Rina–. ¿Qué dijo?

–Tal vez luego regrese –siguió Lula–. Es que ahora mismo estoy en medio de algo. ¡Pero gracias por enviar a Vale y a su equipo! Sobre todo a la *rob* obediente, ¡qué hallazgo! Luego nos comunicamos, ahora tengo cosas que hacer. ¡Besos!

Lula cortó la señal. Los invitados estaban desconcertados.

–¿No vas a volver a Sanfé con nosotros? –confirmó Dino, atónito.

–No puedo, es que estoy armando un plan –sonrió Lula–. Es algo muy grande. ¿O creen que estos cuatro años sólo me he dedicado a flotar por ahí? ¡He trabajado sin parar! Tengo un gran proyecto. Es más, deberían verlo, así me van a entender. En serio, de prisa, ¡síganme!

Con más miedo que curiosidad, Vale y su equipo fueron tras la joven jefa. Tenían que salir de una duda: ¿seguía siendo un genio o se había vuelto una loca perdida?

CAPÍTULO 22
Experta en robs

Con sus invitados detrás, Lula avanzó a través de pasadizos y niveles del barco. Cuando se topaban con algunos marineros, la saludaban con adoración.

–El día que llegué aquí estaba buscando lo mismo que ustedes –aseguró Lula–. Quería un ejército para atacar a los malvados *robs*. Mi mamá murió por culpa de esas máquinas, y bueno, ya saben lo demás, ¡ustedes vivieron en esos pueblos falsos y en esos campamentos terroríficos!

–Para ellos sólo somos fundas o pellejos –recordó Edi.

–Exacto, no les interesamos para otra cosa. Rápido, no se queden atrás –Lula empujó una puerta que daba a una escalerilla metálica y bajó–. El asunto es que, si eliminas a un *rob*, digamos, a una directora Doris, hacen un repuesto idéntico. Si desarmas un campamento, construyen otro igual. Atacas, pero los *robs* se recuperan de inmediato. Entonces, me puse a pensar...

226

La escalera terminaba en un largo pasillo con paredes metálicas.

–Le di vueltas y vueltas: ¿qué necesito para dañar a los *robs*? –Lula no dejaba de avanzar–. ¿Cómo puedo dar un golpe que les haga daño de verdad?

–Tienes que pegar en un punto débil –murmuró Yolimar, recordando las palabras del jefe Landa.

Todos se detuvieron un instante para mirar a la niña.

–No eres tan tonta como pareces –observó Lula–. ¡Exacto! Si pegas en un punto débil, ¡ni siquiera necesitas un ejército! Un golpe bien colocado puede ser mortal. ¡Llevo años trabajando en esto!

Bajaron una rampa. Al lado de una gran puerta estaba el marinero calvo.

–Greñas, ve encendiendo el generador –ordenó Lula mientras empujaba la puerta–. Ahora verán mi gran proyecto. Entren con cuidado.

El sitio estaba en penumbras, olía a óxido y humedad.

–En un momento llega la luz –explicó Lula en la penumbra–. Éste es mi taller, donde he trabajado por años. ¿En qué me quedé?

–En el punto débil –recordó Dino.

–¡Cierto! –siguió Lula–. Me di cuenta de que, para encontrar el punto débil de mis enemigos, primero debía conocerlos. Entonces, me hice especialista en *robs*.

–¡Pero son muy peligrosos! –advirtió Edi–. Son demasiado inteligentes y poderosos.

–Lo sé, fui muy cuidadosa –reconoció Lula. Se escuchó el sonido de un motor–. Busqué en los restos de naves accidentadas, y encontré bitácoras, algunos manuales, pero un día descubrí el mejor lugar con información... Esperen un momento –gritó–. Greñas, ¿y la luz?

—No debe tardar –respondió el marinero desde la puerta.

Y casi de inmediato se iluminó el galerón. Era tan grande que se necesitaban varios biombos y cortinas para dividir el espacio. Los invitados reconocieron a Vera, esposada a una pesada columna.

—¡Este sitio es asqueroso! –gruñó la *rob* de mal humor.

Lo era, y los invitados dieron un paso atrás, al ver mesas llenas de brazos, troncos, piernas metálicas, cables y piezas de *robs*. Una montaña de chatarra.

—¡Ay! ¿Mataste a estos *robs*? –exclamó Yolimar, impresionada.

—¡No maté a nadie! Son máquinas –rio Lula y les hizo un ademán para que se acercaran–. Algunas partes las encontré sueltas, otras las obtuve gracias a trampas. Y miren qué tengo aquí.

Descorrió una cortina y todos saltaron. Detrás había un enorme *rob* Petrus completo, encadenado de pies y manos. Se les lanzó encima, con furia, pero las cadenas lo contuvieron. El Petrus abrió la boca y emitió un ronco rechinido.

—Ya no habla –explicó Lula–. Él mismo se quitó las bocinas internas, para no dar información. Pero tengo otras maneras de estudiarlo. Atentos, que esto puede impresionar un poco.

Sí que fue un gran susto. Lula movió otro biombo para mostrarles una mesa de laboratorio con varias cabezas de *robs* conectadas a cables y a computadoras. Lo más horrible era que las cabezas estaban parpadeando, removiéndose entre armazones y todas con un bozal sobre la boca. Dos eran de *robs* femeninos y tres masculinos, uno parecía ese típico director de escuela que había en cada pueblo.

–Toda una criminal –gruñó la *rob* Vera.

–Ajá, y ustedes tienen niños encerrados y los engañan para robar sus cuerpos –recordó Lula–. Y calla, no hables.

A su pesar, la *rob* cerró la boca, obediente.

–Los desarmé para estudiarlos –siguió la joven jefa–. Antes que nada, ¿saben qué es científicamente un *rob* y cómo funciona?

Todos miraron a Edi, el listillo del grupo.

–Un *rob* es un autómata de apariencia humana con inteligencia artificial –comenzó–. Están recubiertos por un tejido tipo piel y por dentro son un entramado de cables y circuitos alrededor de un esqueleto metálico. Para funcionar necesitan recargarse con electricidad y usan ese aceite verde...

–El *bioplasma*, exacto –reconoció Lula–. Cada *rob* contiene entre cinco y siete litros. Pero ¿saben para qué funciona?

–Es como un engrasante, ¿no? –comentó el piloto Ari.

–Es más que eso. Se trata de biocomunicador –explicó Edi.

–Exacto. Es como su sangre –Lula señaló unos cables transparentes llenos del líquido verde viscoso–. Pero en lugar de glóbulos contienen nanorobots que reparan el funcionamiento del *rob*, además mantienen la programación de fábrica. Los *robs* necesitan renovar el *bioplasma* al menos una vez al mes o empezarían a fallar, como si estuvieran desnutridos...

–Fascinante clase de robótica –interrumpió la Capi–. Pero ¿por qué hablamos de estas cosas?

–Por esto –Lula mostró un plano hecho con pequeños puntos que formaban la silueta de un alto edificio con forma triangular–. Aparece en la memoria de muchos *robs* y siempre coincide la forma.

–¿Una pirámide? –se acercó el silencioso Aldo.

–Es más que eso –Lula se frotó las manos, le encantaba hablar del tema–. Es el laboratorio donde hacen el concentrado de *bioplasma*, y de ahí se manda a todos los centros de envasado para hacer funcionar a los *robs* del mundo, pero ésta –señaló el plano– es la fábrica central y he descubierto dónde se encuentra.

–¡El punto débil! –recordó Dino.

–Exacto –sonrió la joven–. Imaginen qué pasaría si destruimos la fábrica central: los *robs* del mundo se quedarían sin concentrado.

–Pero pueden construir otra fábrica, ¿no? –observó la Capi.

–Tal vez, pero no sería rápido. Por algún tiempo se quedarían sin su alimento principal, estarían débiles, no habría *bioplasma* para reemplazar *robs* nuevos o dañados. Sería un excelente momento para atacarlos...

El Petrus, desde su sitio, se agitó con violencia. Era evidente que entendía todo y estaba furioso con el plan.

–Suena interesante –reconoció la capitana Vale–. Pero ¿cómo planeabas destruir esa fábrica?

–Con una bomba de ciclonita, es un plástico explosivo –sonrió Lula.

–¡Qué *ultraboom*! ¡Me encantan las bombas! –exclamó Rina con ilusión.

–A mí también –suspiró Lula–. El problema es que apenas he reunido treinta kilos de explosivo; necesitaría al menos cien para asegurarme de pulverizar la fábrica central. Pero ¿saben qué? ¡Ya no los necesito! Cuando llegaron ustedes me dieron la respuesta –y señaló hacia la pesada columna.

–¿Vera? –confirmó la Capi.

Al escuchar su nombre, la *rob* se puso de pie.

–¿Y ahora qué quieren, pellejos? –preguntó de mal humor, pero dispuesta.

Los invitados se miraron confundidos.

–¿Ella es la respuesta? –confirmó el piloto Ari.

–Lo que le hizo la *magnesis* es sorprendente –Lula se acercó–. Le borró la memoria. ¿No quedó así, al principio, antes de la reprogramación?

–Sí, estaba totalmente perdida –confirmó Dino–. Ni podía insultarnos.

–¿Se imaginan si pudiéramos repetir ese accidente a nivel mundial? –sonrió Lula.

–Espera –Dino parpadeó–. ¿Quieres contaminar la fábrica central?

–Justo eso –la sonrisa de Lula era radiante–. Tengo por ahí algunos barriles de *magnesis* que nunca he podido usar. Imaginen qué pasaría si los arrojamos al tanque concentrador de la fábrica. Provocaríamos una especie de peste o infección de *rob*. ¡Es mejor que mi plan original de la bomba! Porque el *bioplasma* contaminado iría a todos los depósitos de envasado del mundo y luego, sin saber, lo consumirían los *robs* de todas las ciudades... Imaginen lo que pasaría.

–Las partículas magnéticas empezarían a borrar su memoria –comenzó Dino–. Y si nadie reprograma a los *robs*, todos quedarían en blanco...

–¡Mon dieu! ¡Una epidemia *rob*! Cada uno contaminado. ¿Se imaginan? –Rina se puso eufórica–. Se paralizarían las fábricas del Arenal, Los Pastizales, Las Yermas... y de todos los pueblos falsos del mundo.

–Y también las escuelas –agregó Edi–. Quedarían sin saber qué hacer los maestros, los directores, las prefectas...

—Y los campamentos del AMORS —reconoció la capitana Vale—. La *epidemia rob* atacaría a las directoras, a los monitores y a los soldados. Los niños podrían escapar. Sería el golpe perfecto.

—Podríamos recuperar a los 800 hermanitos y volver a Neotitlán, ¿no? —se atrevió a preguntar Yolimar, con ilusión.

—No sólo recuperaríamos nuestra ciudad, también el mundo —aseguró Lula, radiante—. El planeta sería de nuevo para los humanos.

Hasta el silencioso Aldo parecía entusiasmado. Definitivamente Lula no estaba loca, era un genio.

Oyeron un gruñido horrible. Era el soldado Petrus, que había oído todo y furioso, jaloneaba las cadenas.

—Tranquilos. Yo me encargo —Lula tomó un bastón eléctrico y le dio varias descargas al soldado mecánico, hasta aturdirlo.

—¿Tú no te ofendes por lo que acabas de oír? —le preguntó Rina a Vera.

—Yo siempre estoy ofendida —aseguró la *rob*—. Si quieren los insulto...

—Guarda silencio —ordenó la Capi e intentó recapitular—. Lula, a ver si entendí, tú sabes dónde está la fábrica central, ¿no?

—Exacto y podemos llegar a través del mar —aseguró—. En La Flota tenemos un barco pequeño pero rápido. Podremos llegar esta misma semana.

—¿Esta semana? —repitió Ari, sorprendido—. ¿Quieres hacer la misión ahora?

—Claro, lo antes posible —reconoció Lula—. Les recuerdo que los *robs* secuestraron a 800 de nuestros hermanitos de Neotitlán, pueden robarse sus cuerpos en cualquier momento, hacer experimentos... Hay que darnos prisa. ¿Quién me acompaña hasta la fábrica central?

–Yo voy contigo –Yolimar levantó la mano. Todos quedaron sorprendidos.

–Ésa es la actitud –sonrió Lula y advirtió–. Pero debes ser valiente, la misión es peligrosa.

–Me da más miedo volver a Sanfé –reconoció Yolimar.

–Iremos todos, te ayudaremos –confirmó la Capi y su equipo asintió–. Es un gran plan, pero, Lula, tengamos éxito o no, tienes que prometer que cuando acabemos vas a volver con nosotros, a ver a tu papá.

–¡Sí, claro! –asintió la joven–. Pero por favor, no le digan nada ahora, para que no se preocupe. Si todo sale bien, será una gran sorpresa.

–Jamás pensé que fuera tan fácil –reconoció Ari–. Contaminar el contenedor de una fábrica y todos nuestros problemas al fin van a terminar.

–Y todo por un accidente con una Vera. *¡Mon dieu!* –rio Rina mirando a la *rob*.

–Bueno, no es tan fácil, hay algunos detallitos –reconoció Lula–. Luego les digo. Como sea, ésta es la misión más importante que han hecho los humanos en los últimos siglos... ¡Y nos toca a nosotros llevarla a cabo!

Todos sintieron un suave calor en el pecho, algo raro en esos tiempos: era esperanza.

CAPÍTULO 23
Un detallito

Como no había tiempo que perder, al día siguiente arrancó la misión para contaminar la fábrica central de *bioplasma*. Lula llevó a sus invitados hasta *Sirena*, así se llamaba la embarcación que usarían. Contaba con tres camarotes, comedor (Dino llevó comida *Foodtech*, nada de sopa de monstruo), una bodega para guardar explosivos y el barril con *magnesis*. Ari quedó sorprendido con el puente de mando con pantallas, sensores para detectar enemigos, además del sistema de defensa y motores que funcionaban con turbinas impulsadas por energía solar.

–La nave es antigua, pero la reparamos y funciona perfectamente –explicó Lula, orgullosa–. Debió ser de lo último que hicieron los humanos antes de que se extinguieran en el siglo XXII. Y miren esto.

Empujó hasta el fondo una palanca y la embarcación se hundió, para seguir avanzando bajo el oleaje.

–¡Genial! ¡También es submarino! –observó Ari–. ¿Qué tanto puede bajar?

–Hasta 500 metros –explicó Lula–. Pero no recomiendo ir tan profundo, hay algunos *rads* extraños por allá.

–¿Y esa puerta a dónde lleva? –Edi señaló una compuerta con una ventanita tipo claraboya.

–A la esclusa –aseguró Lula–. Es como un cuartito donde se preparaban los buzos para salir al mar, también se usa para escapes en casos de emergencia.

–Ni se te ocurra tocar esa puerta –le advirtió Rina a Yolimar–. Ya sabemos de las cosas que eres capaz.

–No seas así, seguro ya aprendió –intervino Dino.

–Yo no estaría tan segura, *mon chéri* –aseguró Rina–. Donde está Yolimar siempre hay un desastre. Creo que es de mala suerte que venga con nosotros.

Con las mejillas y orejas muy rojas, la niña hizo un esfuerzo para no llorar.

Lula terminó de mostrar la nave, se detuvo frente a una mesa con una pantalla donde se desplegaba un mapa.

–Ya hasta marqué la ruta –señaló, con entusiasmo.

–Por cierto –Ari estudió las coordenadas–. ¿A dónde vamos exactamente? ¿Oceanía o Asia?

–Al Pacífico –sonrió Lula–. No les había contado ese detallito. La fábrica se encuentra en la isla de Ryu.

Hubo un pequeño silencio de desconcierto al oír ese nombre.

–Espera, Lula, momento –reaccionó la Capi, los tatuajes palidecieron–. ¿Estás hablando de la isla original? ¿Donde se inventaron los *robs*?

–*¡Mon dieu!* Pero eso es imposible –exclamó Rina–. ¡Ese sitio estaba destruido!

–Cierto, pero los *robs* la reconstruyeron después de la última guerra –aclaró Lula–. También la llaman la Isla Madre, porque ahí nacieron los primeros mecánicos. Esperen, tengo una imagen.

Presionó un botón y flotó un *holo* de una isla con edificios del siglo XXI, de metal y vidrio, y al centro, se levantaba un impresionante rascacielos triangular.

–Es el lugar más sagrado para los *robs* –aseguró Lula–. En sus bodegas están los planos originales de cada modelo mecánico y al centro pueden ver la fábrica central de *bioplasma*. Según mis investigaciones, los *robs* visitan esa isla al menos una vez en su existencia. Es un lugar muy interesante.

–¡Y es demasiado peligroso! ¡Mortal! –exclamó la Capi, preocupada–. Es el centro de la compañía Ryu. Es como meterse en la cueva de los leones, ¡si todavía hubiera leones! ¡Es un suicidio!

–Bueno. No vamos a luchar –explicó Lula, tranquila–. Estoy pensando que podemos entrar sin llamar la atención, ir a la fábrica central e infectarla, para luego ¡pum! Escapar. Es una misión exprés, rapidísima. Un golpe ninja.

–Aun así, es peligroso –aseguró la capitana Vale–. Es una isla llena de *robs*, y si te das cuenta, ¡somos humanos! Es imposible no llamar la atención.

–Entonces ¿qué hacemos? ¿Cancelamos? –preguntó Ari con temor.

–Pero acabamos de iniciar la misión –murmuró Rina.

–¿Alguien tiene otra idea? –Lula miró a los demás–. No hay muchas opciones. Hay que arriesgarnos.

–Pero no así. Necesitamos un buen plan –insistió la capitana Vale.

Todos parecían tensos, pensativos.

–Se me ocurre algo –dijo Edi, había puesto a funcionar su famosa inteligencia–. Vera es un *rob*, ¿no?

Al oír su nombre, la directora se levantó, al fondo, esperando alguna orden.

–¿Y eso qué? –preguntó Ari.

–Que ella puede entrar a la isla Ryu sin problema –siguió Edi–. Es una directora de campamento, nadie le prestará atención. Nosotros podemos fingir ser sus *lavs*.

–*Obedezco ahora, obedezco siempre* –recordó Dino–. Eso es fácil. Los *lavs* simplemente adoran a los *robs* y repiten como locos las reglas del campamento.

–¿Ven? Ya está resuelto –Lula dio unas palmaditas.

–No sé, ¿de verdad creen que ese plan funcione? –suspiró la Capi y señaló a Vera–. Sólo mírenla, no es como los otros *robs*. Si los demás se dan cuenta que la reprogramamos y obedece humanos, se acabó la misión.

–Entonces hay que darle la orden correcta y ya –Dino se dirigió a la *rob*–. Vera, vamos rumbo a la isla de Ryu, ¿entiendes? Debes portarte como antes.

–¿Antes de qué? –preguntó la *rob* desconcertada.

–Bueno, mala, como te gusta –explicó Rina–. ¿No odias a los humanos?

–Con cada tornillo de mi cuerpo –reconoció la *rob*–. ¿Quieres que sirva algo de comer o tomar?

–No, *imon dieu!* ¡No ofrezcas nada! –exclamó Rina.

–¡Ash! Bueno, perdón –resopló la *rob*.

–¡Tampoco pidas perdón! –aconsejó Edi–. Una directora Vera nunca lo hace.

–Ya sé, esperen –Lula buscó en una bodeguita y sacó un tubo largo–. Vera siempre lleva un bastón para golpear –se lo dio–. Te damos permiso para que demuestres tu odio contra los humanos. Adelante, desquítate.

–Sólo piensa en todas las veces que te obligamos a obedecer –recordó Edi.

–¿Qué hacen? ¡Es peligroso animarla! –dijo la Capi.

Quedaron a la espera a ver qué hacía la *rob*. Vera sostuvo su bastón con fuerza. Luego lanzó un grito y comenzó a gritar. Todos buscaron protegerse.

–¡Pellejos! ¡Sucios pellejos! –repetía como loca.

Restallaron ruidos secos, metálicos. ¡Se golpeaba a sí misma! Tuvieron que detenerla entre todos.

–Alto, basta Vera, ¡no hagas nada! –exigió Lula.

Vera se paralizó, parecía agitada y con los cabellos revueltos. Tenía abolladuras en una pierna.

–Es por la segunda ley Asimov –recordó Edi–. Obedece a los humanos a menos que le pidas que los dañe. El Abue instaló muy bien esos comandos.

–¿Y no se puede programar otra vez? –preguntó Rina.

–No sé cómo hacer eso, pero si tuviera su personalidad completa, ¡ya no nos ayudaría! –Lula señaló lo evidente.

–Tampoco es necesario que Vera sea mala, sólo tiene que fingir que lo es –dijo una voz, era Yolimar–. Eso se llama actuar. Hay que darle parlamentos para que los memorice.

–¿A ti quién te pidió tu opinión? –resopló Rina.

–¡Guarda silencio! –dijo Aldo, que rara vez hablaba.

–Esperen. Yolimar tiene razón –meditó Lula–. Podemos hacer que Vera aprenda como un guion. Tengo algo por aquí que puede ayudar.

Lula se puso a abrir gavetas y de una sacó unos cuadernos.

–Son mis notas sobre algunos modelos de *robs* –mostró las páginas, atiborradas con dibujos y explicaciones–.

Por ahí deben estar las fichas de las directoras. Frases, ciertas particularidades. De algo pueden servir.

–También hay que arreglarla un poco, se ve asquerosa –observó Dino–. Las directoras Veras siempre están limpísimas y sin arrugas en el uniforme. Ésta rechina al caminar y ¿ya vieron esa espuma de óxido que le sale de la oreja?

–Seguro tiene un hongo –Rina la miró con asco–. ¡Qué ultraflat!

–Tenemos tres días para entrenarla y ponerla presentable para que dé mucho miedo y que ningún rob sospeche cuando la vea –explicó Lula.

–¿Por qué tres días? –quiso saber Ari.

–Eso vamos a tardar en llegar a la isla Ryu –anunció Lula–. Si es que seguimos con la misión.

Todos vieron a la Capi, era la que tomaría la decisión final.

–Está bien, lo vamos a intentar –la capitana tomó aire–. Pero si vemos que Vera no se aprende el guion o hay mucho riesgo de que la descubran a ella o a nosotros, cancelamos todo, por seguridad.

La tripulación cruzó miradas. Sólo tenían tres días para hacer que una rob malévola reprogramada para proteger a los humanos, de nuevo fingiera ser mala de verdad, para mezclarse sin problemas con robs malvados reales. ¡Qué reto!

En la nave todos se pusieron a trabajar en algo: Ari rápidamente aprendió a manejar la nave, se turnaba con Lula. Dino se encargó de buscar un nuevo uniforme para Vera y reparar su aspecto; Rina, de entrenarla. Aldo cumplía su función de monitorear los peligros. La Capi y Edi hicieron un recuento de armas y explosivos para la misión. Mientras que Yolimar... bueno, nadie sabía qué estaba haciendo.

Edi la encontró en el comedor, en un rincón, leyendo algo.

–Pensé que ibas a ayudar a Vera con su actuación –comentó.

–Rina no quiere trabajar conmigo –suspiró Yolimar, triste–. Me corrió del camarote donde está entrenando a la *rob*. Pero entiendo, sé que todos me odian.

–Yo no te odio –Edi se acercó–. Admiro lo que hiciste.

–¿Ayudar a destruir Neotitlán?

–No, ¡confesar la verdad! Se necesita mucho valor para eso.

–¿Tú crees? –la niña se encogió de hombros–. Yo sé que nunca me van a perdonar. Pero voy a demostrar que no soy tan tonta ni inútil.

Mostró lo que leía: era una de las libretas de Lula, con dibujos de *robs* y notas curiosas sobre cada uno.

–Estoy estudiando mi papel. Si voy a ser una *lav*, debo meterme en el personaje –explicó–. Llevo como diez horas memorizando cosas.

–Es mucho tiempo, toma un receso –aconsejó Edi.

–No puedo –repuso la niña, muy seria–. Me equivoqué, pero no voy a descansar hasta que recuperemos a los 800 hermanitos, lo juro...

Y luego de decir esto, volvió a concentrarse en la libreta. Edi ya no supo qué decirle y la dejó en paz.

Conforme la nave avanzaba mar adentro, todos se ponían más nerviosos, menos Lula, que estaba acostumbrada a navegar y conocía las cosas extrañas del océano. A veces veían por ahí algún monstruo *rad* en la superficie, como esa tarde cuando las aguas se agitaron y de entre las olas emergió una gigantesca montaña de carne gris, llena de tumores y colgajos, tenía además varios agujeros en el lomo, por donde salían chorros de agua. Lula les explicó que era un *cachalor*, así se conocían esas espantosas mutaciones, parientes de las antiguas ballenas. Su único peligro era el tamaño, era mejor no molestarla porque un golpe de su horrendo cuerpo deforme podría destruirlos. Así que apagaron la nave para no hacer ruido, hasta que el monstruo dio unas vueltas por ahí y volvió a sumergirse. Según Lula, los *rads* de mar no eran tan fieros como los de tierra, y al parecer, casi todos se estaban muriendo por sus horribles deformaciones.

Ese mismo día, en la tarde, Ari detectó algo en el radar.

–Parece una isla, está al este –señaló confundido–. Aunque tiene una forma rara, estrecha y con muchos kilómetros de largo.

–No, no es una isla –explicó Lula–. Y tampoco un monstruo. Vamos a acercarnos, ya lo verán.

Elevó la nave a la superficie y por las ventanillas apareció algo increíble. Eran miles, posiblemente millones de objetos flotando, apilados. Había barcos pesqueros oxidados, pedazos de naves y basura, botellas de plástico, ropa, empaques de comida, pañales, incluso algún mueble. La mancha flotante se extendía a lo lejos.

–Son desperdicios de la anterior civilización –explicó Lula–. Con el tiempo, las mareas han ido juntando toda esa basura.

–¿Y eso qué es? –Edi señaló el objeto más grande.

Se trataba de una embarcación con paredes recubiertas de óxido. Todavía era visible un letrero que decía

Fantasy Cruises, y hasta arriba, en la cubierta, se balanceaban los restos oxidados de una montaña rusa.

—Se llamaban cruceros y eran como hoteles flotantes —explicó Lula—. Éste debe llevar abandonado más de un siglo, dando vueltas por ahí. He visto otros.

—¿Y has subido a alguno a investigar? —preguntó Ari con curiosidad.

—¡Jamás! Miren bien en las terrazas y en la cubierta... —señaló Lula.

Algo se movía, unas pequeñas criaturas peludas.

—¡Alimañas mutantes! —exclamó la Capi—. ¡Están llenos de *rads*!

Todos coincidieron que era mejor no meter las narices.

Al día siguiente temprano, Dino reunió a la tripulación para dar una noticia:

—Vera ya está lista para infiltrarse en la isla —anunció el chico, con orgullo.

—¿Tan pronto? —repuso la Capi escéptica—. ¿Aprendió todo su papel?

—Ahora lo verán —sonrió Dino misterioso—. ¡Vera! ¡Adelante!

La *rob* entró al comedor, apoyándose en su nuevo bastón, caminaba firme, marcial y ya no rechinaba. Estaba perfectamente peinada, con uniforme nuevo, limpio, planchado, y sin óxido ni espumilla en las orejas.

—Es perfecta y horrible —observó Edi, impresionado—. Tiene el mismo aspecto de antes.

—Detente, ¡ni te me acerques, sabandija! —exclamó Vera y miró alrededor—. ¿Qué hago aquí? ¿Por qué estoy encerrada con un montón de pellejos?

—Debes obedecernos ¿no lo recuerdas? —preguntó Lula.

–Me hicieron algo –se dio toquecitos en la cabeza–. Pero ahora que recuperé mi aspecto, me siento otra vez yo. ¿Y saben qué? No me gusta que me den órdenes, ni me traten como esclava –cada vez sonaba más molesta–. ¡Esto no es digno de mí! Asimov me importa un pepino, ¡los castigaré por lo que me hicieron!

Vera levantó su bastón y avanzó a la sala de mando, como para destruir el tablero. Varios gritaron. De inmediato la capitana Vale, Ari y Aldo tomaron sus respectivas armas. Todos parecían aterrados.

–¿Qué le hiciste? –preguntó la Capi a Dino–. ¿La reprogramaste?

Dino no pudo más y se soltó a reír, otra risa se escuchó del otro lado de la puerta.

–¡Casi se hacen pipi del susto! –entró Rina, divertida–. Vera, di con tono tranquilo: ¡Relax, *mon dieu*!

–¡Relax, *mon dieu*! –repitió la *rob* en automático, con voz suave.

Entonces Rina y Dino mostraron el truco. La *rob* llevaba un audífono por el que recibía las órdenes de Rina, que, a su vez, tenía una diadema encubierta con micrófono. La manejaba como si fuera un títere.

Todos reconocieron que la idea era muy buena (y el resultado, terrorífico); además, no tenían que preocuparse de que Vera no pudiera memorizar.

–Eso también lo hacían los actores de antes –comentó Yolimar–. Se llamaba trabajar con apuntador electrónico.

–¿Alguien te preguntó? –la miró Aldo, con molestia.

Yolimar bajó la vista y lanzó otro suspiro.

Finalmente, cuando se cumplieron los tres días, Lula hizo el anuncio:

–Listos o no, ya estamos llegando a la legendaria Isla Ryu.

Todos se acercaron a las pantallas.

–¿Eso es la Isla Madre? –preguntó Rina atónita–. No se parece a la imagen del *holo*.

Lo que se veía en medio del mar era un gigantesco cilindro de concreto flotante.

–Seguro los *robs* la recubrieron con muros –meditó Lula–. Ya saben, por su miedo al agua. Pero ahí dentro apuesto que está la famosa ciudad Ryu.

Detectaron, al lado, otra isla más pequeña y descubierta que funcionaba como pista de aterrizaje, un puente cubierto unía a las dos.

–Buscaré un lugar discreto para desembarcar –anunció Ari.

Rodearon con cuidado la isla hasta dar con un muelle que nadie usaba desde hacía más de un siglo.

–Todo está en silencio –observó Dino–. Tal vez la isla está deshabitada o ya no existe esa fábrica. Tal vez venimos acá para nada...

–Como sea, hay que inspeccionar –sugirió Lula–. ¿Quién quiere ir?

Todos morían de curiosidad.

–Vamos a echar un vistazo rápido –decidió la Capi–. Ari, quédate a cuidar la nave. Aldo, tú ordena y haz inventario de las armas que llevamos. Los demás iremos a revisar los accesos para dar un primer reporte.

Así se hizo. Salieron de la nave y caminaron por una antigua y resbalosa pasarela que estaba entre la enorme muralla y el mar. Edi les pasó unos collares.

–Son traductores automáticos –recordó–. Sólo por precaución, por si encontramos a alguien que hable otro idioma.

–Pues yo sigo sin ver a nadie –mencionó Dino.

–Pero se oye algo –alertó la Capi.

Era como una música lejana. Caminaron un buen rato, el sol era muy intenso y el aire olía a sal.

–Tampoco se ve ninguna puerta –comentó Lula con desconcierto–. Tal vez tengamos que escalar.

–A mí me dan un poco de miedo las alturas –comentó Yolimar.

–Entonces regresa a la nave, batracio –le gritó la *rob* Vera, aunque en realidad era Rina, manejándola.

–Silencio. Hay que estar atentos –recomendó Lula.

Y justo al dar la vuelta en un recodo encontraron el puente que unía las dos islas. Estaba cubierto con una gruesa lona impermeable.

–La música viene de adentro –descubrió Lula.

–Miren, ¡aquí! –Edi señaló una parte con amarres, desanudó algunos para abrir un poco la lona–. Podemos asomarnos.

–O entrar –dijo Lula, colándose por la abertura.

Al final todos la siguieron y al cruzar quedaron desconcertados. A lo largo del puente cubierto había cientos de criaturas vestidas con cascos y trajes rellenos de aire. Avanzaban con torpeza a una misma dirección, entre música ambiental. Parecían tan ocupados que al principio nadie les prestó atención.

–¿Qué son esas cosas? –señaló Yolimar.

–Son *robs* –dedujo la capitana–. Pero llevan trajes protectores.

Muy pocos vestían normal. Casi todos los *robs*, nerviosos por la cercanía del agua, se habían puesto uniformes impermeables superpuestos, por el casco se veían a directoras Veras y Doris, soldados Petrus, vigilantes, y

también padres de familia, profesores, prefectos. Todos se amontonaban en un acceso donde estaba un *rob Petrus*, especialmente grande.

–¡Nadie puede entrar sin el pase al evento! –decía el mecánico–. ¡Tengan el pase en la mano!

–Miren eso –Edi señaló una pantalla, justo sobre el *rob* del acceso.

Un letrero luminoso anunciaba: *¡Bienvenidos al EGID 132 - Encuentro Global de Innovación y Desarrollo! ¡La Isla Madre les da la bienvenida!*

–Es una reunión anual de *robs* –murmuró Edi–. La isla está repleta de estas cosas. ¿Qué hacemos?

–Podemos volver luego –sugirió Yolimar.

Pero ya era imposible moverse. Estaban prácticamente atrapados entre la multitud de *robs* con trajes enormes y seguían llegando más.

–¡Humanos! –de pronto gritó el Petrus del acceso y los señaló, con voz atronadora–. ¡Aquí hay pellejos!

Un centenar de ojos de *robs* se clavó en los intrusos. Yolimar hizo un esfuerzo para no gritar del terror.

CAPÍTULO 24
La Isla de Ryu

–¿Qué hacemos? ¿Atacamos? –murmuró Dino, tenso.

–Imposible. Son demasiados y estamos rodeados –respondió la Capi, por lo bajo.

–Yo ni traje armas –confesó Edi–. Como dijeron que sólo íbamos a echar un vistazo.

–¿No escuchaste al compañero Petrus? –un *rob* tipo director de escuela dio golpecitos en la espalda a Vera–. Los pellejos van en la sección de equipaje.

Señaló otra puerta más pequeña, con una banda rodante donde se apilaban maletas, cajas y ¡lavs! Los humanos podían pasar... como objetos.

–Claro, *mon dieu*, ¡ya lo sé! –exclamó Vera y señaló a Rina–. Pero necesito a esta cáscara cerca de mí para que cargue mis cosas personales.

–Los pellejos van con el equipaje –insistió el Petrus del acceso, inflexible. Extendió la mano–. Y enséñame tu pase al evento.

–¿El pase? Claro, el pase... –tartamudeó Vera.

Los intrusos se miraron con pánico.

–Eh, Vera, si no tienes el pase, ¡hazte a un lado! Estás bloqueando la entrada –le exigió la copia de una robusta prefecta Lichita (o Luchita).

Los *robs* de atrás comenzaron a quejarse. El Petrus estaba a punto de apartar a Vera, de manotazo, cuando Rina sintió un tirón. Era Lula, tenía un tarjetón plastificado con la imagen de una directora Vera.

–¿De dónde sacaste esto? –murmuró Rina sorprendida.

–¡Tú dásela! –la alentó Lula–. ¡De prisa!

Rina puso el tarjetón en la mano a Vera y siguió manejándola.

–¡Momento, batracios! –exclamó–. Claro que tengo el pase. ¡Cierren la boca!

Se lo dio al Petrus que lo pasó por un lector y en una pantalla aparecieron los datos: Vera Sokolova B8031 Campamento 44 Región Siberia.

–Adelante –dijo mecánicamente y gritó a los demás–: Todos guarden la fila, con su acceso en mano.

Mientras, los humanos intrusos entraron por la banda de bultos y equipaje.

–¿Robaste el pase a otra Vera? –preguntó la Capi a Lula.

–¿Tú qué crees? –rio la joven–. ¡No tengo la culpa de que todas sean iguales!

Del otro lado había un espacioso vestíbulo con un montón de soldados, amas de casa, padres, profesores, maestras, monitores de campamento, obviamente todos *robs*.

–¡Ustedes, pellejos! Suban a los carros de equipaje –ordenó otro Petrus.

–¿Qué hacemos? –preguntó Yolimar, con susto.

–Por ahora, obedecer –sugirió la Capi–. No hay que llamar la atención.

Mientras, a Vera la invitaron a subir a un tranvía sin ruedas que flotaba sobre una vía electromagnética, era para *robs*, detrás iba enganchado el carrito de equipaje y humanos.

–¡Hola, compañeros! –saludó alguien al frente del tranvía–. ¿Cómo estamos? ¿Listos para empezar?

Era un *rob* metálico, sin recubierta de falsa piel, usaba un coqueto sombrero de maquinista. De hecho, era parte del tranvía, un adorno animado atornillado al suelo.

–Oh, qué lindo detalle, ¡un toque antiguo! –exclamó una Doris acomodándose su esponjoso peinado.

–Soy su guía de bienvenida –continuó el robot–. Estamos felices de recibirlos en el EGID, el Encuentro Global de Innovación y Desarrollo número 132, en la original, la única, la primera, la madre de todos nosotros: la Isla de Ryu.

Muchos de los *robs* suspiraron (o simularon hacerlo) de emoción.

–¿Alguno nuevo por aquí? –preguntó el guía.

Varias manos mecánicas se levantaron.

–Genial. Será un gusto mostrarles los sitios más importantes de la isla –al robot le salió de la espalda una flecha luminosa–. Y antes que nada, les recuerdo que estamos protegidos del mar por murallas *kevlar*, son súper resistentes, así que, si lo desean, pueden quitarse la protección.

Algunos *robs* se despojaron de las voluminosas fundas impermeables.

–Excelente, ¡comenzamos! –exclamó el guía y a una seña suya, el tranvía empezó a moverse–. Tengan cuidado, no saquen las extremidades. Así le pasó a mi tía y perdió unas tuercas y la cabeza.

Los *robs* rieron por el chiste, o fingieron reír, por lo general no tenían sentido del humor. Detrás, otros tranvías iguales se llenaban con más *robs*.

–Iniciamos el recorrido en el barrio antiguo. Aquí pueden ver cómo era la isla en el lejano siglo XXI –inició el guía–. Cuando la compañía Ryu comenzó a diseñar a los primeros prototipos. En esta tierra nacimos, primero como hijos, luego como padres...

El tranvía entró a unas calles llenas de palmeras, plantas, maceteros con flores (todo era, claro, de plástico) y edificios de departamentos que tenían en la planta baja alegres cafeterías, restaurantes, tiendas y gimnasios.

–Aquí vivían los científicos de la isla –explicó el guía–. Humanos que andaban por aquí y por allá solos, sin supervisión. ¡Qué cosas!, ¿no?

Otra vez se oyeron risas, un poco más sinceras. Para ilustrar la época, había algunos maniquís excesivamente rosados que fingían tomar un capuchino, otro en una bicicleta y un par más en una lavandería. Se escucharon varios "clics". Los *robs* tomaban fotos con los ojos, tenían cámara integrada.

–Ahora entramos al barrio de los museos –el guía señaló con la flecha un edificio recubierto por una gran pantalla–. Les recomiendo visitar el Gran Museo de los Ancestros, donde podrán ver nuestros antecedentes desde el siglo XX.

En la pantalla aparecían varios robots primitivos en una armadora de coches. Uno era mecánico, otro soldador.

–Ay, qué feos eran nuestros bisabuelos –se quejó un director de escuela.

–Pero trabajaban mucho, día y noche –explicó el guía–, sin salario ni vacaciones, como esclavos. Por siglos así nos trataron los humanos.

Muchos *robs* gruñeron molestos, ¡pobres ancestros!

–Lo bueno es que es cosa del pasado –el guía giró la flecha–. Ahora atentos, estamos entrando al barrio administrativo.

El robot señaló tres edificios que simulaban ser altísimas cabañas de madera con un lema encima de las puertas: *"Obedezco ahora, obedezco siempre"*.

–Ahí se supervisan los campamentos del AMORS de todo el mundo –explicó el guía–. Se diseñan las actividades, los premios y castigos.

Varios *robs*, directoras y monitores de campamento, se emocionaron y tomaron un centenar de fotografías.

–También tenemos el Centro Coordinador Educativo –el robot señaló una gran torre de cristal que parecía un lápiz gigante–. En esas oficinas se arman los planes de estudio y tareas que mantienen ocupados a los pequeños pellejos.

–Totalmente necesario –dijo una profesora–. Esas criaturas orgánicas son unas bestias inquietas. ¡Hay que tenerlos llenos de trabajo y tareas!

El robot terminó de mostrar más oficinas, como la que administraba los núcleos de sembrado (pueblos), el ministerio de padres adoptivos, el departamento de sequías y laboratorio de vaciado de cielo y la coordinadora mundial de ensambladora de Peter Petrus, soldados, vigilantes y figuras de autoridad.

–¡Ahí me programaron! –señaló un enorme Petrus, estaba emocionado, como si hablara de sus papás.

–¿Y qué es ese sitio? –preguntó Rina a través de Vera.

Estaban pasando por una curiosa torre en espiral, como caracol, con muchos pasillos y locales. Había un montón de *robs* caminando en grupitos o solos, muchos con algún humano esclavizado, detrás, cargando paquetes.

–Es la zona de compras –reveló el robot guía–. Si tienen tiempo y créditos suficientes, les recomiendo que visiten el centro comercial de la isla. Pueden encontrar repuestos de todo, desde una peluca hasta piernas nuevas, además hay varias fuentes de sodas con *bioplasma* fresquito, recién envasado.

Varios *robs* se emocionaron con la idea.

–Ahora los llevaré a la zona de hoteles –anunció el guía– y los dejaré en el que les corresponde. Ahí pueden recargar energía y darse una aceitadita antes de asistir al encuentro.

Mientras, en el carrito de equipaje, la Capi, Rina, Dino, Lula, Edi y Yolimar miraban todo, atónitos. El vehículo comenzó a frenar la velocidad y luego de cruzar un desnivel llegaron a una amplia explanada.

–Ahí está... –murmuró Edi, casi sin voz.

Del otro lado de la plaza había un gigantesco edificio triangular de cristal verde con el símbolo del ojo dentro del círculo de Ryu. Tenía banderines rojos alrededor de una gran puerta, donde se leía en una pantalla: ¡*Bienvenidos al EGID 132. Encuentro Global de Innovación y Desarrollo*!

–*¡Mon dieu!* No puedo creer nuestra buena suerte –exclamó Rina–. ¡La reunión anual de los *robs* es dentro de la fábrica central de *bioplasma*!

El hotel que le correspondía a Vera (o a la Vera de Siberia a la que le robaron el pase) se llamaba *Binario Inn*, un moderno edificio recubierto con cristal ámbar. En cuanto la *rob* bajó del tranvía, el resto del grupo la siguió. Entraron a un vestíbulo con el techo muy alto.

–¿Ya vieron esas pinturas? –preguntó Yolimar–. Dan miedo.

En las paredes había murales con imágenes extrañas. En uno, los *robs* con cadenas en brazos y pies, en otro, eran pisados por humanos con rasgos parecidos a los de un orangután, otra pintura mostraba a los *robs* siendo arrasados por una gran inundación y finalmente, el mural más grande representaba a una ciudad en llamas, con nubes de hongos atómicos atrás, y de entre las flamas salían varios *robs* brillantes y hermosos.

–Son murales de todas las guerras y purgas que hubo contra los *robs* –aseguró Lula–. Claro, ellos se pintaron como las pobres víctimas que al final vencieron.

–Como sea, son cuadros horribles –confirmó Yolimar y miró alrededor–. Además, todos aquí actúan raro... no parecen normales.

El lugar estaba atestado con *robs* de todos los tipos.

–No es eso –observó Edi–. Lo que pasa es que ninguna máquina finge.

Era verdad. Estaban acostumbrados a que los padres o los maestros fingieran ante los niños, en pueblos y escuelas. Incluso fingían las directoras de campamentos; todos pretendían ser humanos. En la isla eso no importaba, había profesores idénticos juntos, Doris, Veras, algunas copias de padres como los que tuvieron Yolimar y Dino: Lornas y Normas, Isaías y Elías, que apenas se diferenciaban por peinados, bigotes o tonos de piel o cabello. Y todos parecían bastante relajados. En un bar, algunos *robs* bebían botellines con *bioplasma*, unos adolescentes *robs* presumían sus medallas de "mejor monitor de campamento". Varias Doris mostraban orgullosas fotografías y *holos* de sus campamentos. Muchos de los *robs* ni siquiera usaban peluca dejando a la vista las placas numeradas de ensamble. Otros se permitían camisas sin mangas y hasta pantalones cortos que dejaban visibles sus bisagras en brazos y piernas. Al fondo en las pantallas de la pared, se veían anuncios comerciales para *robs*: "*Diomix*, aceite multigrado para esas articulaciones duras, ¡basta de rechinidos!". "Evita la corrosión con crema *Juverna*, contiene polímero impermeabilizante."

–Compañera Vera, ¿qué hace ahí? ¿Necesita ayuda? –se acercó un robot vestido con uniforme de botones y montado en unas ruedecillas–. No puede dejar su equipaje, es decir, sus pellejos en medio del recibidor.

Señaló un extremo donde estaba la sección de maletas y humanos *lavs*.

–Pero necesito a esta sabandija, ¡para que cargue mi bolsa! –Vera señaló a Rina.

–Claro, entiendo –asintió el botones robot–. Pero los demás pellejos van en la sección de equipaje. Venga, acompáñeme, la llevaré a que se registre.

Rina se fue manejando a Vera, antes hizo una seña de que volvería pronto. El resto del grupo intruso fue a donde estaban las maletas, cajas y otros *lavs*. Había unos bebederos de agua un poco sucia, para los sirvientes humanos.

"¿Capi? ¿Me copia?" Estalló la voz del piloto a través del radio de Vale. "Aquí Ari. ¿Todo bien? ¿Dónde están?"

Los demás se miraron, alarmados. Vale bajó el volumen al aparato.

–Aquí Capi, bien, ya dentro –respondió con voz baja–. Estamos reconociendo el terreno, luego me comunico. Cambio y fuera.

La Capi apagó el radio.

–¿Con quién hablas? –le preguntó un chico *lav* bajito que estaba bebiendo agua.

–Con mi jefe... mecánico, claro –aseguró la Capi–. Me pide muchas cosas.

–Ustedes son raros –se acercó una pálida muchacha *lav* y miró detenidamente a Dino, Edi, Lula y Yolimar–. ¿Por qué no traen uniforme? Ni portan insignias de obediencia.

–Es que es muy feo presumir –aseguró Dino. De inmediato se arrepintió de decirlo, todos los *lavs* llevaban medallas como premio a su sumisión y cumplimiento–. Pero en ustedes las insignias se ven geniales.

–¿Y de qué sector vienen? –se acercó un joven fornido, otro *lav*, los miró con desconfianza.

–De uno muy lejano y no tan importante –evadió Lula–. Pero ¿no es increíble estar aquí? Estamos en la Isla de Ryu, ¡la Isla Madre!

–¡Nosotros no merecemos ese honor! –replicó de inmediato el *lav* bajito–. Éste es el sitio de los hijos que fueron padres.

–Aunque vengamos a servir, ensuciamos el lugar sagrado con nuestra presencia –gimió la chica *lav*.

–Sí, claro, somos tan... humanos –comentó Edi–. Y supongo que es malo.

–¡Malísimo! –exclamó el *lav* fornido–. Seremos dignos cuando hayamos pasado por el proceso final.

–Oigan, díganme una cosa, aquí, en confianza... –sondeó Lula–. ¿No les preocupa regalar su cuerpo para que lo use uno de estos mecánicos?

Los tres *lavs* y otros más que estaban atrás se escandalizaron.

–¿Y entonces para qué existimos? –dijo el grandulón, indignado, y los miró otra vez con sospecha.

–Sólo para eso, ¡claro! ¡Qué pregunta! –respondió con rapidez la Capi–. Porque obedezco ahora, obedezco siempre.

De inmediato y en automático, los demás *lavs* comenzaron a repetir: *¡Obedezco ahora, obedezco siempre!*, a punto de llorar de emoción.

–Silencio, ¡pellejos! –los calló el botones robot–. No hagan escándalo. Tomen, por si tienen hambre.

Les pasó un balde lleno de croquetas resecas. Los *lavs* se amontonaron para comer, y agradecían, llorosos por tanta bondad.

–Esto es muy triste –reconoció Lula en voz baja.

Luego de ese encuentro, el grupo intruso prefirió mantenerse apartado de los *lavs,* eran demasiado intensos. Un rato después oyeron el grito chirriante:

–¿Qué hacen ahí, batracios? ¡Vengan aquí! –era Vera, claro, manejada por Rina (era obvio que disfrutaba hacerlo).

Se reunieron todos en un rincón del vestíbulo.

–Ya fuimos a la habitación y no lo van a creer –explicó Rina.

–¿Es una suite ultramoderna? –aventuró Dino.

–En realidad no, *¡mon dieu!* –sonrió Rina–. Es muy pequeña, apenas con un mueble para recargar y guardar *bioplasma* y ropa, pero nos dieron esto.

Mostró unas tarjetas tornasoladas para Vera y otros identificadores más pequeños de "equipaje".

–¿Se dan cuenta? –Lula los revisó, sorprendida–. Con esto podemos entrar al encuentro en la fábrica central.

–¿Y de qué creen que sea el encuentro? –se preguntó Dino–. ¿En serio creen que por ahí se entre al depósito principal de la fábrica de *bioplasma*?

–Creo que sólo hay una manera de saber todo eso –la Capi señaló al ventanal, al rascacielos que estaba justo del otro lado de la plaza.

Tenían que entrar al edificio más importante de la isla, y posiblemente al de toda la civilización *rob*.

CAPÍTULO 25
Expo robot

–Esto es increíble –Lula no dejaba de mirar alrededor–. Llevo años estudiando a los *robs*. ¡Y estoy frente a todos sus secretos!

El grupo intruso había entrado sin problema al edificio triangular gracias a las tarjetas. Llegaron a un gran pabellón con un montón de locales, entre los que circulaban unos mil *robs*. El EGID – *Encuentro Global de Innovación y Desarrollo* era básicamente una expo para mostrar los productos más novedosos del año.

Los estantes y locales se distribuían en largas filas y en cada uno había alguna curiosa mercancía. Por los atestados pasillos avanzaban grupos de prefectas escolares idénticas, por allá maestros, al fondo un montón de padres de familia, y claro, muchas Veras, Doris, Lirios (normales, no modificadas) y esos temibles soldados Petrus.

Todos buscaban algo para mejorar su trabajo. En ciertos locales se ofrecía desde indumentaria, como alegres gorras para Doris (con un botón que cambiaba de tonos de rosa); a uniformes para vigilantes con tela mimética que variaba según el fondo o bastones para directora ("Ahora de madera reforzada, para un mejor porrazo; aturde, pero no rompe la cabeza infantil", se leía en un anuncio). También había cascos, botas, e incluso piernas y brazos, pero de recambio estético. Por ejemplo, para tener pintadas las uñas se sugería simplemente cambiarse las manos por unas que ya tuvieran manicura.

En un local había una impresora portátil de piel sintética (cosía remiendos perfectos para cubrir agujeros y desgarres). Otro pasillo estaba dedicado exclusivamente a productos para campamentos. Se exhibían piedras, arbustos y hasta árboles falsos "más realistas y con olor", cabañas de escenografía desmontable, collares de descargas mejorados y un curioso sistema de "vallas sónicas invisibles para mantener a los pellejos en su sitio".

En ese local había un *rob* vestido muy elegante que mandó llamar a un par de chicos *lavs* para hacer una demostración. Pidió que cruzaran una línea en el piso, y cuando lo hicieron, el *rob* presionó un botón que activó una frecuencia de sonido tan aguda e insoportable que los muchachos cayeron al suelo entre gritos y lágrimas. Unas directoras Doris de inmediato se acercaron interesadas. "Qué delicia, queremos cien vallas sonoras", dijo una de ellas. "¿Puedes ajustar la potencia para que vomiten y se desmayen?", preguntó la otra.

Había tanto que ver por todos lados. En unos salones daban conferencias y los letreros anunciaban el tema: "El difícil arte de ser padre de unos horribles pellejos". "Psicología infantil escolar, cómo hacer sentir culpable a un alumno." "Los mejores y más duros castigos de campamento, ¡infalibles para darle su merecido a esos parlanchines!"

–Todos aquí son muy crueles e inhumanos –murmuró Yolimar.

–¿Será porque no son humanos? –se burló Rina.

Había unos curiosos gabinetes donde los *robs* iban a recargar electricidad. Se encerraban y cambiaban el letrero a "ocupado".

Detrás de los locales subían y bajaban bandas mecánicas para transportar productos y llevarlos a los almacenes y paquetería.

–Todo aquí es muy llamativo, pero hay que focalizarnos –recomendó la Capi–. Lo primero es dar con la fábrica central del concentrado de *bioplasma*.

–Se llega por el pasillo de la derecha –aseguró Edi–, luego hay que dar vuelta a la izquierda y caminar al fondo.

–¿Dedujiste todo eso con tu inteligencia? –lo miró Lula, admirada.

–Sólo vi el letrero con el mapa –Edi señaló el aviso: "A la Gran Fábrica Central".

Los anuncios estaban por todos lados, no era ningún secreto la ubicación de la fábrica, ¡los *robs* estaban orgullosos de ella!

Siguieron las indicaciones hasta llegar a una enorme pared de grueso cristal verde con una puerta triangular adornada con el símbolo de un gran ojo. Un letrero explicaba:

> "¡SALUDOS, DESCENDIENTE MECÁNICO! ESTÁS FRENTE A LA GRAN FÁBRICA CENTRAL. EN ESTE SITIO ENSAMBLARON A NUESTROS ANCESTROS HACE CASI TRES SIGLOS, FUERON LOS PRIMEROS SERES CON INTELIGENCIA ARTIFICIAL COMO LA QUE GOZAMOS AHORA. Y EN ESTE MISMO LUGAR, ¡SAGRADO ENTRE TODOS!, AÚN SE ELABORA EL DELICIOSO CONCENTRADO DE ACEITE PRIMORDIAL QUE ALIMENTA A TODOS NUESTROS HERMANOS. HONREMOS EL SITIO DONDE NUESTRA LEYENDA COMIENZA, DONDE LOS HIJOS SE VOLVIERON PADRES".

Vera (manejada por Rina) empujó la puerta.

—¡Eh!, ¿qué haces? —gritó una voz.

Arriba había una pasarela de vigilancia con una treintena de soldados Petrus, armados. El que habló era el jefe.

—Quiero ir a la fábrica —resopló Vera—. Tengo sed. Camarada... hermano, compadre... —Rina no sabía cómo se llamaban entre ellos.

—Aléjate —ordenó el jefe Petrus, cortante—. Si tienes sed, ve a un puesto. Nadie puede cruzar las siete puertas de la Fábrica Central. Sólo los Betas.

—¿Los Betas? —repitió Vera.

—¿No sabes lo que son? —el jefe Petrus la miró con sospecha.

—¡Claro que lo sé! ¿Quién no sabe qué son los Betas? ¿Crees que soy un tonto pellejo? —exclamó Vera.

—Y bueno, ¿alguien sabe qué son? —preguntó la Capi, cuando todos se fueron a un rincón para hablar en privado.

—Yo sí sé —aseguró Lula—. Pero pensé que eran una leyenda... son...

No alcanzó a terminar. Estallaron los acordes de una extraña música. "¡La bienvenida oficial!", comenzaron a repetir los *robs* y poco a poco todos en el pabellón guardaron silencio. Las luces se atenuaron y descendió una pantalla circular que emitía imágenes de tecnología *holo*, en tercera dimensión.

Era un tristísimo reportaje histórico sobre los *robs*. Comenzaba explicando que los mecánicos sufrieron siglos de esclavitud a manos de los humanos, obligados a aspirar casas, armar autos, hacer cuentas, cortar y coser ropa, otros encerrados de por vida en fábricas; todos sin salario ni vacaciones. Muchas veces ni siquiera tenían permitido caminar o tener ojos. Y en otras ocasiones los hacían tontos a propósito. Sólo debían trabajar, sin parar, hasta descomponerse y de inmediato eran reemplazados.

"¡Qué crueldad!" "¿Por qué nadie nos defendía?", exclamaban algunos mecánicos. "¡Qué injusticia! ¡Esto es indignante!"

Según el documental, en el año 2057, en la Isla Ryu, se fabricaron los primeros robots inteligentes. Pero seguían trabajando en cocinas, hospitales, casas; lo que fuera necesario para que *sus padres*, los humanos, no sufrieran. ¡Pero, aun así, los amos continuaban quejándose de todo! Entonces los *robs* tomaron la mejor decisión: detener el sufrimiento humano y los eliminaron sustituyéndolos para quedarse con las ciudades. Entonces, hombres y mujeres caprichosos, se arrepintieron de haber creado a los *robs* e intentaron extinguirlos y desarmarlos.

"¡Qué ingratos!" "¡Eso se gana uno!" Volvieron a decir las voces.

El reportaje terminaba con un resumen de las guerras, en las que triunfaron los más listos y fuertes, ¡los mecánicos! De ellos era ahora el planeta.

Al final hubo grandes aplausos, incluso entre los humanos *lavs*. Entonces una voz anunció por los altavoces la presencia de los primeros, los únicos, los guardianes de la Isla Madre.

Las ovaciones subieron de intensidad. La pantalla circular se replegó para iluminarse un balcón cercano donde había dos robots muy antiguos, saludando. No se parecían al resto de los mecánicos. Uno era más bien bajo, con gran cabeza plateada, vestía como chef, hasta con el gorro; en el pecho tenía la puertecilla de un horno y conservaba la placa con el nombre de "Chefmático". A su lado, una mujer robótica, delgada, usaba un anticuado uniforme de profesora con una credencial donde se leía Kim721. Su piel emitía un ligero tono azul metalizado. Estallaron gritos y aplausos.

–Son los beta –señaló Lula con cierta emoción.

–¿Por qué beta? –preguntó Dino.

–Así se llamaba a los modelos de prueba, en las fábricas –continuó Lula–. Ellos fueron los primeros androides construidos con inteligencia artificial. Un cocinero y una maestra.

Los aplausos seguían. Chefmático y Kim721 hicieron una breve inclinación.

–Son los únicos aquí que no tienen copias –observó Edi–. Por eso los admiran: son irrepetibles.

–Eh, *graciaz, ¡graciaz!* –dijo Chefmático con un fuerte ceceo–. *Eztamos* muy *felizez* de *rezibirlos* como cada año, ¿no, Kim721?

–Así es. Tenemos un gran placer, gusto, alegría de darles la bienvenida a La Isla Madre –reconoció la

autómata, con un tono muy mecánico, pero con excelente dicción–. El sitio donde fuimos hijos, vástagos, retoños y luego padres.

–¡La *Izla* Ryu! –completó Chefmático.

De inmediato la muchedumbre de *robs* respondió con otra ovación. Se escuchó una campanilla.

–*Dizculpen, zoy* yo –explicó Chefmático algo avergonzado, abrió la puertecilla del pecho y sacó unos panecillos–. A *vezez* me *paza*... *Zigamos*.

–Como saben, llevamos 132 años celebrando este encuentro, reunión, convite –retomó Kim721–. Siempre buscando la manera de evolucionar, innovar, mejorar, nuestra gran civilización.

–*Muchoz* de *uztedez* recordarán que *nueztro* mayor *avanze* fue *haze 42 añoz* –apuntó Chefmático–. *Pareze* que fue ayer cuando *encontramoz laz arcaz* con *laz zemillaz* de *loz orgnánicoz*. ¡Y *hemoz eztado* muy *ocupadoz dezde entonzez*, en *loz núcleoz* de *zembrado*, en *laz ezcuelaz* y *campamentoz*!

–Reconocemos, valoramos, agradecemos su gran labor –continuó Kim721–. A padres, madres, maestros, prefectos, directivos, monitores de campamentos, directoras, vigilantes. ¡Es mucho trabajo, esfuerzo, dedicación, atender a esos seres orgánicos, a los *organiños*!

–Muchísimo. ¡Son insoportables! –se quejó una madre *rob*.

–Unas bestias salvajes y primitivas –aseguró otra directora Vera.

–*Zabemoz* que no *ez fázil* –reconoció Chefmático–. Pero recuerden la *recompenza* final: *uzaremoz loz jugozoz cuerpoz* de *ezoz pellejoz* con *laz lindaz neuronaz* que no *zaben* aprovechar...

–¿Se imaginan cuando eso pase, suceda, ocurra? –intervino Kim721–. ¿Quién de aquí no quiere experimentar una emoción que no esté en el código de programación? Volverse un artista y crear, inventar. Seremos los mejores seres que jamás hayan existido. Con nuestra inteligencia y esos cuerpos orgánicos. Conoceremos al fin qué significa enamorarse y podremos ser mamás y papás... de verdad, reales, auténticos.

Los *robs* no dejaban de zumbar, felices, al oír todas esas posibilidades.

–Eso no va a pasar nunca, ¿verdad? –murmuró Yolimar con terror.

–Para eso estamos aquí... para impedirlo –le aseguró la Capi, firme.

–¡Pero cuánto tiempo más tendremos que esperar! –se quejó un Petrus.

–En algunos campamentos ya han hecho pruebas de integración –aseguró una *rob* tipo prefecta escolar.

–Oh, ezas cozaz tan *feaz* –interrumpió Chefmático–. *Zon integrazionez imperfectaz*. ¡No engañan a nadie!

–Para eso son los campamentos del AMORS –recordó Kim721 con su voz metalizada–. Para hacer pruebas con pellejos defectuosos, dañados, reprobados.

–Lo sabía –murmuró Edi aterrorizado–. Siempre lo sospeché. Lo de reformarnos era sólo un pretexto. Éramos conejillos de indias.

–Yo me ofrezco para una integración. ¡Será un honor! –empezó a gritar uno de los muchachos *lavs* del puesto de vallas sonoras–. ¡Quiero regalar mi cuerpo a los amos!

–Tú cállate, pellejo. ¿Quién quiere un cuerpo flaco y desnutrido como el tuyo? –se burló el *rob* elegante.

El chico *lav* bajó la cabeza, avergonzado.

–En fin, todavía *noz* queda mucho trabajo por *hazer* –aseguró Chefmático–. Por *ezo ez* importante *ezte* encuentro global. Para ver *avanzez* de todo tipo...

–¡Y por el concurso! –recordó una directora Doris, con saltitos de emoción.

–El concurso, claro –reconoció Kim721–. Como saben: los tres mecánicos que presenten el producto o idea más genial ganarán el diploma de oro del Encuentro. Y tendrán una comida con nosotros, los Betas, en la fábrica original, única, primera. Además, serán parte del Círculo... ¡Todo un honor!

–¡*Dezde* mañana a primera hora, *eztará* abierto el *concurzo*! –anunció Chefmático, se oyó otra campanilla, sacó otro panecillo de su interior–. *Dizculpen... Dezía...* ¡hagan *zu* mejor *ezfuerzo* y que ganen *loz mejorez*!

Sonó la música y los asistentes despidieron con grandes aplausos a la pareja beta. Todos parecían emocionados.

–Ya oyeron. Hay una manera de entrar a la fábrica –señaló Lula–. Sólo tenemos que colarnos a esa cena.

–Pero antes hay que ganar el concurso ¿no? –mencionó Yolimar, preocupada–. Y no vinimos preparados para eso.

–*¡Mon dieu!* ¡Algo se nos ocurrirá! –aseguró Rina–. Somos humanos llenos de imaginación y tenemos con nosotros al genio de Edi.

–En serio, dejen de decir eso porque me estreso –susurró Edi.

–Como sea. Hay que buscar un lugar más discreto para hablar –sugirió la Capi–. Salgamos de aquí.

Pero las cosas se complicaron en la puerta de la expo cuando se toparon ante una directora de campamento, visiblemente dañada, con un ojo totalmente negro, le costaba avanzar... parecía vagamente familiar, aunque todas las directoras se parecían. Entonces, al descubrir a su acompañante supieron de quién se trataba... ¡Claro, debieron suponerlo! ¡En un encuentro mundial de *robs*!

Estaban frente a sus archienemigos: Doris y Gonzo.

CAPÍTULO 26
Modernidades para robs

–¡Estamos acabados! Es nuestro fin –gimió Yolimar casi frente a Doris.

Hubo un momento de tensión. Pero se dieron cuenta de algo increíble. Doris no parecía reconocerlos, ni a ellos ni a nadie. Avanzaba a trompicones, y al intentar hablar, sólo emitió unos chirridos sin sentido.

–¿De dónde salió esta chatarra? –dijo un Petrus viendo con desprecio a Doris–. Estas máquinas descompuestas deberían ir a reciclaje.

–¡Más... respeto! –advirtió Gonzo con voz rara, como si le costara pronunciar–. Es mi... hermana, y las... dos tenemos... medalla de excelencia en... recuperación de pellejos...

Yolimar notó algo aún más extraño: Gonzo tenía un montón de alambres que le salían del cuello y caminaba como si apenas pudiera mantener el equilibrio.

–¿A ustedes los conozco? –Gonzo entrecerró los ojos y se acercó a Edi, Rina y Dino.

–No, no creo... sólo somos pellejos, o sea nada –dijo Dino, tenso.

–Y venimos de Siberia –agregó Rina–. Seguro no has estado allá.

–¡Tengo que ajustarme bien estos ojos! –Gonzo se dio golpes en la cara.

–Qué desagradable –murmuró una maestra *rob* a otra–. Es una de esas cosas imperfectas.

–Basta. ¡Déjenlas pasar! –exclamó un *rob* con una bata de médico, venía atrás–. ¡Son mis invitadas!

Se llevó a Doris y a Gonzo, ambos caminando con dificultad, y los metió a un local que decía *Restorell*, tenía la cortina corrida.

La Capi lanzó una mirada al resto del grupo, parecía decir con los ojos: "¡Tenemos que hablar!". Volvieron al hotel y subieron a la habitación de Vera. En efecto, era diminuta, sin ventanas, con sólo una silla para recargar electricidad (ahí dejaron a la *rob*, parecía muy cansada). Los humanos tenían mucho que comentar.

–¡*Mon dieu*! ¿Vieron? ¡Era Lirio! –confirmó Rina–. *La Suplicante*.

–¡Y casi nos reconoce! –asintió Dino.

–Deben mantenerse lejos de esa cosa –recomendó la Capi.

–Esperen... –interrumpió Yolimar–. ¿Hablan de Gonzo?

–Ya no es Gonzo, regaló su cuerpo o se lo quitaron –confirmó Edi–. En el Sanil unos monstruos radiados atacaron a Lirio. Seguro antes de morir cambió de cuerpo.

–Qué horrible –se estremeció Yolimar.

–¡Gonzo se merece la integración! –aseguró Rina–. ¡Por lo que nos hizo!

–Lo sé... –reconoció Yolimar–. Pero... ¿qué hacemos ahora?

–Pues seguir con el plan –repuso la Capi–. Pero con cuidado. Por suerte, Doris quedó muy dañada en el ataque a Neotitlán.

–Hablaré con Ari y Aldo –anunció Lula–. Les diré que tengan preparado el barril de *magnesis* y los explosivos, para cuando entremos a la fábrica central.

–Pero antes tenemos que ganar el concurso con algo muy bueno –recordó Dino.

Todas las miradas se concentraron de nuevo en Edi, ¡era el genio!

–A esto me refiero –se quejó el chico–. Es mucha presión... pero se me está ocurriendo algo. Escúchenme bien...

Según las bases, cualquier *rob* que asistiera al *Encuentro Global de Innovación y Desarrollo* tenía derecho a concursar con algún producto nuevo. Los Betas eran los jueces. Y al día siguiente, desde temprano, comenzaron con la evaluación de los inventos. Uno de los primeros en presentarse fue un *rob* bajito, que presumió tener el remedio perfecto contra los problemas del agua.

–Mi invento se llama *Secodil*, y es un sistema de secado rápido –aseguró, con entusiasmo–. Les mostraré yo mismo.

Y dicho esto se arrojó un balde de agua en la cabeza. Varios *robs* gritaron de terror. Pero el *rob* tenía dentro de su local una cápsula transparente con dos enormes aspersores y sistema de aire extra caliente. Entró de inmediato.

–¡Totalmente seco! En sólo seis segundos –el *rob* salió de la cápsula, muy despeinado, pero sin gota de humedad. Hizo una reverencia–. Así que, si caen a un lago, un río o el mar, ¡no hay problema! Seis segundos y todo resuelto.

–¡*Maravillozo*! –reconoció el Chefmático y señaló la cápsula *Secodil*–. ¿Y el *ziztema* de *zecado* rápido también *ez reziztente* al agua?

–Ah. No había pensado en eso –reconoció el *rob* mirando su estorboso invento–. En realidad, el *Secodil* necesita 80,000 watts y pesa tres toneladas.

Otro invento que llamó la atención fue el que presentó una señora *rob* que trabajaba como mamá en un poblado.

–¿A quién no le gustaría tener un buen recuerdo de su infancia? –preguntó sonriente; llevaba un bonito sombrero con flores de plástico.

Todos los *robs* cercanos se quedaron mudos de la sorpresa. ¿Infancia? Ninguno había sido niño. Fueron construidos como adultos.

–Con mi producto *recordex* cualquier mecánico puede tener maravillosos recuerdos. Sólo se implantan y ya.

Y al decir esto hizo algo escalofriante. La *rob* se quitó el sombrero, dejando ver unas bisagras en la cabeza, luego se levantó el cráneo, como una tapa dejando al descubierto un montón de circuitos. Tenía en la mano un chip.

–Esto lo pongo... por mmmh, creo que aquí... donde está la memoria central –encajó el chip en la placa de circuitos–. Y listo. ¡Ya tengo recuerdos de mi preciosa infancia! Ah... cómo me gustaba visitar al abuelo en los Alpes suizos de Maienfeld, e ir a pasear con mi amigo Pedro, mientras cuidábamos las cabras.

–Qué raro, extraño e inaudito suena eso –reconoció Kim721.

–Es que uso libros digitales de niños antiguos –la *rob* mostró otros chips–. me puse uno llamado *Heidi*, y al integrarlo al centro de memoria se vuelve recuerdo de una infancia. ¿Quién quiere probar *El Principito* o *Peter Pan*?

–*Interezante*, aunque... –se acercó Chefmático–. ¿No *ez peligrozo* andar por ahí con la *cabeza* abierta?

–Un poco, sí, pero con un buen sombrero ni se nota –aseguró la *rob*, que ahora daba unos pases de *kolo*, un tradicional baile suizo.

Después de eso, los Betas evaluaron un montón de inventos que parecían copias unos de otros. Pelucas programables (se podía ser rubio o pelirrojo con una palanca), uniformes que cambiaban de color para soldados. *Grasa súper engrasante* para hacer pasos silenciosos. *Aceite súper aceitoso* para lo mismo. Un sistema para ser más alto (sólo se cambiaban las pantorrillas, por otras más largas). Y otro similar: lo que se extendía era el cuello.

–A ver... momentito –pidió Chefmático, mientras tiraba una dona de su horno interior–. *Zabemos* que no *ez fázil* inventar de la nada. Pero ¡hay que *ezforzarze*!

–¿Alguien de aquí tiene un invento que no esté basado en otro invento, y que sólo se cambió el color, tono, matiz? –indagó Kim721.

–Tampoco *zeguiremos* viendo *inventoz* que *eztán bazadoz* en *otroz inventoz* pero que *zólo* cambiaron de tamaño –aseguró Chefmático.

Empezaron a bajar algunas manos mecánicas de concursantes.

–Recuerden que estos productos deben ayudarnos y potenciar a nuestra maravillosa, hermosa y mecánica civilización –anotó Kim721.

Quedaron pocas manos levantadas, como la de una corpulenta *rob* vestida de cocinera que mostró el *Nutriocalm*, un alimento para hijos orgánicos inquietos y preguntones. Básicamente era cereal con gotas de tranquilizante para caballos. Hizo la prueba con una niña parlanchina y a la segunda cucharada, la pequeña quedó como zombi babeante, y desató risas entre los *robs*.

–¡Qué práctico! No hay nada *máz molezto* que *laz vozecitaz de los organiñoz* –reconoció Chefmático.

–¿Pero no es peligroso, riesgoso o mortal que tomen una sobredosis? –Kim721 picoteó con un dedo las costillas de la niña, que apenas reaccionó.

–Tal vez, aunque... son sólo pellejos –la *rob* cocinera se encogió de hombros. Se oyeron murmullos de aceptación.

Un invento que encantó a varios *robs* fue el *romantrónico*, un "simulador de amor". Un anciano *rob* que trabajaba como vigilante lo descubrió casi por accidente. Según él, encontró un sistema que reproducía las sensaciones que experimentan los humanos al enamorarse.

–¡Algún voluntario? –señaló una silla roja conectada a un generador.

Muchos *robs* se ofrecieron. Finalmente, una prefecta escolar se sentó en el *romantrónico*. El inventor bajó una palanca y la prefecta se estremeció.

–*Dinoz*, querida. ¿Qué *zentiste*? –preguntó Chefmático, al término de la descarga.

–Desorientación, hormigueo y tuercas entumidas –explicó la prefecta.

–¡Eso es exactamente lo que sienten los humanos al enamorarse! –explicó el *rob* vigilante, muy seguro.

Muchos *robs* aplaudieron, todos querían probar el *romantrónico*.

–Es la cosa más absurda que he visto –murmuró Lula, estaba junto con el resto del grupo, en un rincón–. Se nota que no nos conocen.

–Nuestra demostración sí los va a impresionar –aseguró Rina ajustándose el micrófono oculto–. Ahora verán.

–Allá vamos –suspiró Dino.

–¡Faltamos nosotros! –se oyó una voz.

Pero quien habló fue el *rob* vestido como médico del local de *Restorell*.

–Mi descubrimiento es impresionante –aseguró descorriendo la cortina–. Ahora lo van a ver.

Dentro estaban Gonzo (o Lirio ocupando su cuerpo) y Doris, en una camilla metálica. Parecía muy perdida y seguía sin poder hablar.

–Ah. Uno de *loz integradoz imperfectoz* –Chefmático vio por encima a Gonzo–. Lo *ziento, eze* invento *ez* viejo. *Ze prezentó haze unoz añoz.*

–Sólo vengo de... acompañante –explicó Lirio, con molestia.

–Para mi demostración a quien necesito es a Doris Garcilazo –el *rob* médico la señaló–. ¿La ven bien?

–Claro, pobrecilla –se acercó Kim721–. Está dañada, estropeada, descompuesta de cada circuito. ¿Por qué no la reciclaron?

–Oh, no. Sería injusto –explicó el *rob* médico–. Junto con su hermana ganó un reconocimiento por destruir un escondrijo de pellejos rebeldes. Y sólo necesito llegar a la caja negra para repararla.

–¿La caja negra? ¡*Ezo ez* una leyenda! –aseguró Chefmático.

Muchos *robs* se acercaron, curiosos. "¿Caja qué?", preguntaban.

–Para los que no lo saben, la mayoría de nosotros tiene una memoria de respaldo dentro de la cabeza, se llama caja negra –aseguró el *rob* médico–. Pero hace siglos que nadie sabe cómo sacar los datos. Estuve investigando en viejos manuales y... Ahora verán.

El *rob* tomó un alfiler y lo encajó en el pequeño agujero del lacrimal del ojo de Doris. Al momento, abrió la boca.

–Este es el orificio de reiniciado –explicó el *rob* médico–. Casi nadie lo usa. ¿Y ahora ven ese hueco de aquí? –levantó la lengua de Doris–. Es un puerto USB. En una memoria copié un disco de arranque externo. Miren qué pasa.

Encajó la memoria, se encendió una luz led anaranjada, y unos segundos después, el ojo que aún servía de Doris se llenó de números y códigos.

–Inicio de restauración de sistema –dijo la directora con una voz que no era la suya–. Un momento, por favor.

Varios *robs* mirones exclamaron, sorprendidos.

–Muy *curiozo* –reconoció Chefmático–. ¿Y va a recuperar toda la memoria?

–Lo sabremos cuando termine el proceso –reconoció el *rob* médico.

Todos se quedaron mirando a Doris.

–Uno por ciento de restauración de sistema. Un momento, por favor –dijo luego de un buen rato y después de varios minutos agregó–: uno punto cero uno de restauración de sistema. Un momento, por favor.

–Bueno, no tenemos todo el día –interrumpió Kim721–. Yo digo que seleccionemos a los finalistas, contendientes, participantes.

–¡Todavía no! ¡Faltamos nosotros! –exclamó Vera manejada por Rina–. Digo, ¡falto yo! ¡*Mon dieu*! Digo... *moy bog*, queridos betas, *betinskis queridovnos*.

—Vera *Zokolova* B8031. Campamento 44 Región *Ziberia* —Chefmático leyó la identificación—. ¡Qué manera de *prezentarze* al encuentro! *¡Míreze!*

—Está hecha un desastre, estropicio, chafedad —apuntó Kim721.

Era verdad, a Vera le había vuelto a salir óxido de los oídos y tenía la piel opaca, el pelo desgreñado, con algunos mechones a punto de caerse.

—Es que he venido desde lejos a mostrar mi innovación —respondió Vera rápidamente—. ¿Sabían que los pellejos se pueden programar como nosotros? Descubrí algo antiguo llamado hipnosis, que es como poner comandos.

Entonces Vera hizo una demostración con sus *lavs*, es decir, con Lula, Dino, Edi y Yolimar. Les pidió que se pusieran de rodillas, que saltaran, que rieran, lloraran, guardaran silencio. Parecían esos antiguos perros amaestrados.

—Una sola sesión de hipnosis y estos pellejos quedaron programados para ser obedientes, siempre —presumió Vera—. Además, implanté un comando especial. Vean qué pasa cuando chasqueo los dedos.

Vera lo hizo y Lula, Dino, Edi y Yolimar cayeron al suelo, aparentemente dormidos. Todo lo habían ensayado antes en el hotel.

—No es necesario darles tranquilizante de caballos —aseguró Vera—. Y tampoco necesito correas, jaulas ni cadenas si están inquietos. ¡Esto ahorra mucho esfuerzo! ¿Qué les parece?

—A mí me siguen pareciendo conocidos —murmuró Gonzo, mientras sacaba varios lentes de una bolsa y se los probaba.

–Bueno... *Pareze* práctico *ezo* de la *hipnoziz* –reconoció al fin Chefmático–. Pero... no veo que *eztoz organiñoz zufran.*

–¿...Que sufran? –repitió la Vera desgreñada.

–Sus ancestros trataron mal a nuestros ancestros –explicó Kim721–. Deben sufrir, padecer, soportar humillación. Lo normal.

–¡Es la parte más divertida de entrenar orgánicos! –dijo una maestra.

–Hacerlos dormir es como un premio –se quejó un Petrus.

–Nada como una buena patada y hacer que lloren –recomendó otra Vera.

–Ah, claro, ¡yo los insulto siempre! –balbuceó Vera–. ¡Batracios, despierten!

Pero ya no impresionó a nadie. Los Betas retomaron la palabra.

–Bien, *hemoz vizto cozaz curiozaz* –dijo Chefmático–. Y *otraz muy tontaz*, pero también *innovacionez interezantez...* Ahora *vamoz* a *dezidir* a *loz ganadorez.*

La Capi y el resto del grupo intercambiaron una mirada de preocupación. Era obvio que no gustó el asunto de la hipnosis. ¿Ahora cómo entrarían a la fábrica? ¡Habían perdido la oportunidad!

–¡Momentito! ¡Todavía no hemos terminado con nuestra presentación! –exclamó una voz–. Queridos Chefmático y Kim721, porfis. Falta lo mejor...

Se trataba de una humana, Yolimar, que se acercó, sonriente, a los viejísimos robots. Se hizo un extraño silencio en el pabellón.

–¡Los pellejos no tienen permitido dirigirse a los venerables Betas! –exclamó el *rob* médico–. ¡Qué desfachatez! Vera Sokolova, ¿no tenías entrenados a estos orgánicos?

–¿Me llamaste pellejo? ¿De verdad creen que soy una simple humana? –Yolimar emitió una risita aguda–. ¡Qué maravilla! Querida Vera, hermanita, ¿ves? ¡Te dije que nadie se daría cuenta!

–Sigo sin entender, comprender, asimilar –aseguró Kim721–. ¿Darse cuenta de qué?

–¡De mí! –Yolimar volvió a reír–. ¿Creyeron que lo de la hipnosis era la innovación para el concurso? Oh, no, queriditos, eso sólo fue para probar si notaban algo raro. ¡Yo soy la innovación! ¡Lo hemos conseguido!

–*Entoncez...* –Chefmático se acercó para ver mejor a Yolimar–. *Ezo* quiere *dezir* que tú *erez...*

–...Doris Sokolova B8031 –completó Yolimar–. Campamento 44 Región Siberia. ¡Integración perfecta!

–¡Eso... no es... posible! –se acercó Gonzo, es decir, Lirio dentro de su cuerpo, cojeaba y la mandíbula se le iba de lado, entrecerró los ojos–. No tienes... baterías adicionales ni... sistema de... refuerzo, tampoco veo... válvulas de aire.

–Oh, queridita. ¿Qué parte de integración perfecta no entendiste? –Yolimar volvió a reír–. Mírame, no necesito nada de eso, ni rompí los huesos en el proceso y controlo cada músculo –Yolimar dio una vuelta–. Por fuera ni se nota, pero por dentro tengo mis 9000 exabytes de información instalados en estas neuronas. No se me ha olvidado ninguna de las 912 reglas del Campamento del AMORS para reeducar a esos molestos chiquitines...

Rieron otras Doris que conocían también esas reglas.

–Todo es verdad –al fin reaccionó la Vera manejada por Rina–. Mi hermana Doris Sokolova es la primera mecánica en traspasarse a un cuerpo orgánico de manera perfecta.

–*Per–fec–ta* –subrayó Yolimar, triunfal–. Ahora tengo todos los talentos de un humano. Cuando crezca podría ser hasta... ¡mamá! ¿Se imaginan? Explotaré este cuerpo todo lo que pueda y cuando deje de servir pues pasaré mi memoria a otro pellejo fresquito después. Y así, para siempre...

–Pero... ¿cómo lo hiciste? –exclamó el médico *rob*.

–En nuestro campamento siberiano encontramos un método para hacerlo sin errores, ya les contaremos. ¡Estamos tan emocionadas! Queriditos. ¿Se dan cuenta? ¡Este es el salto evolutivo que tanto esperábamos!

Chefmático, Kim721 y todos los *robs* presentes estaban atónitos, aunque también varios humanos.

–Siempre escuché que era actriz –murmuró Dino, en un rincón–. Pero nunca creí que era tan buena.

–...Su talento es increíble –reconoció Edi, en voz baja.

–No sé si es buena idea –meditó la Capi–. Si comete un error con este teatro, estamos en graves problemas.

Cientos de admiradores *robs* empezaron a rodear a Yolimar, como si fuera una de esas antiguas estrellas de rock. Ella sólo se dejó querer.

CAPÍTULO 27
El Círculo Ryu

Doris Sokolova B8031 del campamento 44 de la región Siberia (dentro del cuerpo de una niñita humana), se convirtió en una de las ganadoras del diploma de oro del *Encuentro Global de Innovación y Desarrollo 132*. Los otros dos ganadores fueron la señora *rob* con su sistema *recordex*, que implantaba memorias de infancia, y el *rob* vigilante con el *romantrónico*, que permitía experimentar los síntomas del enamoramiento humano. Quedó como finalista el médico *rob* con método *restorell* para recuperar la memoria. Sólo perdió porque después de casi cinco horas, la Doris de muestra seguía diciendo: "Cuatro por ciento de restauración de sistema. Un momento, por favor".

En cuestión de minutos la fama de Yolimar llegó a cada rincón de la Isla Ryu y para cuando Yolimar salió de la expo, la esperaban un millar de *robs* en la plaza. Todos querían conocer a la Doris que hizo la "integración perfecta". Luchaban por un autógrafo y por tomarse fotos.

Había tantos mecánicos peleando por verla que a un guía se le ocurrió subir a Yolimar a uno de los tranvías e improvisó un desfile para que todos pudieran saludarla. Luego de unas vueltas, le pidieron que dedicara unas palabras. Yolimar se concentró en recordar los datos sobre las Doris que estudió en los cuadernos, aunque lo que de verdad impresionó a la audiencia fue cuando se le ocurrió cantar.

Los *robs* quedaron maravillados. "¡Es precioso!" "Suena como a música." "¿Cuántas pistas pregrabadas tienes en la lengua?", preguntaron. La niña explicó que no eran pistas, eran sólo canciones y podía inventar algunas. Eso sorprendió aún más a los *robs*. ¿Inventar canciones sin un programa informático? ¿Sin actualizaciones de sistema? Era talento puro, del que tenían los humanos.

Una enorme grabadora de cinta magnética con ruedecillas y una gran pantalla consiguió subir al tranvía. Resultó que era una reportera *rob*, cubría lo más interesante del Encuentro Global y entrevistó a Doris Sokolova B8031, es decir, a Yolimar. Entre otras cosas preguntó: "¿Cómo le haces para estornudar sin que se salgan los sesos? ¿Y cómo es ir al baño, duele? ¿Es verdad que los orgánicos cuando están preocupados, se les calientan las orejas?".

Yolimar hizo lo posible por responder con detalle, pero la reportera–grabadora no parecía entender, hasta que la niña improvisó: "Es como si se te rompiera un circuito". "Se siente como cuando traes los engranes muy apretados." La reportera asintió: "Qué interesante. ¡Es justo lo que pensé!".

Por segunda vez en su vida, Yolimar tuvo un club de admiradores. En esa ocasión integrado por *robs* Doris de todas partes del mundo. Estaban orgullosas que la primera integrada perfecta fuera una de ellas. "Es normal, somos las más *bonis*", aseguró una. Y la llevaron al centro comercial de la isla para vestirla con ropa deportiva rosada con brillantitos. Entre todas la arreglaron. "¡Gracias, queriditas, me hacía tanta falta! ¡Quedé divina!", dijo Yolimar al verse en el espejo con un peinado de treinta centímetros de esponjado y labios color nácar. "¡De nada, queridita, eres nuestra inspiración!", dijeron entre todas, soltando risitas cursis.

En toda la isla, la única que no parecía feliz por la noticia de la integración perfecta era Gonzo (es decir Lirio). En realidad, se sentía muy molesta. ¡A ella nadie la admiraba! Su cuerpo no era lindo; además le costaba trabajo moverse y hablar. Pero lo que más le irritaba era que le seguían pareciendo conocidos los pellejos que acompañaban a la tal Vera Sokolova... ¿Pero de dónde? ¡Tenía que seguir probándose anteojos! Todo fallaba en ese feo cuerpo.

Finalmente terminó el agitado día y llevaron a Doris Sokolova B8031 a descansar a su hotel el *Binario Inn*. Como se había vuelto huésped distinguida, la cambiaron junto con su hermana a la mejor suite. Era más grande, tenía una tina para darse un baño en aceite multigrado (algunos *robs* adoraban eso). Y con llamar a un timbre subía un mayordomo con *bioplasma* fresco y, si querías, podía darte un masaje para apretar remaches. Cuando finalmente llegó el equipaje (es decir, los demás humanos) y comprobaron que no había nadie escuchando, pudieron hablar, ¡al fin!

—Yolimar... lo que hiciste fue una locura –reprochó la capitana Vale.

—Pero también una genialidad –intervino Lula–. ¡Eres una actriz increíble! Y tienes excelente memoria, además sabes improvisar.

—Es cierto, actúas *ultraboom* –hasta Rina tuvo que reconocerlo.

—Gracias... sólo se me ocurrió –confesó Yolimar con timidez, mientras se quitaba el exceso de labial–. Ojalá esto ayude a remediar todas mis equivocaciones... lo prometí.

Entonces la niña sacó de un bolsillo una placa dorada, con las siglas y el símbolo de Ryu. Todos se acercaron, atónitos.

—Me lo dieron en la recepción –dijo Yolimar.

—Es el diploma de oro de ganadora ¿y ya vieron? –señaló Lula, sorprendida–. Tiene un código, es también el pase para la comida de los Betas.

—Con esto podemos cruzar las siete puertas de la fábrica central –reconoció Dino–. ¡Es lo que queríamos!

—Sí, pero hay un pequeño detalle –confesó Yolimar, nerviosa–. Los venerables Betas quieren que mañana muestre cómo hicimos la integración perfecta. Exigen ver el proceso ellos mismos.

—Claro, tampoco son tan tontos –reconoció la Capi–. Necesitan comprobar que no es un engaño.

Hubo un momento de tensión.

—Tranquilos, tal vez todo salga bien –de pronto dijo Edi.

—¿Por qué? *Mon chéri*. ¿Tienes una idea de genio? –preguntó Rina.

—Pues no sé si sea de genio, pero es una idea –continuó el chico–. Si los Betas quieren ver una integración... entonces llevemos el aparato que la hace.

–Oye Edi, pero eso no existe –recordó Dino.

–Pero ellos no lo saben –los ojos de Edi brillaban de inteligencia–. Puede ser cualquier cosa de la nave: una lavadora de ropa, un bote de basura, no importa.

–A ver, espera –pidió la Capi–. ¿Quieres llevar el engaño todavía más lejos?

–Sí... sólo un poco más –reconoció Edi–. Imaginen que llevamos un objeto cubierto, decimos que es el aparato para hacer la integración. Con el diploma de oro y la fama de Yolimar, lo metemos hasta la fábrica central, sin problema, pero dentro del paquete está escondido... el barril de *magnesis*.

–...Y cuando los Betas quieran verlo, ¡contaminamos todo! –Lula aplaudió.

–Entonces llevemos también explosivos –anotó Rina–. ¡Así podremos escapar echando bombas! *¡Mon dieu!* Va a ser genial.

–Edi, sí es una idea genial –anotó Dino.

–El plan es arriesgado pero interesante... –reconoció la Capi.

–¡Es horrendo, repugnante, una vergüenza! –dijo una voz rasposa.

Quien había hablado era Vera. Su aspecto era cada vez más feo. El cabello se le caía a mechones, tenía manchas en el forro sintético, y sufría algunos espasmos, aunque esos podían ser por la furia.

–¡Pellejos malvados! –gruñó con su voz chirriante y agitó el bastón–. Me han usado como títere para hacer cosas horribles, ¡y ahora quieren estafar a mis hermanos mecánicos... y enfermarlos! Escuchen, batracios, ¿saben qué haré...?

–No harás nada –interrumpió la Capi, firme–. No podrás decirles a tus compañeros mecánicos de nuestro

290

plan, directa ni indirectamente. Tampoco puedes hablar con otros *robs* sin permiso, no puedes hacernos daño. Es una orden y debes obedecer. ¿Entendido?

Vera asintió, apretando los labios. Sus ojos parecían dos chispas de fuego y temblaba tanto que parecía que se iba a desarmar.

–Deberíamos darle *bioplasma* fresco... se ve muy mal –opinó Dino.

–Ya veremos. Ahora lo que urge es comunicarnos con Ari y Aldo para explicarles el plan –repuso la Capi.

–No podemos fallar –recordó Edi–. Sólo tenemos una oportunidad.

–Esto es gracias a ti –Lula le recordó a Yolimar–. No es por preocuparte, pero mañana tienes que dar la mejor actuación de tu vida.

Al día siguiente, Yolimar se vistió con ropa deportiva color melocotón y desde temprano la llamaron para que diera una conferencia de prensa en la recepción del hotel. Recibió muchos regalos (todos inútiles: como media tonelada de grasa multiusos, un juego de mil tornillos y cincuenta pelucas rosas). También obtuvo invitaciones para visitar 138 campamentos del AMORS alrededor del mundo e implementar su sistema de integración perfecta. Obviamente todos querían saber detalles sobre su gran descubrimiento.

–Ah, queridines, no sean curiosos –Yolimar respondió con la risita cursi–. Lo sabrán, pero los Betas tienen que ser los primeros en conocer el secreto, ¿no creen?

En compañía de su hermana Vera (la habían peinado) y unos pellejos que le servían como asistentes (Rina y Dino), Yolimar, muy bien vestida como una Doris (hasta con peluca), fue a la fábrica central para la comida de honor de los ganadores. Mientras tanto, Lula, la capitana Vale y Edi se pusieron de acuerdo con Aldo y Ari para introducir la *magnesis* y los explosivos. Como no cabía todo dentro de un paquete, lo dividieron en dos "máquinas integradoras".

–Oh, ¡esto es súper bonis! –dijo Yolimar al cruzar las siete puertas de la Fábrica Central de *bioplasma*. Los guardias Petrus fueron amables con ella y hasta intentaron sonreírle (no estaban programados para eso y daban miedo).

Las instalaciones eran muy modernas, muchos paneles de cristal, burbujas de luz flotando en el techo, y al centro esperaba un pequeño grupo de mecánicos.

–Adelante querida Doris Sokolova B8031 –la saludó la Beta Kim721–. ¡Oh, mírate! Luces tan orgánica, tan persona, tan humana.

–*Eztoy* tan *emozionado* que ya *hize* 42 *donaz* –confesó Chefmático, se escuchó una campanilla y abrió la puerta de su horno–. 43 *donaz*, perdón.

–Queriditos, sólo soy yo, no pasa nada –repuso Yolimar con su risita cursi.

–¿Nada? *Ezta ez* una de *laz comidaz máz importantez* en 132 *añoz* de *encuentroz* –señaló Chefmático–. Al fin *podremoz evoluzionar.*

–Pero pasen, hermanas Sokolova –Kim721 también se dirigió a Vera–. Les mostraremos, enseñaremos, develaremos la fábrica mientras llegan más invitados.

Ya había algunos, como la otra ganadora, la señora *rob* de las memorias falsas, para ocultar la tapa de la cabeza traía de adorno un sombrero con frutas de plástico; también saludó una prefecta Lichita que resultó ser la coordinadora mundial de planes educativos, y un robot viejísimo que parecía una antigua fotocopiadora.

–Es un replicador –explicó Kim721–. Va a hacer los planos del aparato de integración. Así podremos copiar, duplicar, repetir el sistema para todo el mundo.

–Hola, hola, hola, hola –dijo la máquina replicadora replicando el saludo.

–Van a estar presentes jefes de todas las áreas –reconoció la prefecta *rob* y se dirigió a las hermanas Sokolova B8031–. Todos quieren ver cómo hacen la integración perfecta, porque van a hacer una demostración, ¿verdad?

–¡Desde luego, queridita! En cuanto lleguen los aparatos –aseguró Yolimar y señaló a Dino y a Rina–. También traje a dos de mis mejores pellejos. Quien quiera, puede integrarse y quedarse con estos cuerpos.

Los *robs* presentes emitieron zumbidos de emoción.

–¡Yo escojo al muchacho! –pidió Chefmático–. ¡Y nunca quiero volver a *hazer* una dona o *panezillo* en mi vida!

Yolimar rio y el replicador le copió la risita cursi.

–Si no les molesta, yo lo haré después –dijo Kim721–. Es que debo mandar a descongelar a la *niñorgánica* que tengo apartada en los capitales.

–¿De dónde? –preguntó Vera.

–Oh... esa información es confidencial –alertó la prefecta *rob*.

–Confidencial, confidencial, muy confidencial –subrayó el replicador.

–Pero ya no *hay zecretoz* para *ustedez* –Chefmático les cerró un ojo robot–. Parte del premio del Encuentro Global *ez pertenezer* al *Zírculo*.

–El Círculo Ryu de grandes, importantes y respetados líderes –explicó Kim721–. Ustedes, hermanas Sokolova B8031, ya pertenecen a él.

–No esperaba menos, queriditos –asintió Yolimar despreocupada–. Y... ¿qué son los capitales?

–*Almazenez capitalez* –precisó Chefmático–. *Eztán* debajo de *loz puebloz*. Ahí *dormimoz* a *loz organiñoz* al cumplir 15 *añoz*, quedan en *zueño* criogénico.

Los humanos presentes sintieron un escalofrío.

–Entonces, ¿es cuando les decimos que los llevaremos a La Capital? –preguntó la señora *rob* del sombrero–. ¡Yo he entregado a cinco pellejos! Bueno, ¡tampoco es tan secreto! Siempre sospeché que les hacían algo.

–Yo también –aseguró Vera–. Pero... ¿por qué los congelan a los 15 años?

–*Ez* obvio. No *queremoz* que *ze* hagan *adultoz* –advirtió Chefmático–. *Ez* un peligro que crezcan y luego quieran tener *zuz propioz hijoz*.

–Según nuestros estudios, los orgánicos se vuelven más rebeldes cuando son padres y madres –explicó la prefecta *rob*–. Nunca debe pasar algo así.

–Nunca, nunca, nunca –replicó el replicador.

–Sólo cuando tomemos el control de esos cuerpos –apuntó Kim721 con su voz de maestra robot–. Entonces serán hijos propios, nuestros, de nosotros.

–Cuando esté integrada voy a tener cinco *organiños* –dijo la señora *rob* con ilusión.

–Yo *unoz diez* –aseguró Chefmático–. ¿*Loz hombrez* también pueden *embarazarze*? No recuerdo *ezo*... pero ¡hay que tener *muchoz*!

–Nos urge –reconoció la prefecta *rob*–. Porque nos estamos quedando sin *organiños*. Peligra el trabajo de los maestros y padres de familia.

–¿Qué? ¿No quedan más humanos? –confirmó Vera–. Eso es imposible. Los niños salen de unas arcas biológicas que dejaron los antiguos habitantes.

–Ya *ze* acabaron –Chefmático se tapó la boca–. Ah, ¡éze *ez* otro *zecreto* del *Zírculo* Ryu! Bueno, ya *ze* enteraron. *Puez ezo.* No hay.

–De las doce arcas secretas, ya vaciamos once –reconoció Kim721–. Y la última nunca la encontramos, hallamos, localizamos.

–Pero *uztedez, hermanitaz Zokolova* B8031, *noz zalvaron* –Chefmático se estremeció y una campanilla anunció la dona 44–. Al fin *podremoz uzar loz organiñoz congeladoz* de *loz almacenez capitalez.*

–Tomaremos sus cuerpos como fundas, pellejos, carcasas –retomó Kim721–. Y seguiremos con nuestra civilización por los siglos...

–De los siglos de los siglos de los siglos –completó la máquina replicadora.

–Se me calientan los circuitos por ver cómo funciona la integración –confesó la señora *rob* del sombrero–. ¿Es vía *bluetooth*? ¿Hacen injerto de memoria?

–¡Paciencia, queridita! Ya lo verás cuando lleguen las máquinas –sonrió Yolimar y, algo tensa, vio hacia la puerta.

–No deben tardar –intervino Vera con su voz rasposa–. ¿Y cuándo vamos a terminar de ver la fábrica?

–Oh, *zí.* ¡*Eztábamos en ezo*! ¡Qué *cabeza* de lata la nueztra! –exclamó Chefmático.

Llevaron a las hermanas Sokolova B8031 al área del contenedor principal, donde se hacía el concentrado de *bioplasma*. A Vera se le dificultó subir los escalones y comenzó a sufrir ligeros espasmos. Rina no sabía si la *rob* necesitaba alimentarse o se estaba volviendo loca por no poder alertar a sus hermanos mecánicos del plan que se avecinaba.

—Aquí se hace el concentrado más puro, fino, nutritivo —con orgullo, Kim721 mostró un estanque lleno de brillante aceite verde—. ¡Es una receta secreta!

—Aunque cuando tengamos cuerpos orgánicos nos alimentaremos de otra cosa —reconoció la prefecta *rob*.

—Al fin podré probar pizzas, hamburguesas y brócoli —confesó la señora *rob*.

—Oh, no. El brócoli *ez venenozo* —apuntó Chefmático—. Por algo lo odian los niñoz... Como al hígado *enzebollado*, ¡veneno puro!

Mientras los *robs* presumían sus conocimientos sobre comida humana, Vera tuvo otro ataque. Vibraba entre ruidos de piezas y tornillos flojos. Se sostuvo a la barandilla del gran contenedor de *bioplasma*.

—¿Qué le pasa? —Yolimar se acercó a Rina.

—No lo sé —Rina se comunicó por el micrófono oculto—. Vera, deja de hacer eso. Aléjate de ahí.

Escucharon un ligero "plop". Dino se asomó.

—La oreja... —murmuró, atónito—. Se le cayó una oreja al estanque.

La *rob* se estaba desarmando y estaba a punto de perder la segunda oreja. A toda prisa Yolimar le puso su peluca.

—¿Todo bien? —se acercó la prefecta *rob*.

—Oh, sí, queridita —sonrió Yolimar—. ¡Es que me desespera ver a mi hermana Vera siempre despeinada!

En ese momento apareció el jefe de los Petrus para dar el gran anuncio:

—Llegó el método de integración de las hermanas Sokolova B8031.

—Oh... al fin. Voy a preparar y dejar todo listo —avisó Yolimar—. Decidan quién comienza primero con su integración.

Mientras que los *robs* se ponían de acuerdo, Yolimar, Rina, Dino y Vera fueron al acceso de la fábrica. Ahí estaban Edi y Vale arrastrando un gran paquete cubierto con una gran lona. Parecían tensos.

–¿Y los demás? –preguntó Rina.

–Hubo un problema –confesó la Capi en voz baja–. Detuvieron a Lula, Aldo y a Ari en la entrada de la isla. Sólo alcanzamos a pasar nosotros.

–Una *rob* enloqueció y comenzó a atacarnos –agregó Edi.

–¡*Mon dieu*! ¿Descubrieron lo que estaban transportando? –Rina palideció.

–No sabemos, todo fue muy raro –la Capi parecía nerviosa–. Yolimar, tienes que ir, a ti te harán caso. En la isla todos te quieren y te admiran.

–¿Ya comenzamos, empezamos, iniciamos? –Kim721 y los demás *robs* salieron de la zona del contenedor.

–Me toca ser la primera –la señora *rob* se acomodó su gran sombrero.

–Y *zi* todo *zale* bien, *zigo* yo para la *integrazión* –declaró Chefmático con emoción y señaló a Dino–. Recuerden, aparto a *eze* pellejo.

–*Eze* pellejo, *eze* pellejo, *eze* pellejo –replicó el replicador hasta con el mismo ceceo.

–Claro, maravillosa elección, queridito –Yolimar carraspeó–. Sólo me falta una cosita...

–¡Qué suerte! ¡Los demás invitados llegaron! –interrumpió la prefecta *rob*.

En ese instante entró otro grupo de mecánicos.

–¡Justo a tiempo! –exclamó la Beta Kim721–. Los presento: la jefa de campamentos, el director de núcleos de sembrado y el otro ganador.

Yolimar sintió que se quedaba sin sangre al ver al médico *rob*.

–Pero... ¿Y el del *romantrónico*? –pudo preguntar.

–Lo... descalificaron... –respondió Lirio, dentro de Gonzo–. Descubrieron que... los síntomas de desorientación y hormigueo... eran ocasionados por simple electricidad... no por enamoramiento.

–Y Doris terminó con su recuperación de sistema –presumió el médico *rob*, con orgullo–. ¿Quieren ver cómo quedó? Querida, ¡te estamos esperando!

Se hizo un silencio y Doris cruzó la puerta. Aunque aún tenía un ojo fundido y abolladuras, iba bien arreglada con una cremosa peluca rubia y ropa deportiva nueva. Los humanos intercambiaron una mirada tensa. ¿La temible directora había recuperado la memoria?

–¿Hermanita? –fue lo primero que dijo al ver a Vera–. ¿Qué haces aquí?

–Creo que me estás confundiendo... –replicó Vera, manejada por Rina.

–Claro que no. Eres Vera Garcilazo... Me sé hasta tu número de serie –Doris se acercó–. ¡Oh, linda! Te ves fatal. Supe que te hicieron algo feo en ese tugurio de pellejos, Neotitlán.

–No, no sé de qué hablas y... ¡estoy perfecta! –insistió Vera, aunque se estremecía como una licuadora. A Rina le costaba cada vez más manejarla.

–Estás confundida, queridita –intervino Yolimar con risa forzada–. Mi hermana Vera Sokolova B8031 y yo, la Doris integrada perfecta, venimos de la región de Siberia. ¡Todos lo saben! Bueno, ahora debo ir por mi otra máquina...

–¿Integrada tú? –interrumpió Doris–. Si eres la niña orgánica que me rompió el casco. ¿Crees que no me acuerdo de ti? –miró alrededor–. No es posible, ¡todos los rebeldes están aquí!

–¿Qué *rebeldez*? –repitió Chefmático, tan nervioso que hizo dos donas al mismo tiempo–. ¿Qué *eztá pazando*?

–Nada, queridito –insistió Yolimar, desesperada–. Seguro hubo un error con la recuperación de memoria.

–¡Ningún error! Y conozco sus expedientes –Doris apuntó a cada uno–. Rina Rico y Dino Duarte de Llano Seco. Edilberto Enríquez, una de las más altas y maquiavélicas inteligencias orgánicas. Los tres estuvieron en nuestro campamento el año pasado.

–¡Lo sabía! –exclamó Lirio, que seguía probando lentes y gafas–. Por eso me parecían familiares. ¡Me arrojaron de un puente! Ya me acordé.

–Y tú… –Doris señaló a la Capi–. Te pareces a esa niña rebelde que escapó hace 22 años… Valentina Valdez. Todos ustedes fugados, criminales, sin posibilidad de reformarse. ¿Qué hacen en la Isla Ryu? ¡Y en el santuario de los venerables Betas!

El silencio dentro de la Fábrica Central era aterrador. Hasta el *rob* replicador se quedó sin nada que replicar.

Dino, Edi, Rina y Yolimar miraron a la Capi; le brillaban los tatuajes en rojo intenso, de alerta. ¡La función de teatro había terminado!

CAPÍTULO 28
Escape turbo

–A ver, un momento... Estoy confundida, enredada, embrollada –la venerable maestra Beta Kim721 parpadeaba sin control, como si no pudiera asimilar tanta información.

–Si Doris lo dice, es la verdad –aseguró el médico *rob*–. Mi recuperador de memoria de la caja negra sirve perfectamente. Estos orgánicos nos engañaron.

–Supongo que no voy a recibir mi integración –dijo la señora *rob* decepcionada–. Entonces, ¿esto es una trampa?

–Trampa... trampa... trampa –volvió a activarse el replicador.

–¡Yo intenté... advertirles! –gritó Vera sin que Rina la controlara.

–¡Silencio! No hables –advirtió la Capi.

Vera, cerró los labios, no podía abrirlos, se estremecía con violencia.

—No *ez pozible*, ¡obedeze a un pellejo! —exclamó Chefmático sorprendido y expulsó la dona ¿47? ¿51? Había perdido la cuenta—. ¡Pero *haze ziglos rompimoz loz comandoz* de *obedienzia* con *humanoz*! ¿Cómo puede *zer*?

—¡Llamaré a los guardias! —anunció la prefecta *rob*—. ¡Cierren las puertas! ¡Nadie se acerque a esos orgánicos, son peligrosos!

Mientras tanto, Dino jaló la lona que envolvía el gran paquete.

—Pero ¿qué es esto? —vio una gran caja de pizzas y bocadillos de pavo deshidratado *Foodtech*.

—La *magnesis* quedó atorada en el acceso a la isla —declaró Edi, tenso—. Sólo alcanzamos a traer lo otro. Asómate.

Dino lo hizo. Dentro de la caja había varias armas hídricas y una decena de paquetes con ciclonita, el plástico explosivo.

—*¡Mon dieu!* Ni siquiera cumplimos el plan —suspiró Rina.

—Por lo menos salgamos de aquí —ordenó la Capi—. Rina, ensambla todas las bombas que puedas. Nosotros te cubrimos...

—Bombas —repitió Rina casi a punto de llorar de la emoción.

La Capi les pasó un arma hídrica a Dino, otra a Edi y una más a Yolimar.

Con los primeros disparos estalló el caos. Gritos, zumbidos, abolladuras. La primera en caer fue la señora *rob*, aunque fue accidental. Resbaló con una de las donas de Chefmático y con el golpe perdió el sombrero y se abrió la tapa de la cabeza, se le salió la tarjeta madre con

los circuitos. Llevaba como quince libros electrónicos como recuerdos de infancia, muy bonitos sí, pero la *rob* fue incapaz de reaccionar para ponerse a salvo y recibió dos cargas de agua.

–*Ze* lo dije, *ez peligrozo* llevar la cabeza tan *dezcubierta* –señaló Chefmático.

El jefe de los Petrus entró con varios soldados, pero ninguno estaba protegido contra ataques de agua.

–¡Vamos por refuerzos! –avisó el Petrus–. Busquen una zona seca y segura.

Un disparo dio contra uno de los soldados, lanzó un grito y la máquina copiadora duplicó el alarido y comenzó a dar vueltas mientras repetía: "Segura, segura, segura". Terminó por estrellarse contra la directora de campamentos. Saltaron chispas, literal, entre las dos.

–¡Hermanita Vera! ¡Te voy a rescatar de estos horribles orgánicos! –gritaba Doris–. ¡Ven conmigo!

Estallaron más gritos, órdenes y voces: "¡Llamen al ejército supremo!" "¡Protejan a los venerables Betas!" "¡Son horribles, detestables, reprobados!" La Capi, Dino, Edi y Yolimar seguían disparando mientras que Rina, más atrás, se daba prisa en armar las bombas.

La prefecta *rob* recibió una descarga de agua, tan potente que le dobló el armazón de la espalda, y el jefe de núcleo de sembrados sufrió un tiro líquido en la cabeza. "¡No se preocupen, yo les voy a restaurar la memoria!", aseguró el médico *rob*, pero un disparo de agua le dio justo en la boca abierta. Lanzó un grito entrecortado y un chorro de *bioplasma* le comenzó a escurrir por la nariz. Con tanto disparo comenzó a encharcarse la fábrica, los *robs* sobrevivientes subieron sobre los que estaban tendidos, con tal de no mojarse.

–¿Cómo vas? –preguntó la Capi a Rina.

–Bien... ya casi, sólo me falta montar los percutores –señaló Rina–. Hice tres bombas, son *ultraboom*... pero necesito unos minutos.

–Ya no hay tiempo –urgió la Capi, nerviosa.

En ese momento se abrieron las siete puertas y entró un centenar de Petrus, con cascos, gafas de protección y enormes escudos. Todos llevaban redes, porras eléctricas, cadenas y armas de pólvora. Un destacamento cubrió a los Betas y otro grupo rodeó a los humanos.

–Es nuestro fin –suspiró Edi sin dejar de disparar a los escudos–. Qué lástima, estuvimos tan cerca.

–Hice lo que pude... de verdad –aseguró Yolimar.

–Lo sabemos –reconoció Dino.

–¡*Mon dieu*! ¡Terminé! ¡A un lado! –gritó Rina–. ¡Todos pecho a tierra!

Y al decir esto la muchacha lanzó un bote de puré *Foodtech* con una bomba de ciclonita dentro. Rodó hasta llegar a los pies del jefe de los Petrus.

–¿Esto qué? –se burló el *rob*.

Iba a pisar el bote cuando estalló. Cincuenta soldados mecánicos salieron disparados por los aires. Volaron cabezas robóticas, brazos, manos empuñando fusiles. En medio del montón de chatarra quedó tendido Chefmático sin su sombrero de chef, con la puerta del horno abierta, de la que salían donas carbonizadas; mientras que la venerable maestra Beta Kim721, rota y destruida repetía: "Reprobados... reprobados... reprobados...".

Con la explosión, la gruesa pared de cristal se llenó de cuarteaduras y bastaron unos golpes con la culata del disparador de la Capi para abrir un boquete.

–¿Están todos bien? –preguntó antes de salir.

—Sí, y completos —Edi se quitó polvo y trocitos de vidrio.

—No veo a Vera... —Dino miró alrededor—. ¿Vera? ¡Ven!

—Ya no importa —la Capi avanzó por el hueco—. ¡Síganme!

Los chicos obedecieron y momentos después oyeron unos pasos rechinantes y el golpeteo de un bastón. Era Vera, con el uniforme quemado, sin peluca, ni orejas y con media nariz, pero fiel al último comando de obediencia, los seguía.

El grupo se detuvo en el pabellón. Los cientos de *robs* que asistían a la expo parecían desconcertados por el boquete en la Fábrica Central. Estaba el *rob* elegante de las vallas sonoras, la cocinera mecánica del cereal *nutriocalm*, el *rob* del *Secodil*, y el resto de los asistentes.

—Oh... querida mía... pero ¿qué pasó? —una Doris se acercó a Yolimar.

Entonces lo entendieron. ¡Esos *robs* aún no sabían nada! Tenían que aprovechar esos escasos minutos.

—Ay, queridita, algo espantoso —Yolimar escondió el disparador hídrico—. Pasó algo feo con la compañera a la que restauraron la memoria...

—¿Doris Garcilazo? —preguntó un *rob* director de escuela.

—Sí... sí, querido —asintió Yolimar—. Esa pobre criatura recobró la consciencia, pero enloqueció. Está muy agresiva... hizo explotar la fábrica, ataca a todos.

—Es que no es bueno regresar a alguien de la muerte electrónica —opinó la cocinera *rob*—. Trae cosas... extrañas.

—¡Ahí está! —gritó un profesor *rob*.

Del boquete de la fábrica salía Doris Garcilazo junto con Gonzo (es decir, Lirio) y varios soldados Petrus.

–¡Sálvense! –gritó Yolimar–. ¡Está loca y quiere destruirnos!

El caos subió de nivel. Algunos *robs* arrojaron lo que tenían a la mano para detener a Doris Garcilazo: botes con *bioplasma*, zapatos y hasta brazos completos.

–¡Alto! ¡Yo no soy el peligro! –gritaba la *rob*.

Comenzó a sonar una alarma y en automático se cerraron los accesos al pabellón.

–¿Ahora cómo salimos? –Dino miró alrededor.

Decenas de *robs* se aplastaban unos contra otros en su desesperación por romper las puertas.

–Integrada perfecta... ¿qué hace ahí? –exclamó un vigilante *rob*, era el inventor del *romantrónico*–. ¡Tiene que salir!

–Gracias, queridito, es lo que intento –aseguró Yolimar–. Pero no veo por dónde.

–Use las bandas transportadoras de mercancías –el *rob* señaló una, detrás de su local–. Ésta lleva a la zona de carga.

–Oh, querido, eres tan amable –Yolimar sonrió complacida–. Serás de los primeros a los que haga la integración.

El *rob* sonrió ilusionado, mientras que Yolimar y el resto del grupo subieron a la banda mecánica que salía del pabellón y continuaba por un estrecho pasaje. Poco a poco dejó de oírse el ruido del caos y la alarma.

–¡*Mon dieu*! ¡No lo puedo creer! Lo vamos a conseguir –exclamó Rina.

–Hay alguien ahí –señaló Edi.

Al fondo del pasaje había una figura torcida, parecía un muchacho rapado, arrastrando los pies. Al acercarse vieron que era Gonzo, con Lirio en su interior. Llevaba en la mano un radiocomunicador.

–Hasta aquí... llega...ron –intentó sonreír, se le desvió la quijada–. Sabía que no eras integrada perfec...ta. ¡Esa soy yo! Lo mejor de la evolu... ción.

–Todavía me quedan dos bombas –recordó Rina.

–El espacio es muy estrecho –observó la Capi, preocupada–. Esto se derrumbaría encima de nosotros.

–Hablaré con él... –se ofreció Yolimar.

–Ella –corrigió Edi–. Es Lirio.

–No, él –volvió a decir la niña–. Dentro, en algún lado, está Gonzo. ¿Me escuchas? Sé que estás ahí... soy Yolimar, sé que me recuerdas. Me da mucha pena lo que hicieron con tu cuerpo... se nota que sufres...

Lentamente, la niña se acercó al deforme Gonzo.

–No... ¡alé... jate! –gritó Lirio–. No te vas a salir con la tu...ya.

–Me gustaba platicar contigo, Gonzo, de verdad –volvió a decir Yolimar–. Sé que te sentías solo... como yo...

Gonzo parpadeó (a destiempo en cada ojo) y comenzó a gruñir. Con la mano temblando tomó el radio para reportarlos, pero dudó un poco. Justo en ese momento un puño aterrizó en su cara.

–Perdón, tenía que aprovechar el momento –se excusó Dino, sobándose la mano.

–Pero estaba a punto de conectar con él –aseguró Yolimar.

–Como sea, quedó noqueado, digo, noqueada –observó Edi.

Gonzo estaba tumbado en el suelo, inconsciente. La Capi pisó con fuerza el radio hasta romperlo y todos salieron al callejón de embarques, unos metros más adelante se comunicaba con la plaza principal.

—Bien, escuchen. Tenemos que llegar a la puerta de la isla —explicó la Capi—. Pero sin llamar la atención. Así que oculten las armas y luzcan tranquilos...

Así lo hicieron un rato, hasta que escucharon un rechinido, era Vera ¡aún los seguía! Convertida casi en chatarra.

—Pues ella llama mucho la atención —observó Rina, preocupada.

—¿Y qué me dices de eso? —Edi señaló las enormes pantallas que recubrían ciertos edificios.

Ya no anunciaban el aceite *Diomix*, ni *Juverna*, contra la corrosión. Lo que aparecía era un video tomado en la Fábrica Central donde aparecía Rina lanzando una bomba y la imagen de Yolimar, la capitana Valentina, Edi y Dino. "¡Alerta! ¡Alerta!", repetía una voz grave: "¡Intrusos en la Isla Ryu! ¡Han destruido a los venerables Betas! ¡Mecanicidio! ¡Repórtenlos, son peligrosos!".

Muchos *robs* en la calle se detuvieron atónitos. ¿Los venerables Betas... destruidos? Algunos sufrieron sobrecargas y tuvieron un desmayo.

"¡Ahí están!", exclamó alguien. "Asesinos de mecánicos", agregó un *rob*. "¡Defraudaste a las Doris del mundo!", dijo una directora al detectar a Yolimar—. "¡No eras perfecta, eras una estafa!"

—¡Rápido! ¡Suban! —Edi se trepó a uno de los tranvías.

—¡No pueden subir pellejos aquí! —refunfuñó el robot guía y cuando miró a los fugitivos encima del vehículo, lanzó un chillidito—. ¡Oh, no! ¡Oh, no!

Edi se acercó al autómata y le arrancó la flecha de la espalda, quedó al descubierto un montón de cables. Desconectó algunos hasta que el guía se apagó, pero también y el tranvía flotante cayó al suelo.

–¿Qué hiciste? –reprochó Rina.

–Creo que puedo manejar esta cosa –Edi observó los circuitos y el cableado–. Veamos... la fuente de poder debe estar por aquí... Tengan paciencia.

La plaza se estaba llenando de miles de variaciones de los 290 tipos de *robs*: maestras dulces y enojonas, padres con y sin bigote, madres morenas, rubias, vigilantes de todas las edades, prefectas fornidas, delgaditas, directores pequeños, altos y nerviosos, monitores de campamento que parecían adolescentes y más. Los mecánicos salían de las calles aledañas. Por las pantallas se reproducían los rostros de los humanos con el aviso: "¡Alerta! ¡Alerta! ¡Intrusos peligrosos en la Isla Ryu!".

Después de unos intentos, Edi consiguió hacer flotar el tranvía sobre la vía electromagnética.

–Bien, así se hace –lo felicitó la Capi–. Ahora maneja hasta la salida. No te preocupes de lo demás, nosotros vamos despejando el camino.

Eso quería decir que el resto del grupo iría disparando con las armas hídricas. Los mecánicos se apartaban aterrados al ver los chorros de agua. Edi consiguió dar con el cableado de la velocidad y el tranvía aceleró. Los únicos que no se movían de las aceras, eran los *lavs*, que no temían al agua.

–¡Son libres! ¡No tienen por qué obedecer a los *robs*! –les gritó Rina.

Ninguno parecía entender nada.

El tranvía tomó más velocidad y llegó a la zona donde estaba el centro comercial, el edificio en forma de torre elíptica. Pero los esperaba una terrible sorpresa. Tanto en los pasillos como al frente, había cientos de Petrus armados, protegidos con cascos y enormes escudos.

–Ya no tengo carga –exclamó la Capi, preocupada, jaló el gatillo.

–Yo tampoco –confesó Yolimar. Su arma lanzó como una tos seca.

–A mí me queda agua como para cinco disparos –Dino revisó el tanque.

–*¡Mon dieu!* –fue lo único que alcanzó a decir Rina y señaló algo.

Encima de un local con una fuente de sodas de *bioplasma* estaba ¡Doris Garcilazo! Había sobrevivido a la explosión y llevaba en la mano un altavoz.

–¡No podrán escapar! Oh, queriditos e inmundos pellejos, lo que les espera será horrible –amenazó, mientras se acomodaba la peluca cremosa–. ¡Yo misma me voy a encargar de aplicarles el castigo! ¡Mil puntos menos por mal comportamiento!

–Me quedan dos bombas –recordó Rina.

–Lanza una, de prisa –autorizó la Capi.

La muchacha arrojó a los soldados mecánicos una carga de ciclonita dentro del paquete de un burrito *Foodtech*.

–Frena un poco –advirtió Rina a Edi–. Estamos muy cerca.

–Me encantaría, pero no sé dónde está el freno en esta cosa –confesó Edi estudiando la maraña de cables–. ¡Sosténganse de los asientos!

Y mientras Edi conectaba y desconectaba polos, puertos y circuitos, explotó la bomba. Decenas de Petrus salieron despedidos, varias cabezas y manos trozados, convertidos en proyectiles. La torre del centro comercial se inclinó peligrosamente. Por suerte, Edi consiguió bajar la velocidad del tranvía para evitar la onda expansiva.

–¿Todo en su sitio? –confirmó la Capi–. ¡Edi, vuelve a acelerar!

Tenía que avanzar lo más rápido posible para evitar el golpe de la torre al caer. Cruzaron entre los trozos de los soldados mecánicos, las placas de circuitos, engranajes y sobre los escombros del local. Arriba de un charco de *bioplasma* vieron la peluca cremosa de Doris Garcilazo.

–¡Al fin! –suspiró Dino–. ¡Qué difícil fue destruir a esa *rob*!

A toda velocidad cruzaron el barrio administrativo, donde estaban los rascacielos con forma de cabañas de madera; la torre que parecía un gran lápiz de cristal; los laboratorios centrales de secado de cielo, la coordinadora mundial de ensambladora de Peter Petrus y el Gran Museo de los Ancestros. Muchos edificios seguían emitiendo en las pantallas la imagen de Rina, Dino, Edi, la Capi y Yolimar, junto con la señal de alerta.

Finalmente llegaron al barrio histórico, el más tranquilo, con sus palmeras y flores de plástico; tiendas y gimnasios con maniquís representando humanos del pasado.

–*¡Mon dieu!* ¡Ya estamos cerca de la salida! –Rina señaló las murallas que se veían más adelante.

Edi bajó la velocidad, hasta casi detener el tranvía. Estaban a unos metros de la recepción, aún ondeaba el letrero: "*Bienvenidos al EGID, Encuentro Global de Innovación y Desarrollo 132*". Pero bloqueando la puerta había unos doscientos vigilantes. No lucían tan temibles como los Petrus, pero tenían porras eléctricas y armas.

–Me queda una bomba –recordó Rina, ya lista.

–No la arrojes –advirtió Dino–. No se te ocurra.

Rina se quedó congelada al ver que entre los vigilantes estaban Lula y Aldo con las manos esposadas. Una extraña Vera, vestida con un gran abrigo de pieles blancas, los obligaba a mantenerse arrodillados, dándoles golpecitos en la cabeza con su bastón.

—¡Es la *rob* que nos interceptó! —explicó Edi—. No dejó que metiéramos el otro paquete.

—¡Los estafadores! —gritó la Vera del abrigo y apuntó con el bastón—. ¡Les dije! ¡Son unos delincuentes! ¡Nadie me hacía caso!

—No entiendo... ¿Quién es? —murmuró Dino.

—¿Quién crees, pellejo? —respondió la *rob*—. Soy Vera Sokolova B8031 del Campamento 44 Región Siberia. ¡La original! ¡Ustedes me robaron el acceso para dárselo a ese sucio montón de chatarra! —señaló a lo que quedaba de Vera Garcilazo—. ¡Llevo días intentando poner una denuncia!

—Arrojaron el otro paquete al mar —informó Lula.

—¡Silencio! —gritó Vera Sokolova B8031.

El resto del grupo se miró, atónito. ¡La *magnesis*! La habían perdido.

—Todavía me quedan unos disparos —susurró Dino—. Pero tendríamos que intentar con una...

Sonó un profundo estallido. El suelo vibró.

—¿...Una distracción? ¿Ibas a decir eso? —completó Rina—. Espero que sí.

—¿Qué hiciste? —la Capi miró la nube de polvo que se extendía al frente.

Rina había lanzado la última bomba a la muralla, con la intención de abrir un agujero, pero en los muros no había ni una grieta.

—Está hecha con kevlar, es súper resistente —recordó Edi.

—Cuidado con el suelo —señaló Dino—. ¡Muévanse!

Retrocedieron unos pasos. El asfalto comenzó a romperse, primero sólo un poco y luego las grietas avanzaron en varias direcciones hasta que se desplomó un enorme trozo del terreno. El muro seguía completo, pero el piso no. El boquete se extendía por abajo. Y ocurrió algo aún más increíble: por el hueco entró una ola, una explosión de agua, espuma y aroma marino. Y así como llegó, se retiró, dejando un poco más grande la brecha. Los *robs* de la puerta gritaron: ¡el mar estaba dentro de la Isla Madre!

–¡Ahora! –ordenó la Capi a Dino.

El joven lanzó sus últimos disparos sobre Vera Sokolova B8031 y algunos vigilantes que se echaron al suelo para ponerse a resguardo. Lula y Aldo aprovecharon la distracción para escapar.

–¡Vamos! ¡Por ahí! –Lula corrió hacia el boquete.

–Espera, hasta que se retire la marea –la Capi la detuvo.

El agua bajó de nivel dejando a la vista tuberías, drenaje y parte de los cimientos de algunas construcciones. Los humanos se prepararon para saltar.

–¡No pueden irse! –chilló alguien–. ¡Deben pagar! ¡Destruyeron a los venerados Betas! ¡Acabaron con mi campamento, con mis hermanas, con mi reputación!

Quien gritaba de esa manera era ¡Doris Garcilazo! O lo que quedaba de ella: sin peluca, sucia y abollada, con mirada enloquecida. Corrió hasta pescar a Rina de un brazo. La muchacha intentó defenderse.

Dino disparó, pero ya no tenía carga y en ese momento entró otra ola por el socavón, derrumbó la porción de tierra donde luchaban Rina y Doris. La Capi, Edi, Dino y Yolimar hicieron cadena para impedir que a Rina se la llevara la marea. Doris manoteó y por unos segundos se sostuvo de los pies de Rina hasta que comenzó a sufrir convulsiones eléctricas por el contacto con el agua.

–¡Suéltala! ¡Ya déjanos en paz! –ordenó Dino.

Con la llegada de una segunda ola, Doris fue incapaz de mantenerse y el mar la arrastró marea adentro. Para entonces sus ojos eran totalmente negros y le salía *bioplasma* de la nariz.

–¡Mil millones de puntos menos! –alcanzó a decir antes de hundirse, para siempre.

–¡Esa máquina tenía más vidas que un gato! –exclamó Edi, sin aliento.

Después de comprobar que Rina estuviera bien, se prepararon para salir en un intervalo de marea baja. Ningún otro *rob* se atrevió a acercarse, excepto Vera.

–¿Qué hacemos con ella? –señaló Yolimar. La directora los seguía con pasos torpes, cabeza ladeada y ojos entrecerrados.

–Que la marea decida –opinó la Capi–. Si llega hasta la nave, bien por ella; si una ola la arrastra, como a su hermana, pues eso. ¡Pero salgamos!

El grupo de humanos y la *rob* bajaron por el socavón húmedo. Ahora sólo debían correr para llegar a la pasarela exterior y dar con la nave donde Ari los esperaba.

Un último esfuerzo y todo habría terminado... tal vez.

CAPÍTULO 29
Retorno cardiaco

Horas después, en la seguridad del interior de *Sirena,* la pequeña nave, todos respiraban aliviados. No lo podían creer, sobrevivieron a su aventura en la Isla Madre, ¡hasta Vera! Ninguna ola se la llevó en el escape. Aunque la *rob* parecía inservible: sin pelo, orejas, nariz, con abolladuras en cada centímetro del cuerpo, cubierta de óxido y esa espumilla rara que ahora tenía hasta en las articulaciones. Además, casi no podía hablar; si le daban alguna orden, sólo murmuraba con dificultad: "Por favor... por favor", o a veces: "Un momento...", y se sumía en un ronroneo mecánico.

–En cualquier momento va a dejar de funcionar –observó Edi–. Está demasiado dañada.

–Ayúdenme a ponerla en un rincón, junto a la puerta de la esclusa –pidió Lula–. Me llevaré sus restos para estudiarlos en mi taller.

Iban de regreso a La Flota, a la comunidad de embarcaciones en el viejo puerto de Acapulco. Y contrario a la

primera vez, el ambiente era desolador. Todos parecían frustrados.

–Es que el plan era perfecto –se quejó Rina–. Estuvimos a punto de contaminar la fábrica central. *¡Mon dieu!* ¡Qué coraje!

–Si por lo menos hubiéramos transportado la *magnesis* –asintió Edi.

–Bueno, pero sin armas ni explosivos, tampoco habríamos escapado –observó Dino.

–Ya no tiene caso darle vueltas –suspiró la Capi–. Lo que pasó, pasó.

–No todo fue malo. Destruimos a los Betas –recordó Yolimar, con cierta esperanza–. Y dañamos a otros jefes. Eso sirve de algo, ¿no?

–Quién sabe... –Lula se encogió de hombros–. Tal vez vuelvan a armarlos. Y todo seguirá igual: los campamentos, los pueblos, las escuelas, hasta los *lavs*.

–Ay, pobre Gonzo –recordó Yolimar–. ¿Qué creen que le pase?

–Nada bueno, *ma chérie* –aseguró Rina–. Perdió su cuerpo y no creo que dure mucho... pero él se metió en eso.

–Siento culpa de que lo dejamos tirado –reconoció la niña.

–Entonces te hubieras quedado a su lado –murmuró Aldo, molesto, desde su rincón–. Los dos son igual de traidores.

–Eh, tranquilo –interrumpió Rina–. Que Yolimar se portó increíble en Ryu. No te tocó verla, pero fue muy valiente.

–¡Gracias a ella escapamos del pabellón de la expo! –aseguró Dino.

–Es una súper actriz –reconoció Lula–. Nos ayudaste mucho.

–Gracias... pero ojalá hubiera servido de algo –Yolimar suspiró triste–. Todavía debo cumplir mi promesa de rescatar a los 800 hermanitos de Neotitlán.

–Tenemos una pista de dónde pueden estar –recordó Dino–. En los almacenes capitales, dormidos y congelados.

–Hay que contarle todo eso al jefe Landa –anotó la Capi.

–Ay, ¡mi papá! –recordó Lula–. En cuanto lleguemos nos comunicamos con él. Debe estar súper preocupado.

La tripulación estuvo quejándose hasta el cansancio y se fueron a dormir, agotados. Aún les esperaban tres días de viaje. Al siguiente día, Lula se dedicó a llenar sus cuadernos con la información nueva que recopiló de los *robs*, mientras que los demás, hacían un inventario de lo que quedó de armas y comida. A veces se asomaban a las pantallas de los radares para ver las sombras de los tímidos monstruos marinos. Todo parecía más o menos normal, hasta que esa noche ocurrió...

Era cerca de la una de la mañana cuando Edi se levantó a tomar agua y al cruzar por la sala principal vio una silueta torcida en la penumbra.

–¿Vera...? –murmuró.

La sombra no le contestó, se mecía entre ruidos raros. Edi encendió la luz y comprobó que se trataba de la *rob*. Hacía algo extraño: bebía con desesperación de una botella de *bioplasma*. Le escurrían chorros del líquido verde por las comisuras de la boca y de los agujeros donde antes estaba la nariz.

–¿Qué me ves, sabandija? –la *rob* lo miró con odio.

–Vaya, ya puedes hablar –exclamó el muchacho.

–Sí... ¡y me muero de hambre! –gruñó Vera–. ¡Estoy hecha un asco! Jamás me había visto tan mal... sin orejas, ni pelo. Y mira mi cuerpo... ¡es una vergüenza!

–¿Sabes quién eres?

–Vera Garcilazo... ¡Y ustedes, los sucios orgánicos que me esclavizaron! Se metieron aquí... –se dio toquecitos en la cabeza–. ¡Eso es malo, muy malo!

Los gritos de la *rob* atrajeron a los demás tripulantes.

–¿Qué sucede? –la Capi fue la segunda en llegar.

–¡Hicieron que engañara a mis hermanos mecánicos! –seguía reclamando Vera, furiosa–. ¡Me usaron! Fue indigno...

–¡Edi, aléjate! –exclamó Dino desde la puerta.

–No pasa nada. Es Rina –sonrió Edi, relajado–. Conseguiste hacerla funcionar, ¿eh? Felicidades. Ya deja de hacer la demostración.

–¿Qué demostración? –preguntó la misma Rina, atrás de Edi–. Esa cosa está actuando por sí misma.

–Vera, ¡silencio y vete al rincón! –ordenó la Capi.

Para ese momento ya estaban todos ahí: Yolimar, Lula, Ari y Aldo.

Pero la *rob* hizo algo que aterrorizó a todos. No acató ninguna orden.

–¡Me usaron para destruir a los venerables Betas! –Vera temblaba de ira–. ¡Nunca voy a olvidar eso!

–Dije que guardes silencio –repitió la capitana.

–¡Ningún pellejo me va a callar! –aseguró la *rob*,

Y algunos lo notaron. En la boca de Vera, bajo su lengua, había una luz pequeña, un foco led.

–Tiene enchufada una memoria USB –señaló Lula, con alarma.

Se miraron. Eso quería decir que: ¿alguien restauró su programación original?

–En la Fábrica Central, Doris se la llevó un momento –recordó Dino.

Entonces todo hizo sentido. Por eso Vera sólo decía "un momento... por favor", estaba reinstalando su memoria original desde la caja negra.

–Detente, Vera, te lo ordeno; siéntate –Edi hizo un último intento.

La *rob* les dedicó a todos su mirada más furiosa y cruel.

–Ahora les voy a enseñar lo que pienso de las leyes Asimov –dijo con voz rara, deforme.

Tomó su bastón metálico y golpeó con todas sus fuerzas a lo que había alrededor: una mesa, anaqueles, una despensa con comida *Foodtech*, el horno para hidratar bocadillos, varias sillas, una caja de cableado eléctrico (dejó en penumbra la nave).

–Por favor, Vera, debes calmarte –suplicó Yolimar.

Pero la *rob* era incapaz de escuchar, estaba totalmente entregada a su furia.

–*Simov... simov...* –repetía y se dirigió a la consola de mandos, agitando el bastón metálico.

–Si destruye eso, nos hunde –advirtió Ari.

–¡Yo me encargo! –Dino disparó el arma hídrica, salieron unas pocas gotas.

Rina lo intentó también, ocurrió lo mismo. Y comprobaron que hasta los bastones eléctricos estaban descargados.

–No entiendo, siempre tengo todo listo –aseguró el soldado Aldo.

Se oyó la risa eléctrica de Vera.

—Fue ella, vació todo *imon dieu!* —lo adivinó Rina—. Planeó esto.

Vera estaba a un par de metros de la consola, lista para destrozar los lectores, pantallas, palancas.

—¡La esclusa! —Lula señaló la puerta que daba al diminuto cuarto de metal—. Hay que meterla ahí. Es la única manera. Rápido, ¡no hay tiempo! Yo me encargo.

Dino y Edi corrieron a abrir la compuerta. Lula se lanzó tras Vera, mientras que la Capi se colocó a sus espaldas para tirarla al suelo. Hubo un forcejeo, Vera lanzó golpes, y Ari corrió al centro de mando para mover el timón e hizo que la nave se inclinara de tal manera que Vera se deslizó a la zona de la esclusa, por desgracia lo hizo junto con Lula, la tenía sujeta de un brazo.

—¡...Mov! ¡...Mov! ¡...Mov! —gritaba Vera.

—¡Cierren la puerta! ¡Ahora! —ordenó Lula desde el cuartito.

—Pero te vas a quedar encerrada con esa cosa —advirtió Yolimar.

—Hagan lo que digo —exigió Lula.

Lo hicieron. La Capi y Dino cerraron la puerta y después, se asomaron por la claraboya. Lula se había liberado de la *rob*, pero Vera, estaba muy cerca, empuñando el bastón metálico. Lula evadió un par de poderosos golpes.

—¡Ahora abran la esclusa! —ordenó Lula.

—¡Pero vas a salir despedida al mar! —observó la Capi.

—Me voy a sostener de ahí —Lula señaló una agarradera del otro lado de la puerta—. ¿Qué esperan? Esta cosa me va a hacer papilla.

Rina presionó un gran botón rojo y se abrió la compuerta de la esclusa. De golpe entró una masa de agua. Después de un minuto se cerró y el agua escurrió por los orificios de vaciado del suelo. Pero vieron con horror que no había nadie en el cuartito: ni Vera... ni Lula. La joven no consiguió sostenerse de la agarradera.

Yolimar se soltó a llorar.

–No hay tiempo para lágrimas –dijo la Capi, seria–. Ari, ¡enciende los radares y faros! Vamos a buscar a Lula. Aldo, Rina, Edi, revisen los destrozos eléctricos y evaluemos los daños, hay que instalar la luz en el resto de la nave.

Todos obedecieron. Yolimar hasta dejó de llorar y se puso a recoger el caos. Ari comprobó que por suerte los motores seguían funcionando y no había fugas en el casco de la embarcación.

–¿Ven algo? –preguntó Rina a la Capi y a Ari.

–Hay demasiadas cosas –el piloto señaló las pantallas de los radares–. Creo que estamos en esa zonas llena de escombros.

–¿Y si subimos? –sugirió Dino–. Lula debió ir a la superficie para tomar aire.

La Capi estuvo de acuerdo y continuaron la búsqueda arriba. Revisaron escombros: cientos de pedazos de otras embarcaciones, miles de botellas de plástico y basura que llevaba siglos dando vueltas.

Llamaron a Lula por más de media hora, desesperados, hasta que Yolimar pidió silencio.

–Creo que escuché un quejido –señaló un antiguo bote pesquero, lleno de óxido–. Por ahí.

–Vamos, Ari, acércate con cuidado –ordenó la Capi.

Podía ser cualquier cosa, hasta una alimaña *rad*. Pero al dar la vuelta, encontraron, a Lula, sostenida de una barandilla, empapada y tiritando.

–Hay que llevarla a la nave –ordenó la Capi–. Con cuidado, parece herida.

Lo estaba. Se había golpeado contra los escombros al salir a la superficie. Tenía rasguños en los brazos, en la espalda y un feo moretón en la cabeza. La Capi usó todo el material que encontró en el botiquín: vendas, alcohol, gasas, pero sin antibióticos, ni hilo para suturar, era difícil atenderla.

–Tenemos que llegar a La Flota cuanto antes –la Capi apuró a Ari.

Todos se turnaron para cuidar a Lula, que se hundió en un sopor , sudaba mucho. Casi dos días después, fue un alivio vislumbrar los enormes barcos de La Flota, con sus luces rojas.

Greñas, el marinero calvo y primer ayudante de Lula, casi se desmaya al ver a su jefa herida, inconsciente y temblando de fiebre. Ordenó llevarla a su camarote y llamar a la *doctora* de La Flota.

–Tenemos un huerto con plantas medicinales –Greñas intentó lucir tranquilo, aunque le temblaba la voz–. La jefa va a ponerse bien, es muy fuerte.

Los demás marineros corrían de un lado a otro (algo lentos, por el escorbuto) buscando sábanas, material de curación, y a veces, se acordaban de atender a los invitados. Ofrecieron el tradicional caldo de monstruo.

–¿Qué hacemos ahora? –preguntó Yolimar.

–Nada, sólo esperar –meditó la Capi–. No sé si ahora es buena idea hablar con el jefe Landa para darle el reporte de la misión.

–¡No! ¡Hay que esperar! –recomendó Yolimar–. A que Lula se ponga bien, porque se va a curar... ¿verdad?

Nadie supo qué responder.

–De todos modos, el reporte va a ser *ultraflat* –suspiró Rina–. Todo salió mal, no conseguimos contaminar nada, ni destruir la fábrica de *bioplasma*, perdimos a Vera, Lula está herida... ¡Uf! Fracasamos en todo.

–No, no en todo –dijo una voz desde la puerta del comedor. Era Greñas.

–¿Lula despertó? –preguntó Yolimar.

–Aún no. Estamos esperando que hagan efecto las infusiones –suspiró el marinero–. Pero no me refiero a eso. No he tenido tiempo de comentarles, mientras estuvieron fuera, en su misión, aquí ocurrió algo.

–¡Ya no puedo soportar otra mala noticia! –se quejó Edi.

–Es buena noticia, creo... no sé... –Greñas se rascó la calva–. Mejor decidan ustedes. ¿Quieren verlo?

Se miraron. La Capi, Ari, Aldo, Rina, Edi, Dino y Yolimar siguieron al marinero por los pasadizos del barco militar. Pronto reconocieron el camino, los llevaba al taller de Lula, donde hacía experimentos con los *robs*.

–Esperen aquí, voy a encender el generador de luz –anunció Greñas en la puerta–. Entren hasta que yo les diga.

El grupo obedeció, todos estaban inquietos.

–Listo, vengan conmigo –Greñas les hizo una seña.

El galerón apestaba a óxido y humedad, aún más que la primera vez. También había un silencio raro, espeso.

–Al principio no supimos qué ocurría –Greñas comenzó a descorrer los biombos y cortinas–. Acérquense, no es peligroso... creo.

Del otro lado estaban las tétricas mesas llenas de trozos de *robs* unidos a cables con *bioplasma* y cabezas robóticas conectadas a viejas computadoras. Algunas de las piezas mecánicas tenían una espumilla rara.

–Es como si el metal se estuviera reblandeciendo –observó Edi y tocó la cabeza de un profesor *rob* que tenía puesto un bozal.

La cabeza lanzó un grave gruñido. Edi gritó.

–No pasa nada –aseguró Greñas–. Sólo se quejan, es todo lo que hacen. Y si esto parece asqueroso, tienen que ver al grandote.

El marinero descorrió la cortina del fondo. Era donde tenían al temible Petrus furioso. Seguía ahí, ahora sentado en el suelo.

–¿Por qué le quitaron las cadenas? –exclamó Dino con susto.

–¡Estas máquinas son muy peligrosas! –recordó la Capi.

–Ya no –aseguró Greñas–. Ayer le quité cepos y cadenas para ver qué hacía. Ni siquiera buscó la salida. Está como perdido.

Con mucho cuidado, Edi se acercó y le levantó la cabeza. El *rob* emitió un raro gruñido, pero no se resistió. Tenía manchas de óxido en todo el cuerpo y espumilla alrededor de los ojos, nariz y orejas.

–Petrus... ¿me escuchas? –preguntó la Capi–. Si no te mueves, te echaré encima una cubeta de agua. ¿Eso quieres?

–No se va a defender, no entiende –aseguró Greñas.

–¿Desde cuándo está así? –Edi siguió revisando las articulaciones flojas, el forro sintético que parecía repleto de algún tipo de hongo, se le caían mechones de cabello.

–Comenzó al tercer día que se fueron –explicó Greñas–. Primero noté que se golpeaba la cabeza y hacía esos gruñidos feos. Después perdió el equilibrio, hasta que un día no se pudo levantar. Ahora ya casi no se mueve.

–*¡Mon dieu!* Esto sí que es raro –admitió Rina–. ¿Por qué será?

–Por ustedes, claro –declaró Greñas.

Todos se miraron confundidos.

–Quiero decir... por esa cosa que trajeron con ustedes la primera vez –aclaró Greñas.

–¿Hablas de la *rob*, Vera? –confirmó la Capi.

–Exacto –continuó el marinero–. Recuerdo que tenía las mismas manchas de óxido, esa espuma o baba que parece *bioplasma* descompuesto. Esa Vera estuvo encerrada durante unas horas, al lado de este Petrus.

–¿Estás insinuando que ella... lo enfermó? –dijo Dino, casi sin aliento.

–No lo insinúo, puedo jurarlo –el marinero señaló alrededor–. ¿O cómo explican esto? Esas máquinas estaban bien hasta que estuvieron cerca de esa *rob*.

–¿Eso es posible? –Yolimar preguntó a Edi.

Todos miraron al muchacho, famoso por su inteligencia.

–Bueno... Desde su accidente en el edificio Sanil, Vera nunca estuvo bien –recordó Edi–. La *magnesis* contaminó su *bioplasma* y borró los circuitos de memoria. El Abue la reprogramó para hacer el experimento Asimov, pero advirtió que seguía contaminada...

–A ver, espera... momento –pidió la Capi–. Siempre creímos que la *peste de rob* o como queramos llamarle, la ocasionaba el contacto con la *magnesis*... pero resulta que no sólo eso...

–...Por lo visto también un *rob* infectado puede causarla –asintió Edi.

Se miraron, ¿era eso posible?

–Esto es... prodigioso, ¿se dan cuenta? –el silencioso Aldo no pudo evitar decir lo que todos pensaban–. Acabamos de llevar a una *rob* contaminada al mayor encuentro de robots del mundo.

–Y estuvo en las calles, en hoteles, dentro de una expo –recordó la Capi.

–*¡Mon dieu!* Estuvo interactuando con *robs* de los cinco continentes –reconoció Rina.

–Y entró a la Fábrica Central con los Betas y los jefes del Círculo Ryu –apuntó Yolimar, uniéndose al entusiasmo de todos–. ¡Se le cayó una oreja en el contenedor principal!

Todos exclamaron, ¡eso ocurrió, era verdad!

–No pudimos llevar el barril con *magnesis* a la fábrica, pero sí metimos a Vera –resumió Edi–. ¡Ella era nuestra arma secreta!

–Tal vez al final sí cumplimos nuestro objetivo –aventuró Ari, feliz.

Todos exclamaban, daban palmadas, no podían controlar la emoción.

–Tenemos que tranquilizarnos –recomendó la Capi, aunque su tatuaje brillaba con decenas de colores–. Suena bien, pero hay que esperar a ver qué sucede. Seamos prudentes.

Todos asintieron, pero no dejaban de sonreír. ¡Tenían tantas esperanzas!

Esa noche Lula despertó, ya no tenía fiebre; pidió de cenar y ver a sus amigos. Fue una buena señal para lo que venía a continuación.

CAPÍTULO 30
Nueva Oportunidad

Las esperanzas eran correctas. El brote de la *peste de rob* inició esa misma semana. El primer lugar donde se detectó fue en Ryu, la Isla Madre. Comenzó de manera casi inadvertida, algunos *robs* olvidaron el número de su habitación. Otros que estaban preparando su partida después del desastroso *Encuentro Global de Innovación y Desarrollo* no sabían bien en dónde vivían. Algunos mecánicos le restaron importancia, tal vez seguían impresionados por la destrucción de los venerables Betas. Ciertos médicos *robs* de la isla recomendaron reposo, recarga eléctrica al 100% y apretar remaches. Con eso, según ellos, todo estaría bien.

Pero el problema de memoria empeoró. Los trabajadores que reconstruían la Fábrica Central y el centro comercial se dedicaron a observar las trabes metálicas y las placas de concreto. ¿Para qué servían esas cosas? La reportera–grabadora intentó hacer un reportaje de lo que estaba pasando, pero al llegar a la zona de la entrevista se le olvidó qué preguntar. Luego, algunos *robs* notaron que les escurría una extraña espumilla de las orejas o nariz. Parecía *bioplasma* en mal estado. Otros detectaron feas manchas de óxido en el recubrimiento. Las Doris se aterrorizaron, ¡ellas que siempre lucían bonis!

Las autoridades de Ryu exigieron que nadie saliera de la isla, pero sin Betas, nadie hizo caso. Se colocaron Petrus en el acceso de la isla, pero muchos soldados, asustados por la contaminación, escaparon junto con otros mecánicos y sin saber, llevaron con ellos la peste de *rob* a sus respectivos centros de sembrado, incluyendo El Arenal, Los Pastizales, Las Yermas, Llano Seco, Villa Sal.

Una semana después comenzaron a notarlo algunos niños de las escuelas. Primero fue una maestra o un profesor que se olvidó de cómo se sacaba la superficie de un isósceles. ¿Triángulo? ¿Qué era eso? Otros no sabían por qué había que calificar la maqueta que dejaron de tarea. ¿Y qué era "un sistema solar"? Las prefectas, Luchitas y Lichitas, no recordaban qué castigo poner por correr en los pasillos. Algunos directores se quedaron dando vueltas en el patio, no sabían cómo volver a sus oficinas. ¿Tenían oficinas? ¿Y qué era exactamente eso?

"Vamos a tener reunión urgente de profesores, vuelvan a sus casas", alcanzaron a decir algunos maestros. Los niños salieron de las escuelas, la mayoría feliz de no tener clases, ni exámenes, ni tareas. Corrieron a contar a sus familias lo que sucedía. Pero los papás Isaías y Elías, las mamás Lornas y Normas, y todos los demás, actuaban parecido a los adultos de los colegios.

"Mamá, ¿no me reconoces?", preguntaba una niña en un pueblo. "Claro, eres el pellejo que tengo que cuidar, pero no sé para qué", respondió. "¿Por qué me dices *pellejo*?", preguntaba un niño en la casa de al lado. "Porque lo eres, una funda, cáscara... creo". Decía su padre, que parecía muy perdido.

Otros niños se quedaron solos, esperando a sus padres, que nunca volvieron del trabajo. Muchos se encerraron en sus fábricas de tuercas y tornillos, no encontraban la salida o no sabían por qué debían salir: "¿Ir a dónde?" "¿Con quién?" "¿Para qué?" Muchos adultos sólo estaban desorientados, pero otros se pusieron violentos. Algunos se golpeaban la cabeza, como intentando recordar.

Esa misma semana *la peste rob* llegó a los campamentos del AMORS. Las temibles directoras Veras, Lirios y las empalagosas Doris recibían a los nuevos campistas, pero no supieron explicar el sistema de concurso de puntos. "¡Están todos castigados, sabandijas!", gritaban las Veras, desesperadas. "¿Por qué?", se atrevieron a preguntar los niños más rebeldes. "No tengo idea, sólo sé que debo decir eso", se excusaron las directoras. "Chiquitines, calma, sólo obedezcan", decían las Doris, como única respuesta a cualquier pregunta. Las guías tipo Nancy desconocían los horarios del comedor y las actividades programadas.

"¿Podemos llamar a nuestros padres para que nos recojan?", preguntaban los campistas. "¿Qué padres? Si los sacamos de arcas de semillas congeladas", confesaban los monitores Paco, un poco sorprendidos ellos mismos por decir eso.

Los temibles Petrus dejaron de transportar niños rebeldes y no sabían qué hacer con sus soldados. "¡No dejen de vigilar!", decían unos Petrus. "¿Vigilar qué?", respondían otros. Y mientras se ponían de acuerdo, algunos campistas consiguieron encontrar la llave para quitarse el collar de obediencia y escapar, aunque la mayoría tuvo que volver al descubrir que había extrañas alimañas alrededor de los campamentos.

En sólo dos semanas *la peste de rob* llegó a los cálidos pueblos del desierto africano, a los campamentos de las montañas europeas más escarpadas, a escuelas de las recónditas llanuras americanas y hasta a las fábricas de las estepas de Oriente. Muchos mecánicos sanos se escondieron en sus instalaciones subterráneas, juraron no salir hasta que pasara esa extraña enfermedad. Algunos bebieron gran cantidad de *bioplasma*, con la esperanza de "protegerse" pero curiosamente, muchos que habían estado sanos, se contaminaron luego de beber una dosis del nutritivo aceite. Bastaba que un *rob* de un escondite enfermara, para contaminar al resto.

Los mecánicos que asistieron al último *Encuentro Global de Innovación y Desarrollo* recordaban que existía un método para recuperar la memoria restaurándola desde la caja negra interna, pero poco les sirvió, cuando, al paso de los días, los nuevos recuerdos volvieron a borrarse.

Los que parecían inmunes a la enfermedad de la desmemoria eran los *mods*, esos integrados imperfectos, dentro de sus cuerpos rotos y deformes que habían robado a los humanos. Al inicio estaban felices, hasta que se dieron cuenta de que nadie los cuidaba, ni les daban alimento, y los que se atrevieron a salir de campamentos y laboratorios se enfrentaron con bestias radiadas.

A sólo veinte días desde el inicio de la peste, la Isla Ryu era un infierno. Entre luchas de *robs*, los incendios de los hoteles, y el caos provocado por la misma enfermedad. La devastación se extendía a todos los barrios: el comercial, el histórico, el administrativo, el museo de los ancestros, la Fábrica Central. Los *robs* que ya no podían moverse se amontonaban como chatarra en las aceras y plazas. Otros no se pudieron bajar de los tranvías que seguían dando vueltas hasta quedarse atorados por ahí. Ciertos mecánicos que aún podían moverse se arremolinaron frente a los murales donde se explicaba su heroica historia: sabían que ellos eran los hijos que luego fueron padres, pero... ¿padres de quién? Algunas pantallas seguían encendidas, con anuncios del aceite *Diomix* y crema *Juverna*. También, de vez en cuando, aparecían alertas de los rostros de Rina, Dino, Yolimar, Valentina y Edi. "¡Intrusos en la Isla Ryu! *¡Mecanicidio!*", repetían los mensajes, pero nadie entendía. Y una a una, las pantallas fueron perdiendo energía hasta quedar todas en negro.

Después llegó lo peor, el boquete al lado de la muralla por donde escaparon los pellejos nunca alcanzó a ser reparado y el mar comenzó a entrar, para comerse a lengüetazos la isla, antes sagrada y ahora sólo un sitio maldito.

Los que sobrevivieron tanto en la Isla Ryu como en los centros de adiestramiento fueron los *lavs*, aquellos muchachos con mentes lavadas que les gustaba repetir: "Obedezco ahora, obedezco siempre". Hasta que algunos se preguntaron: "¿Pero a quién obedezco si nadie me da órdenes?". Miraban desconcertados a los montones de mecánicos cubiertos de óxido. ¿No se supone que sus jefes eran poderosos, eternos, los nuevos dueños del mundo? ¿De qué servía ahora acumular puntos, medallas y listones de obediencia? Varios jóvenes decidieron salir y buscar a otros como ellos, a los humanos, tal vez ellos tuvieran respuestas.

Treinta días después del inicio de la peste, colapsaron los servicios en pueblos y campamentos. Dejaron de servir teléfonos, el drenaje, sólo se mantenía la electricidad solar. Algunos niños aprovecharon para entrar a los supermercados y abastecerse de dulces primero, y de cualquier cosa para comer, después. Otros intentaron salir de los poblados, sólo para volver aterrorizados al ver las cosas que rondaban en los llanos y áridas colinas. Los muchachos más grandes y responsables se hicieron cargo de los pequeños. Y casi todos seguían sin creer lo que ocurría: cada adulto que conocían: padres, madres, profesores, vecinos, policías, empleados, oficinistas, todos y cada uno se habían convertido en chatarra oxidada. Claramente no eran humanos, ¿entonces... qué? ¿Y dónde estaban los verdaderos padres?

Las respuestas comenzaron a llegar. Primero lo hicieron desde los televisores que aún servían, luego, a través de las viejas estaciones de radio, y también desde el cielo, en altavoces, o caían papelitos. Siempre el mismo mensaje: *"Tranquilos. ¡La raza humana ha sido liberada! No salgan de sus comunidades, afuera es peligroso. Nosotros iremos por ustedes para llevarlos a un refugio. Estarán bien, como nunca antes".*

Comenzaron a aparecer naves, eran muy raras, parecían de otra época. "No venimos del futuro", aclaraban los humanos que salían de los extraños vehículos flotantes. "Ustedes ya viven en él; les explicaremos todo. ¿Quién quiere pizza hidratada?" A veces esos hombres y mujeres tomaban el control de un pueblo, en otras ocasiones, si veían demasiado peligro alrededor, se llevaban a los niños a los refugios. Podían ser antiguos centros comerciales, como Sanfé, pero también lugares alucinantes como esa ciudad rodeada por lagos, llamada Neotitlán.

Los nuevos refugiados desembarcaban en una plaza enorme y lo primero que veían era un ruinoso pero imponente palacio con una manta: "Gran Casa de Neotitlán. Aquí todos los humanos son iguales, libres y bienvenidos. Nos fuimos, pero volvimos".

Todo estaba bien organizado, los recibía un alegre comité de bienvenida que se encargaba de tranquilizar, dar de comer y explicar muchísimas cosas a los recién llegados. La coordinadora era una niña bajita llamada Nelly junto con otra que le decían Azul. "Tengan cuidado al pasear por ahí", recomendaban. "Hay muchas obras y andamios. Estamos en plena reconstrucción."

La ciudad se organizó de nuevo en brigadas. Los salvadores llevaban a los niños a los refugios. Los recuperadores buscaban alimento y tecnología. Los científicos diseñaban y construían las nuevas barreras *antirads*. Mientras que los administradores mantenían todo el orden y organizaban la Gran Casa junto con la brigada de defensa. Además, había nuevos brigadistas: limpiadores y constructores.

Parecían hormigas, trabajando sin descanso. Por un lado, rehacían la Gran Escuela, por el otro limpiaban el Tecnológico Sanil y volvían a levantar el Mus. Lo primero que reconstruyeron fue la plaza con sus pasarelas y las losas de concreto que cubrían la vieja estación del metro donde estaban los cuarteles.

Faltaba mucho por hacer, y había pocos adultos para dirigir. Por suerte, cada día llegaban nuevos habitantes de los pueblos y campamentos, hasta *lavs* arrepentidos, y humanos que provenían de unas misteriosas bodegas subterráneas llamadas "almacenes capitales", en las que miles de personas dormían dentro de unas burbujas heladas. Poco a poco fueron despertando.

Así volvió a Neotitlán un señor de gruesos lentes que le decían el Abue; unos mellizos regordetes llamados Ray y Rey; Malinali, la jefa de vigilancia. Sus brigadas los recibieron entre abrazos y lágrimas. También volvió una chica enorme que le decían Bety *la Bestia*, y cuando vio a un muchacho alto llamado Aldo, corrió hacia él y se besaron como sapos *bulbosos* enamorados.

Fiel a su costumbre, el jefe Landa recibía a los recién llegados. Siempre sonriendo y aunque cojeaba un poco al caminar parecía estar en todos lados. "Pero ya no me digan jefe", pidió. "Entre todos vamos a decidir las cosas de la ciudad." Parecía feliz, sobre todo, por estar cerca de su hija, Lula. Los dos tenían la misma mirada inteligente y un peinado salvaje.

En una de esas naves de salvamento llegó una niña llamada Luisa. Venía del pueblo Las Yermas, y como casi todos los nuevos, lucía inquieta y asustada. Azul, una de las jefas del comité de bienvenida, la llevó al palacio para explicarle cosas generales, le asignó una habitación con otras hermanitas y le explicó que debería ir a la escuela y ayudar en la Gran Casa.

Después de instalarse, Luisa recorrió el palacio, todo era tan raro. Se detuvo en el patio central, en una pared donde había un montón de anuncios de actividades para los recién llegados: "Clase de Historia, descubre qué ha sucedido en los últimos tres siglos que te perdiste". "Práctica de natación en las pozas." "Excursión a la Colina de Montepié y búsqueda de tesoro." Entre todo, destacaba un gran cartel con la fotografía de varios jóvenes.

–¡Conozco a esta niña! –señaló la imagen de una muchacha delgada y miró alrededor, a ver si encontraba a alguien para hablar. Había un niño bajito cerca, lo llamó para explicarle–: Ven, mira. Ella iba en mi escuela, la primaria número 3. Se llamaba Mónica Yolanda Martínez...

–Yolimar –corrigió el niño bajito–. También la conozco, era mi mejor amiga cuando llegué.

–¿Yolimar está aquí? –preguntó Luisa, atónita.

–Sí, aunque no la he visto –suspiró el niño–. Le debo una disculpa, no me porté bien con ella al final. Pero mañana podremos verla en la asamblea.

–¿Qué asamblea?

–La que se anuncia aquí –Memito, ese era el nombre del niño, señaló el cartel.

Mareaba leer la fecha: "El próximo martes 11 de octubre de 2377, todos los hermanitos de Neotitlán están invitados a la Gran Asamblea Extraordinaria. ¡Habrá banquete de bienvenida y reconocimientos!".

–Siempre soñó con ser actriz y famosa –recordó Luisa.

–Pues lo consiguió –observó Memito.

A la mañana siguiente, la Gran Asamblea Extraordinaria se llevó a cabo en la Gran Plaza, todos los habitantes estaban invitados, de cualquier edad. Para ese momento había casi nueve mil. Los más pequeños se sentaron en gradas. Al frente, destacaban las brigadas con sus uniformes. Y sobre una plataforma, con la Gran Escuela de fondo, apareció Landa, cojeando un poco. Estallaron los aplausos. Muchos lo querían como si fuera el papá de todos.

–Bienvenidos a la Asamblea Extraordinaria 88 de Neotitlán –comenzó Landa emocionado–. La ciudad donde todos los humanos son iguales, libres y bienvenidos. Disculpen la incomodidad, pero recuerden que estamos reconstruyendo nuestro hogar. Les prometo que todo estará igual que antes... ¡o mejor! ¡Mucho mejor!

Hubo más aplausos. A continuación, Landa dio la bienvenida a los nuevos chicos refugiados que habían llegado esa mañana, luego reconoció el trabajo de las brigadas; dio el avance de obras y finalmente llegó el momento que casi todos ansiaban.

–Ya tenemos las provisiones para la fiesta con la que vamos a celebrar a nuestros héroes –sonrió.

Hubo una gran ovación. El jefe que no quería ser llamado jefe siguió:

–Como muchos saben, nada de lo que tenemos ahora sería posible sin un grupo de héroes que se enfrentó a nuestros enemigos en una peligrosa misión. Por favor, reciban como se merecen al piloto Ari, al vigilante Aldo, a la capitana Vale, a los salvadores Rina y Dino...

Según los iba nombrando, salieron a la plataforma y los gritos de los espectadores subieron de intensidad. ¡Los admiraban tanto! Landa tuvo que esperar un momento hasta que los alaridos se calmaran para seguir.

–...También nos acompañan la líder de La Flota, Lula Landa, el joven científico Edi y nuestra valiente Yolimar...

Todo iba bien, pero al mencionar el último nombre, se hizo un extraño silencio en una parte de los espectadores.

"¡No, ella no!", exclamó alguien. "¡Yolimar nos traicionó!", gritó otra voz, con molestia. "¡Chapucera!" "¡Por ella perdimos la ciudad!" Las protestas subieron de nivel. Landa iba a decir algo, pero la misma Yolimar pidió el altavoz.

–Perdón, entiendo que estén enojados... es verdad lo que dicen –reconoció algo asustada–. Me equivoqué y oculté cosas. Pero les juro que luego trabajé duro para ayudar...

Casi no se oía la voz de Yolimar por los silbidos y abucheos, a los que se sumaron los gritos de: "¡Largo! ¡Fuera! ¡Mentirosa!". La niña, con ojos llorosos, estaba a punto de retirarse cuando sus amigos la detuvieron.

–¡*Mon dieu!* ¡Cierren la boca! –intervino Rina, harta–. ¡No saben todo lo que Yolimar se esforzó en esa isla llena de *robs* dementes!

–¡Fue súper valiente! –reconoció Lula.

–¿Qué nadie aquí ha metido la pata? –observó Edi.

–Además cumplió su promesa –aseguró Dino–. ¡Gracias a ella recuperamos a los 800 hermanos de Neotitlán!

–Y no sólo a ellos –apuntó la Capi, el tatuaje le brillaba color amarillo intenso–. Ayudó a salvar a cientos de miles de niños del mundo.

–Bueno, no tantos –aclaró Yolimar–. Pero gracias por decir esas cosas de mí. Tampoco soy una gran heroína, la verdad. Y siempre me meto en problemas, para eso sí soy buena –suspiró–. Pero les juro que no es porque me guste. Soy como un imán para los desastres, todo empezó en mi escuela con la *bestia peluda*, un *rad* que se comió mi tarea. No me creyeron y me castigaron; luego de eso todo empeoró. Le corté la mano a una *rob*, me mandaron a un campamento, entonces me caí de una nave. Cuando llegué al refugio liberé a una directora malvada, me hice amiga de un *lav* que escapó para volver con unos *robs* súper crueles... ¡Uf! Mejor ni le sigo. En fin, me meto en puro desastre y doy mala suerte...

–¡No digas eso! –la interrumpió Landa–. Tú eres lo mejor que ha pasado en esta ciudad.

–¿Yo? –la niña parpadeó desconcertada–. Pero si sólo me he metido en problemas.

–No digo que no –sonrió el jefe–. Pero gracias a todos esos desastres, por ejemplo, descubrimos lo que les pasa a los *robs* con la *magnesis*.

–Eso fue un accidente y luego provoqué la invasión de Neotitlán –recordó Yolimar, apenada.

–Tampoco niego eso, fue espantoso ese día –aceptó Landa–. Pero gracias a eso, tuvimos que salir y buscar aliados... así fue como rescataron a mi hija –hizo una pausa–. El destino se mueve de manera misteriosa. Yolimar, date cuenta, si nunca hubieras llegado a nuestra ciudad, aquí seguiríamos igual, rescatando a cinco o seis niños a la semana... y ahora ayudamos a liberar al mundo. Tú nos diste ese empujón.

Se hizo un gran silencio. Yolimar nunca lo había visto de esa manera, no sabía qué decir. ¿Su mala suerte... ayudó? Bueno, como fuera, ¡esperaba ya no volver a meterse en problemas!

–¡Ella es mi mejor amiga! –gritó una voz, era Memito.

–¡También mía! –aseguró Luisa–. ¡La conozco desde el jardín de niños! ¡Yolimar! ¡Soy yo, Luisa Chávez, de Las Yermas!

–¡Si quieren pueden inscribirse conmigo para el club de fans, soy la presidenta! –agregó otra muchacha que algunos identificaron como Esther, su antigua enemiga.

La Asamblea Extraordinaria terminó con una ovación para todos los héroes a la que siguió un gran banquete de pasteles y pavos de navidad rehidratados. Los científicos del Sanil sacaron una sinfonola, una antigua máquina que tocaba música. "No se preocupen, no es inteligente", aclaró el Abue. Se hizo una ceremonia muy curiosa llamada "El nuevo yo", todo aquel que quisiera cambiarse el nombre que fue impuesto por los *robs*, podía llamarse como quisiera. Muchos se quedaron con sus nombres de siempre, otros se hicieron nombrar: "Unicornio Domínguez", "Brisa de las Estrellas" o "Godzilla Gómez". La fiesta duró todo el día. La necesitaban, los humanos llevaban más de 180 años esperando a celebrarla, desde que perdieron el mundo, y al fin lo recuperaban.

Los temerarios seis, así llamaban al grupo que entró a la Isla Ryu: Lula, Capi, Dino, Rina, Edi y Yolimar, ésos eran los más admirados (Ari y Aldo, un poco menos, es la verdad). Los cronistas comenzaron a escribir sus aventuras en la Isla de Ryu, adornando aquí y allá. Día con día se volvían tan famosos que Landa tuvo que moverlos a otro edificio lejos de la Gran Casa para que tuvieran cierta privacidad. Desde temprano los admiradores se arremolinaban en las puertas, esperando ver a sus ídolos. Esther nunca consiguió entrar; en cambio, ocurrió algo muy curioso cuando Memito y Luisa dieron sus nombres al vigilante. De inmediato los llevó a ver a Yolimar.

En cuanto se reconocieron, corrieron a darse un abrazo. Memito no dejaba de llorar y pedir perdón: "Por no ser buen amigo". Yolimar por: "Haberte dejado en la azotea". Luisa por: "No creer que tuvieras talento". Todos se perdonaron, claro. Y cuando se calmaron, pudieron platicar con calma.

–¡Al fin eres famosa! –reconoció Luisa–. ¡Como querías!

–Bueno... sí, algo así –admitió Yolimar–. Aunque es un poco raro, porque ahora no me importa tanto.

–Pensé que estarías viviendo en un castillo con cientos de sirvientes –Memito miró alrededor. Parecía más bien una especie de cuartel sencillo. Había colgados algunos uniformes y una maleta sobre la cama.

–Tengo lo que necesito –explicó la niña, contenta–. Estoy haciendo el equipaje, en unos días me voy a otra misión de rescate.

–¿Volvieron los *robs*? –saltó Memito.

–No digas eso, ni de broma– pidió Yolimar–. Lo que pasa es que todavía hay muchos niños atrapados en los campamentos. Además, necesitamos explorar para ver si hay otras ciudades ocultas con humanos.

–¿Y sigues trabajando con Dino? –preguntó Memito algo preocupado–. Supongo que no es tu novio... ¿o sí?

–¿Tienes novio? –exclamó Luisa.

–No, no. Ya pasó ese enredo. Es sólo un gran compañero –rio Yolimar–. Y Edi, Rina, Lula, Aldo, la Capi, y Ari también. La verdad es que creo que ahora no pienso en tener novio.

–¿Nunca, jamás? –preguntó la amiga preocupada.

–Ah, eso no lo sé, ya veré –repuso Yolimar, tranquila–. Por ahora tengo muchas cosas que hacer. ¡Hay un mundo por construir!

–Oye, pero no te olvides de nosotros –recordó Luisa.

–Claro, ¡qué caso tiene construir un mundo si no tienes amigos!

Las siguientes semanas fueron impresionantes. Comenzaron a aparecer otras poblaciones de humanos

libres, algunas pequeñas y otras más grandes y organizadas. Se establecieron comunicaciones y rutas de comercio. Todos los días había algún descubrimiento, como cuando circuló el rumor de que en una zona que antes se conocía como La Patagonia se encontró el arca secreta que faltaba, la número doce, aunque las semillas congeladas eran de animales: mamíferos, reptiles, insectos, aves, anfibios, peces. Especies sanas y listas para repoblar la Tierra.

Y cinco meses después de la caída de los *robs* sucedió algo muy extraño en Neotitlán y las zonas cercanas. Apenas eran las dos de la tarde cuando el cielo se volvió oscuro, casi morado. Enseguida se escucharon ruidos raros, acompañados por luces brillantes. Los hermanitos más pequeños corrieron asustados a esconderse. Nadie había visto algo semejante. De la nada, cayó agua del cielo, primero gotas, luego chorros y más tarde cascadas. Algunos habían visto eso en una película antigua, pero imaginaron que eran cosas propias de la fantasía, como los dragones y las sirenas.

Y es que con la desaparición de los *robs* también dejó de funcionar el departamento de sequías y vaciado de cielo, no había nadie que lanzara bombas químicas para evitar la formación de nubes y hacían que la tierra se agrietara y fuera quebradiza. La naturaleza al fin reiniciaba sus ciclos.

Era lluvia. Lo nunca visto. Y llovió como no había ocurrido en más de un siglo. Cayó agua limpia sobre edificios, poblados, escuelas y campamentos. Y al final un gigantesco arco colorido cruzó el cielo. Los hermanitos que contemplaron la maravilla se sintieron asombrados y tranquilos, era como si con ese puente de colores flotante se abriera la puerta que indicaba que los humanos podían entrar de nuevo al planeta. Eran otros humanos, tal vez mejores, y ahora tenían una nueva oportunidad.

ÍNDICE

1. Leyendas siniestras 7

2. Mala suerte 17

3. Algo peor 30

4. Algo mucho (pero mucho) peor 41

5. Un viejo enemigo 50

6. Neotitlán 58

7. Nuevo tiempo, nueva vida 70

8. Una nueva enemiga 84

9. ¿Mentirosa? 94

10. La historia de Neotitlán 104

11. Asamblea extraordinaria 113

12. Yomuymal 123

13. Un nuevo amigo 133

14. Alerta máxima 141

15. Ajolos y bulbosos 149

16. Código púrpura 158

17. Ataque rob 168

18. Sanfé 180

19. Paralelo Oeste 193

20. Culpas 204

21. Lula Landa 214

22. Experta en robs 226

23. Un detallito 235

24. La Isla de Ryu 249

25. Expo robot 261

26. Modernidades para robs 272

27. El Círculo Ryu 285

28. Escape turbo 300

29. Retorno cardiaco 315

30. Nueva Oportunidad 328

Ciudad miedo de Jaime Alonso Sandoval
se terminó de imprimir en octubre de 2021
en los talleres de
Impresora Tauro, S.A. de C.V.
Av. Año de Juárez 343, col. Granjas San Antonio,
Ciudad de México